# EL DIARIO DE LA DUQUESA

# JILLIAN HUNTER

# *E*L DIARIO DE LA *D*UQUESA

**Titania Editores**

ARGENTINA — CHILE — COLOMBIA — ESPAÑA
ESTADOS UNIDOS — MÉXICO — PERÚ — URUGUAY — VENEZUELA

Título original: *The Duchess Diaries*
Editor original: Signet Select – Published by New American Library, a division
of Penguin Group (USA). New York
Traducción: Isabel Murillo Fort

1.ª edición Junio 2014

ISBN: 978-84-92916- 67-2
E-ISBN: 978-84-9944-750-6
Depósito legal: B -11.084-2014

Fotocomposición: Jorge Campos Nieto
Impreso por: Romanyà Valls, S.A. — Verdaguer, 1 — 08786 Capellades (Barcelona)

Impreso en España — *Printed in Spain*

Para mi editor, Kerry Donovan

Gracias por tu excelente y minuciosa labor de edición
y por las sesiones de tormenta de ideas que hemos compartido,
así como por estar siempre a mi lado cuando te he necesitado.
Valoro muchísimo tu trabajo.

# Agradecimientos

*T*odos mis elogios para el departamento creativo de NAL por haber creado la portada más bella que jamás hubiera imaginado.

¡Gracias!

# *Capítulo* 1

*Mayfair, Londres*
*1819*

*E*ra el mejor baile; y era también el peor. Era el baile de graduación que la Academia Scarfield para jóvenes damas celebraba anualmente en Londres. Era una velada de esperanza y la señorita Charlotte Boscastle se había propuesto que no acabara mal. Era una velada de principios y despedidas.

Como directora de la academia, Charlotte recibiría elogios por su labor como instructora de una nueva promoción de señoritas que pronto sería presentada en sociedad. Sería alabada por las propuestas de matrimonio ofrecidas a sus alumnas como resultado de su exquisita y elitista enseñanza.

Por otro lado, se la señalaría como culpable de cualquier escándalo que mancillara el buen nombre de la academia. Su principal enemiga, lady Clipstone, propietaria de una academia de la competencia de inferior categoría, había predicho en los periódicos que en el acto se produciría algún descalabro social. El hecho de estar acompañada por sus familiares no servía de consuelo a Charlotte: la ciudad entera sabía que los Boscastle vivían rodeados de controversia. Se decía que cuando dos Boscastle coincidían en una reunión, el diablo siempre acababa jugando un papel activo.

Pero aun así, le estaba agradecida a su primo, el marqués de Sedgecroft, por haber accedido a que el acto se celebrara en su mansión de Park Lane. Y valoraba también el detalle de que hubiera invitado a su batallón de amigos para llenar el salón de baile e impresionar a las chicas.

El futuro social de aquel grupo de jóvenes damas estaba en manos de Charlotte por una última noche. De ella dependía apagar cualquier llama de atracción hacia el sexo opuesto que pudiera surgir antes de que ardiera con fuerza y se convirtiera en una grave falta de decoro.

—Señorita Boscastle, ¿me dais permiso para salir al jardín?

—No, Amy, no te lo concedo, te lo he dicho mil y una veces. Imposible, excepto que lo hagas debidamente escoltada.

—Aquí dentro hace un calor sofocante.

—Bebe más limonada.

—Verity ha bebido champán.

—Verity —dijo Charlotte, inspeccionando el salón en busca de la última alumna que la academia había acogido recientemente procedente de beneficencia y que, a la vez, era la más problemática—, pasará todo el día de mañana encerrada en su habitación como castigo.

Sabía que no debería haber permitido la asistencia de las más jovencitas. ¿Cómo iban a ser capaces de concentrarse mañana en clase? La señorita Peppertree tenía razón. Solo habría que invitar al baile a las graduadas.

—Señorita Boscastle, se me ha roto la chinela. ¿Qué hago? ¿Le pregunto a la marquesa si podría prestarme un par?

Charlotte la miró con mala cara.

—Sí, si es que consigues encontrarla… sin abandonar el salón, por supuesto.

—Verity está en la terraza, señorita.

—Oh, santo cielo —murmuró Charlotte—. ¿Dónde se habrá metido la duquesa de Glenmorgan? Me prometió que la vigilaría muy de cerca.

Tal vez, después de aquella noche, Charlotte podría por fin respirar un poco. Para bien o para mal, las graduadas se aventurarían en sociedad y cargarían sobre sus propias espaldas con la responsabilidad de su reputación. De haber sido posible, habría dibujado un mapa completo en el que aparecieran todos los escollos que una joven dama podía encontrar al salir de la academia. Representaría en él una estrecha senda repleta de cruces de caminos. «AVENIDAS DE ASUNTOS PROHI-

BIDOS», «OSCURAS INCURSIONES HACIA LA DECADEN-
CIA» y «REPUTACIONES DEVASTADAS». Hasta que no amaneciera, tenía la obligación de montar guardia contra cualquier bribón
dispuesto a aprovecharse de alguna chica inexperta. Le tenía echado el
ojo a uno en particular. La había mirado en una sola ocasión. El duque
de Wynfield era sin duda el invitado más elegante y atractivo del baile,
y Charlotte no estaba dispuesta a permitir que tentara a alguna de sus
graduadas o la distrajera a ella de sus obligaciones.

Se preguntó si el duque recordaría la última vez que se habían visto,
en las galerías comerciales del Strand. No habían intercambiado ni una
palabra. Aquel día, Charlotte había ido de compras para la academia.
Él, por su parte, estaba comprando un par de prostitutas y llevaba una
agarrada a cada brazo.

El duque había besado a una de aquellas fulanas en el cuello y se
había limitado a sonreír cuando Charlotte, en el otro extremo del mostrador, se había quedado boquiabierta ante tal escena.

Horas más tarde, a su regreso a la academia, había anotado el incidente en su diario, como era su costumbre, cambiando algún detalle aquí
y allá hasta que, al final, el hecho había acabado guardando escaso parecido con la versión inventada por ella, que siempre resultaba mucho más
satisfactoria. Charlotte llevaba un diario desde que sabía escribir y disfrutaba con el arte de exagerar los acontecimientos más normales.

Cuando sus primas Boscastle la invitaron por primera vez a Londres cinco años atrás, sus hazañas amorosas la dejaron tan cautivada,
que decidió plasmar en su diario toda la historia familiar. Ahí no hubo
necesidad de realizar mejoras. Seguir los constantes escándalos de la
familia suponía todo un reto. Era como si la prole entera hubiera llevado una vida secreta como espía o amante de alguien. Charlotte había
tenido que enfrentarse a un doloroso hecho: por mucho que admirara
a su parentela, era evidente que ella, en comparación, había llevado una
vista triste y deprimente.

Necesitó un mes para superar sus inhibiciones y permitir que la
pluma escribiera lo que debía. Sus diarios se llenaron a rebosar de verdades ilícitas y placeres ajenos. En las páginas de sus reflexiones íntimas,
el duque no solo la adoraba, sino que además llevaba meses persiguién-
dola. En la vida real era dominante, indecente y estaba irremediable-

mente prendado de mujeres de fama deplorable. En sus encuentros ficticios con Charlotte, era dominante, indecente y estaba irremediablemente prendado de ella. Y de nadie más.

En la versión que Charlotte había escrito acerca del incidente en las galerías comerciales, el duque había despedido de inmediato a sus acompañantes en cuanto la había visto en el otro extremo del mostrador. Se había acercado a ella y, sin mediar palabra, le había cogido la mano.

—Tengo el carruaje fuera —le había dicho, su sonrisa pecadora hipnotizándola—. ¿Me permite acompañarla?

Su rostro se desvaneció. Otra voz, jadeante y excitada, estaba susurrándole ahora al oído:

—Está mirando al duque de Wynfield, señorita Boscastle. Vaya con mucho cuidado. Todo el mundo dice que anda buscando una amante.

Charlotte cogió el abanico y se giró para mirar con consternación a su alumna favorita.

—Lydia Butterfield, tranquilízame y dime que no la ha encontrado en ti.

Lydia esbozó una melancólica sonrisa.

—Mi querida señorita Boscastle, la echaré de menos con todo mi corazón.

—Echarás de menos mis consejos, eso es evidente.

—Ya no los necesitaré —replicó con pesar Lydia—. Pero sí echaré de menos sus lecciones de historia.

—¿Las batallas y las decapitaciones? —preguntó Charlotte, moviéndose hacia un lado para impedir que Lydia mirase al duque. O que él se percatase de la presencia de la chica—. No te pongas tan melodramática o me echaré a llorar. Tu familia vive en Londres. Podrás visitar la academia siempre que te apetezca.

—Mi familia… más bien dicho, los padres de mi prometido, viven en Dorset, y él está ansioso por fundar una familia…

—¿Tu prometido? —dijo con debilidad Charlotte.

Lydia se mordió el labio y movió la cabeza en dirección a un caballero bajito que estaba a escasos metros detrás de ellas.

—Sir Adam Richardson, el arquitecto.

—Lydia, me das tanta…

¿Envidia? Sí, se avergonzaba de sentir un poco de envidia de Lydia. Pero estaba también feliz por una chica cuya dulzura temía que pudiera hacerla vulnerable o no deseable en el mercado matrimonial.

—Me siento orgullosa —dijo con determinación—. Parece un caballero agradable.

Lydia se echó a reír, su mirada desviándose hacia el duque, que no era precisamente conocido por ser caballeroso.

—Dicen que es un amante tremendamente celoso.

—¿Tu prometido?

—El duque —dijo Lydia, riendo de nuevo—. Tiene reputación de ser un pretendiente muy posesivo.

—Lydia.

Charlotte intentó hacerse la sorprendida, aunque aquellos rumores no le habían pasado por alto. Tales chismorreos deberían haber marcado al duque como una persona inaceptable y no engendrar maliciosas fantasías en su imaginación. ¿Por qué le resultaría tan agradable visualizarlo arrancándose su frac para defenderla de…? Oh, tratándose de sus ensoñaciones extravagantes, el otro hombre bien podía ser Phillip Moreland, el canalla que le partió el corazón hacía años.

Se imaginaba la escena a la perfección. Despejarían el salón de baile para preparar el duelo; el duque había estudiado esgrima en la Escuela de Armas de Fenton. Charlotte había sido testigo de sus habilidades en el transcurso de un baile de beneficencia celebrado en aquella misma mansión. No había tenido nada que hacer con él en aquella antigua velada y dudaba que pudiera llegar a captar su interés en el futuro.

—No creo que ni tú ni yo tengamos que preocuparnos por las inclinaciones amorosas del duque —le garantizó a Lydia, pronunciando las aciagas palabras que acabarían mofándose de ella antes de que amaneciera el nuevo día…

# Capítulo 2

Gideon dudaba haber causado una buena impresión a la señorita Charlotte Boscastle el día que se cruzó con ella en las galerías comerciales. Para empezar, la noche anterior había bebido en exceso y su cabeza retumbaba como el taller de Efestos. Por otro lado, iba vestido para entrenar en la escuela de esgrima y en compañía de dos prostitutas que estaban pegadas a él como si las llevara esposadas, objeto que no sabía muy bien si habían utilizado o no por la noche. No se acordaba.

Era consciente de lo indecoroso de su aspecto aquel día en las galerías comerciales de sir Godfrey Maitland. Godfrey, antiguo alumno del salón de esgrima de Fenton, le había lanzando una mirada de reproche desde el otro lado del mostrador.

—Hay muchas damas en el establecimiento, excelencia —le había dicho con segunda intención.

Y había sido entonces cuando Gideon se había percatado de la presencia de Charlotte, que había mirado a sus acompañantes y había levantado la nariz como si hubiera olisqueado una amenaza nociva capaz de contaminar a las jóvenes damiselas que se apiñaban a su alrededor.

Él la había saludado inclinando la cabeza, aunque en vano. Y luego había besado en el cuello a una de las fulanas con la esperanza de provocar alguna reacción en la rubia dama del sombrerito de paja. Lo había conseguido.

Se había quedado boquiabierta y había retrocedido para situarse como un escudo delante de sus pupilas. Gideon había respondido con una perezosa sonrisa canallesca que había logrado provocar un rubor en la tez de porcelana de ella.

—Has visto eso —le murmuró entonces a la mujer que llevaba a la derecha—. No sabía que quedaran en Londres damas capaces de sonrojarse.

—No se comporte como un libertino, excelencia —le susurró sir Godfrey desde detrás del mostrador—. Se trata de la señorita Charlotte Boscastle. Ya sabe lo mucho que le debe el maestro a su familia.

—¿Y quién no? —reflexionó el duque.

—Es también la directora de la Academia Scarfield para jóvenes damas.

—¡Santo Cielo! —exclamó Gideon alarmado, enderezándose—. Una dama con cerebro que funciona. ¿Quién me protegerá?

Una de las fulanas rió como una tonta.

—Cómo si alguien pudiera amenazar a un hombre de su grandeza.

La miró con sorna.

—Sospecho que la palabra que acabas de utilizar no significa lo que crees que significa. En cualquier caso, mejor no hablar de mi «grandeza» en público.

Se había pasado la tarde riéndose de aquello; y lo había olvidado por completo hasta aquella noche. Había estado ocupado entrenando en la academia de Fenton y a pesar de que, sin duda alguna, la ruborizada directora le había llamado por un momento la atención, Gideon andaba buscando un tipo de amante totalmente distinta. No buscaba una mujer que obedeciera reglas en la cama, sino que las quebrantara y creara además reglas nuevas. Aunque no le importaría que tuviera cerebro.

Por lo tanto, le había sorprendido reconocer a Charlotte en el instante de poner el pie en el salón de baile. Había damas jóvenes por doquier. Ni siquiera recordaba el nombre de las polluelas que le acompañaban aquel día en las galerías comerciales, y eso que la intimidad que había mantenido con la pareja era mucho mayor de la que pudiera haber mantenido con aquella gélida doncella.

Charlotte Boscastle. La miró directamente una vez. Ella le devolvió la atención con un semblante ceñudo capaz incluso de agriar la leche. Debería habérselo pensado mejor antes de acudir a una fiesta en honor de unas cuantas colegialas. Mejor haría saliendo a dar una vuelta por el cenador para charlar con las estatuas griegas. De este modo, cumpliría al menos con su obligación como invitado a la fiesta, a la que habían sido llamados todos los jóvenes solteros de alta cuna, y así no causaría problemas.

Pero en cuanto tomó la decisión de escabullirse, los problemas se le presentaron en otro formato. Lord Devon Boscastle se separó de su camarilla de amigos y se interpuso en el camino de Gideon.

—No puede marcharse todavía, Wynfield. Ni siquiera hemos hablado. Confío en que no esté evitándome. El otro día, en el entreno, no era mi intención clavarle la espada.

—¿Intenta llevarme a algún rincón oscuro?

Los ojos azules de Devon brillaron con diabólicas intenciones.

—Lo siento, pero soy un hombre casado. Como también debería serlo usted a su edad.

Gideon dudó.

—Estuve casado.

Yo… Oh, Dios mío. Sí, lo sabía. Lo siento —dijo Devon con torpeza—. No era mi intención…

—No pasa nada, Devon. Hace casi cinco años. Por aquel entonces, ni siquiera os conocía.

Devon bajó la voz. Era el hermano bromista de la familia Boscastle, el amigo guasón y gracioso, que se había convertido en devoto esposo y padre de una niña. Pero como pecador regenerado, todavía le gustaba cometer travesuras siempre que podía y Gideon, junto con los demás amigos de Devon, se había acostumbrado a esperar lo inesperado de él.

—¿Qué planes tiene para esta noche, Gideon? —preguntó en tono benigno.

—Una huida. De esta fiesta.

—¿Por qué?

—¿Por qué? Mire a su alrededor. Estamos superados en número por criaturas inocentes, esto está repleto de vírgenes bien educadas que, desde el punto de vista de un soltero, constituyen el ente más peligroso de Londres.

—Yo lo consideraría justo en el otro sentido —dijo Devon—. Un libertino puede conducir fácilmente a cualquiera de estas criaturas inocentes hacia la rosada senda del coqueteo. Lo único que tendría que hacer es seguir los pasos que Grayson dejó marcados en la alfombra antes de recorrer el pasillo.

—No estoy para doncellas en estos momentos. De todos modos, usted está casado, un hecho que anula por completo cualquier consejo que pudiera ofrecerme.

—Hágame un favor, Wynfield.

El primer instinto de Gideon fue negarse en redondo.

—Sé lo que va a decirme.

—¿De verdad?

—Sí. Me pedirá que me mantenga alejado de la señorita Boscastle. Debí de contarle que me paseé delante de ella del brazo de un par de fulanas. En ningún momento fue mi intención provocarla.

Devon arqueó una de sus oscuras cejas.

—¿Dónde demonios sucedió eso?

—En las galerías comerciales.

Devon se quedó un instante pensando.

—Ella no me ha mencionado ni una palabra del tema. No debió de causarle mucha impresión.

—Creo que sí, aunque no buena —dijo Gideon—. Si lo que pretende es prohibirme que flirtee con su prima, no se preocupe. No estoy ni siquiera remotamente tentado a hacerlo.

—Un comentario algo insultante —replicó Devon.

Gideon se echó a reír.

—¿Preferiría que le dijera que su prima incita mi deseo?

—No. De hacerlo, probablemente me sentiría obligado a permanecer a su lado. Grayson me ha pedido que no le quite el ojo de encima a cualquiera que pudiera parecerme sospechoso.

—En ese caso, debería haberle proporcionado un espejo.

—La mujer que no incita su deseo no está casada, pero tiene tres hermanos mayores que están tramando acabar cualquier día de estos con su infeliz soltería.

—¿Están aquí esta noche? —preguntó Gideon.

—Los dos mayores están de viaje hacia Londres procedentes de Sussex. Jane espera su llegada en el plazo de una semana. Creo que el plan consiste en encontrarle esposo a Charlotte lo más rápidamente posible. Le seré sincero: ella no se lo pondrá nada fácil. Dudo que sea capaz de incitar el deseo de alguien.

Ambos miraron a la vez a Charlotte y acto seguido apartaron la vista.

—¿Y eso le preocupa? —dijo Gideon, preguntándose adónde quería ir a parar Devon, si acaso pretendía ir a parar a alguna parte.

Devon movió afirmativamente la cabeza.

—Sí.

—Pues no me mire a mí. Ya estuve casado en una ocasión y tengo además una hija.

—Al final, si es que quiere un heredero, tendrá que acabar casándose. —Devon tosió para aclararse la garganta antes de seguir hablando—. ¿Me haría un favor, Wynfield?

Gideon no respondió. Ahí estaba. Una vez más, los instintos de Gideon le alertaban de actuar con precaución, mientras que su razón le decía que Devon era pícaro, pero no malicioso.

—Esta noche tengo intenciones de reunirme con mi futura amante en casa de la señora Watson.

—Lo que significa que esta es su última noche de libertad.

—¿Perdón?

—Una amante puede llegar a ser más exigente que una esposa, sobre todo si sabe hacer bien su trabajo. Mientras seguimos aquí charlando, sus preciosas horas de libertad se escapan como arena entre los dedos.

—Tiene toda la razón. Lo que me lleva a preguntarme por qué estoy desperdiciando con usted momentos de oro como estos.

—¿Lo hará?

—¿El qué? —preguntó Gideon.

—¿Pedirle a mi prima Charlotte que le conceda un baile?

—¿Un baile? ¿Es eso todo? ¿Por qué una dama de reputación tan exquisita querría bailar conmigo? —preguntó Gideon con mucha calma.

—No sé si querría —respondió Devon—. Pero a toda la familia le gustaría verla bailar.

¿La familia?

Gideon habría jurado que una mano invisible tiraba del cuello de su camisa y que la llama de la vela de uno de los recargados candelabros de pared chisporroteaba hasta extinguirse.

—Esta noche hay muchos caballeros disponibles por aquí. ¿Por qué yo?

—En primer lugar, porque es un duque, y en segundo lugar, porque además es mi amigo. Si los invitados se llevaran la impresión de que mi prima es capaz de intrigar a un hombre como usted, es muy posible que algún que otro caballero decente la viera con otros ojos.

—No pienso ofrecerme para cortejarla. Y me parece que acaba usted de insultarme.

Devon negó con la cabeza.

—No estoy pidiéndole que la corteje.

—No me fío de usted, Devon. Me parece el diablo en busca de un instrumento y le advierto que soy capaz de encontrar a mi propio diablo sin necesidad de que usted se meta de por medio.

—Lo único que quiero, en realidad, es que le preste un poquito de atención a nuestro solitario alhelí.

—Pues me parece que el alhelí acaba de mirarme con mala cara.

—No —dijo Devon—. La mirada iba dirigida a mí. Sabe que estamos hablando de ella.

Gideon se aferró a su postura.

—Entonces, iba dirigida a los dos. Tal vez debería buscar otra estrategia... y con ello estoy sugiriéndole que busque otro caballero. Que sea otro quien derrita su...

—¿Por qué lo dice? —preguntó Devon, enarcando una ceja.

—Me recuerda una doncella helada. Prefiero las damas calientes y dispuestas.

—La verdad es que tiene el corazón frío en lo referente a permitir la visita de caballeros a la academia. Pero no la culpo por ello. Creo que es tímida. Vaya a comprobarlo por sí mismo.

Gideon no se movió.

—Sé que todo esto no tiene mucho sentido...

—Lo que acaba de decir me parece un eufemismo.

—... pero no existe otro caballero lo bastante valiente como para abordarla.

—No me extraña, si se dedica a arengarlos para que la admiren desde el otro extremo del salón.

Devon sonrió.

—¿Reconoce, entonces, que estaba admirándola?

Gideon se quedó mirándolo inmerso en un pétreo silencio.

—Pídale, por favor, que le conceda un baile.

—¿Por qué no lo hace usted?

—Soy su primo y si le pido que me conceda un baile, todo el mundo sabrá que es porque nadie más se lo ha pedido.

—Tal vez no desee bailar.

—Por supuesto que lo desea.

Gideon dudó.

—¿Por qué tengo la sensación de que estoy a punto de caer en una trampa? ¿Y por qué no le pide a cualquiera de los solteros presentes en el salón que haga los honores? De todos los varones invitados, no cabe duda de que soy el que tiene peor reputación. Excluyendo, por supuesto, a quien me acompaña en estos momentos y a su familia.

—Exactamente —confirmó Devon, como si Gideon acabara de descubrir la fórmula alquímica de la piedra filosofal—. La mayoría de los invitados varones puede calificarse de destacado ejemplo de conducta caballeresca.

—Pero yo...

—Usted no. Es, sin embargo, una persona que llama la atención. Dese por vencido, Gideon. Charle con ella hasta que los pretendientes deseables se percaten de ello. Estaré animándolo desde un rincón.

—¿Estamos, quizás, en un evento deportivo?

—En nuestro mundo, cada vez que un hombre y una mujer se conocen, el encuentro puede acabar convirtiéndose en una competición.


La anfitriona de la fiesta, Jane, marquesa de Sedgecroft, admiraba la reunión desde la galería situada por encima del salón de baile. A su lado, un sentimiento agorero ofuscando su habitual buen humor, estaba Harriet, duquesa de Glenmorgan, antigua alumna y antigua directora de la academia. Harriet había sido la primera chica procedente de beneficencia aceptada y graduada en la elitista institución. En el transcurso de su formación, que francamente no le llegaba ni a la suela del zapato a todo lo que había aprendido en las calles, Harriet y Charlotte habían forjado un inesperado vínculo de amistad.

Charlotte había nacido en el seno de una familia privilegiada. Jamás en su vida había pronunciado una palabra malsonante. Harriet había robado para sobrevivir hasta que la academia la rescató de la calle. Las palabrotas que escupía cuando se la provocaba habrían avergonzado incluso a una pescadera de Billingsgate. Charlotte le había enseñado a Harriet la virtud de someterse a sus superiores. Harriet le había enseñado a Charlotte el valor de dejarlos anonadados.

Harriet conocía prácticamente todos los secretos de Charlotte y, sin embargo, ella no le había contado a Charlotte ni la mitad de los suyos.

—¿Por qué siempre se pasa todos los bailes sin compañía? —Se lamentó Jane, mirando con consternación a Charlotte—. ¿Podría haber escogido un vestido menos atractivo? ¿Habrá aprovechado las sábanas de su abuela para confeccionarlo?

—Me recuerda las velas del yate de Grayson.

—Las chicas están a punto de presentarse en sociedad... —dijo Jane con un suspiro—. Ojalá encontrase la manera de convencerla de que saliera de su cascarón. O como mínimo de disuadirla de que esconda su preciosa cabellera en ese moño y deje de volcar todos sus esfuerzos en casar a sus alumnas y no a sí misma. Y, Dios mío... —Jane se estremeció—. Esas sandalias.

—En el último momento no ha encontrado sus chinelas de noche y ha tenido que improvisar —dijo Harriet, poniéndose a la defensiva—. Tiene los pies grandes. Le ha sido imposible calzarse otra cosa.

—Eso no es excusa para llevar un calzado tan poco atractivo. Le he ofrecido los servicios de mi zapatero italiano un montón de veces. ¿Cómo pretende atraer al caballero adecuado si parece una... una...?

—... una diosa —remató Harriet con una sonrisa de fidelidad—. Es alta y de constitución fuerte. No hay muchos caballeros con la confianza necesaria para abordar a una mujer como ella.

Jane sonrió y posó la mano sobre la de Harriet.

—Tiene en ti su más fiel partidaria. El hombre perfecto para ella tiene que existir en alguna parte. Sus hermanos han amenazado con traer a Londres a su antiguo galán si no se compromete antes de que acabe la temporada. Nadie quiere verla confinada a una vida de soledad.

—Charlotte jamás se casaría con su antiguo galán.

Jane se quedó mirando el perfil de Harriet.

—¿Cómo lo sabes?

Harriet encogió sus blancos hombros.

—Es una simple suposición.

—¿Te ha mencionado algún nombre? —preguntó Jane, pensativa.

—¿A mí?

—No, Harriet, a Napoleón Bonaparte. No te hagas la cohibida.

Harriet repitió su gesto de indiferencia.

—De acuerdo.

—¿Y?

—Si en alguna ocasión me ha mencionado a alguien, ahora no recuerdo el nombre.

—Ah. —Jane esbozó una sonrisa de satisfacción—. Puedes confiar en mí, Harriet. Aunque no pretendo traicionar secretos.

Harriet se inclinó sobre la barandilla de hierro forjado.

—¿Quién es ese atractivo caballero que está hablando con Devon en el vestíbulo de acceso al cenador?

Jane enarcó una ceja.

—¿Debería importarme?

—Tal vez sí. O tal vez no.

Jane entrecerró los ojos para defenderse del brillo de los candelabros y fijó la mirada en los dos hombres vestidos de oscuro que seguían enfrascados en una conversación.

—Creo que… oh, Dios mío. Es el duque de Wynfield. Devon y él practican esgrima en Kit. ¿Crees que…?

Harriet cerró la boca con fuerza. Era una suerte no haber tomado otra copa de champán. Se moría de ganas de contarle a Jane la atracción secreta que el duque inspiraba en Charlotte. Pero había prometido no hacerlo, y era una lástima. Jane era una aliada poderosa, capaz de hacer cualquier cosa por la familia.

—Es viudo —reflexionó Jane, acariciando el collar de diamantes que lucía aquella noche—. Su esposa falleció de cáncer un año después de haber dado a luz a su hija. O, al menos, creo recordar que eso fue lo que sucedió.

Harriet frunció el entrecejo.

—Su padre murió hace dos años. Por lo que se ve, el duque ha sufrido un declive moral desde que heredó.

Jane suspiró.

—Supongo que es la forma de llevar el luto de algunos hombres.

—También podría ser su forma de celebrarlo —replicó Harriet—. No se le ve especialmente afligido esta noche, ¿verdad?

—No. —Jane enderezó la espalda como si con el gesto pretendiese sacudirse de encima aquel manto de tristeza que las había cubierto—. Pero no alcanzo a comprender sus sentimientos. Nadie en Londres ha visto jamás a su hija. Si tiene una hija que ha sido presentada en la corte, no he leído nada en la prensa. ¿Cuánto hace que murió su esposa?

—Cuatro o cinco años, me parece. Aunque solo me lo parece.

—En ese caso, la niña es demasiado pequeña para ser presentada en sociedad. Solo espero que... Bueno, la verdad es que no soy quién para meterme en esas cosas. El duque era muy joven para perder una esposa.

—¿Es realmente tan libertino como todo el mundo dice?

Jane entrecerró los ojos, reflexionando.

—Weed es quien me tiene al corriente de la moda y los chismorreos. Y dice que... —Jane se interrumpió, dejando en suspenso a Harriet. Weed era el mayordomo de la casa y el criado más querido e imponente de la familia—. Creo que me dijo que el duque estaba a punto de iniciar negociaciones con la señora Watson con el fin de conseguir una amante. No creo que se trate de simples especulaciones.

—Confío en que fuera solo un rumor —dijo Harriet—. ¿Quién le ha invitado?

—Grayson, por supuesto —dijo Jane.

—Charlotte se quedaría horrorizada si lo supiera.

Harriet notó la mirada de Jane fija en ella.

—Sí, seguro que sí.

—Me resulta asombroso, Harriet, mirarte y recordar la vida pintoresca que llevaste.

—Que no es nada en comparación con la tuya —dijo locuazmente Harriet.

—No estoy tan segura —replicó Jane—. Siempre me he mantenido dentro de los círculos aristocráticos. No, eso no es verdad. Me descarrié en un par de ocasiones entre la clase media, pero por mi esposo. Pero tú has pasado por todos los estratos sociales.

—Sí, cierto.

Harriet echó un vistazo a la multitud de invitados. Había hablado más de lo que pretendía y Jane era cualquier cosa excepto corta de luces. De hecho, la cabeza de Jane solía elucubrar planes tortuosos, el más malicioso de los cuales había culminado con su boda con el marqués. Si Harriet no se andaba con cuidado, pronto acabaría engatusándola para que confesara que Charlotte llevaba un año admirando al duque.

—Imagino que mientras el duque se comporte adecuadamente durante la fiesta —dijo Jane—, no hay nada que temer. Charlotte no le permitirá acercarse a las chicas, y después de que la sobrina de tu esposo fuera raptada el año pasado, Grayson ha decidido conservar los servicios de sir Daniel para patrullar por nuestras residencias en aquellos momentos en que un malhechor pudiera pretender aprovecharse de...

Jane se interrumpió y respiró hondo. Harriet sabía por experiencia que Jane podía haber seguido hablando un buen rato con aquella energía, aunque nunca si su público no prestaba atención a lo que estaba diciendo. A Harriet le estaba resultando imposible apartar la vista de Charlotte y el duque. Y del duque y Charlotte. Devon, en medio de ambos, parecía invisible.

Jane se volvió hacia ella inesperadamente.

—Creo que habría que vigilar al duque, investigarlo incluso.

—Pero si acabas de decir que te da lástima.

—Sí, Harriet, pero eso que no me has dicho me lleva a pensar que debería estar más preocupada por Charlotte que apenada por el duque. La virtud de Charlotte sigue siendo una mercancía muy valiosa. Que una graduada acepte esta noche una propuesta de matrimonio es una cosa. Una buena cosa. Pero un bebé nacido de aquí nueve meses como consecuencia de una indiscreción en una alcoba es otra muy distinta. No lo toleraré. Hay que vigilar a ese duque. Y a Charlotte. Está tan concentrada controlando a sus chicas que parece haber olvidado que también ella es vulnerable.

—Dudo que corra peligro de ser seducida mientras nosotras sigamos observando desde aquí todos sus movimientos —dijo Harriet—. Y no creo que como resultado de mantener una conversación con el duque, acabe dándole un hijo a finales de año.

Jane iba a replicarle, pero se detuvo cuando en el otro extremo de la galería apareció un criado alto vestido con librea.

—¡Weed! Debes de haberme leído los pensamientos. Justo acabo de recordar la conversación que mantuvimos el otro día acerca de Wynfield.

Weed saludó con una reverencia y lanzó una mirada irónica en dirección a Harriet. Jamás le permitiría olvidar que en una ocasión la sorprendió robando en la habitación de Jane, un crimen que al final fue lo que provocó su salvación, ya que como consecuencia de aquel hecho, la jovencita monstruosa se había transformado en una noble educada.

Weed, sin embargo, seguía siendo el sapo petulante que siempre había sido. No era solo el mayordomo, sino también el confidente de Jane, su asesor en moda y su socio en actividades casamenteras.

—¿En qué puedo servirle, señora? —preguntó con aquella voz tensa que parecía salirle por los orificios nasales.

—Voy a bajar para mezclarme un poco con los asistentes. Sé tan amable de recordarle a la señora O'Brien que vigile muy de cerca a Rowan. Mi hijo sigue sin desprenderse de la costumbre de abordar por sorpresa a los invitados con la espada.

—Sí, señora.

—Ah, y Weed, una cosa más en relación a nuestra anterior conversación. ¿Has oído algún rumor más acerca de Wynfield?

—Esta noche tiene una cita en Brutton Street con la cortesana que al parecer ha elegido como su próxima amante. Se llama Gabrielle «no sé qué» y tiene reputación de ser bella y de lo más inmoral. Ha destrozado varios matrimonios sin mostrar el más mínimo remordimiento por ello.

—Gracias, Weed. —Se giró hacia Harriet en cuanto el mayordomo se marchó—. Confirmado: es un duque. Viudo y rico.

—Es un auténtico demonio —añadió Harriet.

Los ojos verdes de Jane brillaron de repente.

—Y parece estar consagrado a llevar la vida pecaminosa y superficial de un sinvergüenza consagrado.

—¿Y?

—Tendremos que mantenerlo lo más alejado posible. ¿Estás de acuerdo?

—Sí, pero si Charlotte se entera de que hemos mantenido esta conversación, lo negaré todo.

# Capítulo 3

*D*evon escoltó a Gideon por el salón de baile, inundándolo con tantas instrucciones de último minuto que no le sorprendía que Charlotte careciera de admiradores. ¿Quién sería lo bastante valiente como para superar la protección de los Boscastle y abordarla? ¿Quién se acordaría de tan enorme cantidad de reglas?

—Una palabra más —murmuró—. Una advertencia más, y acabaré causándole una lesión grave.

—Usted es persona de fiar, ¿verdad, Wynfield?

—Soy un hombre.

—¿Y eso qué significa?

—Significa que soy humano. Tengo debilidades como cualquier hombre. Si teme que vaya a hacer o a decir algo que pueda deshonrar a vuestra prima, dígalo. O no nos presente.

—En ningún momento se me ha pasado esa idea por la cabeza —dijo Devon, y entonces dudó—. ¿Ha pasado acaso por la suya?

Gideon se echó a reír.

Devon lo examinó detenidamente en silencio.

—Pensándolo bien, es posible que no haya sido una de mis mejores ideas. Buscaré a alguien más inofensivo. Es posible que encuentre un conde escondido por algún rincón que no sea un escándalo andante.

—Mirad…

Devon le tendió la mano.

—De acuerdo. Lo entiendo. No quiere hacerme el único favor que le he pedido en todos los años que dura nuestra amistad.

Gideon miró de reojo la esbelta figura de Charlotte. Desde donde estaba, parecía capturada por los prismas de la luz de las velas.

—De acuerdo, está bien. Supongo que no me moriré por esto. Pero si se trata de una de sus bromas, le prometo que se la haré pagar ojo por ojo y diente por diente.

—¿Yo, que soy un modelo de dignidad y un hombre reformado? ¿Le gastaría yo una broma a un duque que ha estudiado con un maestro de la espada de la categoría de Fenton?

—¿Qué pretende que le diga a la dama?

—¿Acaso no ha cortejado usted a suficientes mujeres como para poder escribir un libro entero sobre el tema?

—Solo si espero alguna cosa a cambio.

La mirada de Devon se oscureció.

—¿Me permite hacerle una sugerencia?

—Maldita sea, sí.

—Intente no usar este lenguaje delante de las jóvenes damiselas o se expone a que una docena de abanicos le caigan encima como un bofetón.


Charlotte notó que se le hacía un nudo en la garganta. No podía ni tragar cuando vio que el duque se abría paso por el salón de baile en dirección a ella. Miró a su alrededor en busca de una vía de escape razonable, un grupo de invitados que pudiera esconderla, cualquier excusa con tal de no enfrentarse al hombre que, sin duda alguna, su primo le enviaba para atormentarla.

Pero lo aguardó. Esperanzada. ¿Qué haría por disfrutar de la oportunidad de conocerlo tal y como se lo había imaginado en su diario? ¿Qué haría si cuando llegara a su lado le anunciaba con voz autoritaria: «Estamos perdiendo el tiempo en este baile. Su lugar está a mi lado. Solo usted. Entre mis brazos. Voy a hacerla mía y esta vez no permitiré que me eluda»?

Se estremeció con la absurda sensación de expectación que conlleva lo prohibido. Qué perversos podían llegar a ser sus pensamientos. Y entonces, de repente, el duque se plantó frente a ella. Charlotte levantó la vista. La perversión le miraba a la cara. Se obligó a devolverle la mirada.

El raciocinio perdió su importancia. El sentido común la abandonó por completo.

Su cabeza se volvió anárquica.

Reinaban las sensaciones, salvajes e indisciplinadas.

En la ciudad lo había visto solo de refilón. Su perfil en el interior de un carruaje. Una mirada furtiva a sus anchas espaldas en una exposición. No habría sido correcto mirar de arriba abajo al duque en las galerías comerciales. Solo habría faltado que una de sus meretrices hubiera hecho un comentario sarcástico y lo hubieran oído sin querer sus pupilas de la academia.

O que ella hubiera quebrantado su perfecto historial de decoro poniéndole los puntos sobre las íes a la fulana. Pero aquel día, una simple mirada había bastado para confirmar lo que pensaba. Era un hombre insoportablemente atractivo que irradiaba el encanto de un auténtico canalla.

Y ella no estaba haciendo más que crearse problemas permitiendo que su enamoramiento siguiera adelante.

Tal vez este encuentro sirviera para enfriar de una vez por todas el interés que sentía por él. Tal vez sirviera para revelar lo grosero y engreído que era en el fondo. Sería una satisfacción poder convencerse de que era guapo por fuera y vacío por dentro.

—¿Me permite presentarme? —preguntó él entonces.

Ella movió afirmativamente la cabeza.

Había algo. No tenía ni idea de qué. Ni que hubiera hablado en portugués.

Por mucho que lo intentara, no conseguía que la cabeza le funcionase correctamente.

¿Le habría preguntado si le concedía un baile?

—Lo siento —se escuchó responder—. No puedo.

Lo había hecho muy bien. Sus modales, su sentido común, acababan de acudir a su rescate justo cuando tenía la sensación de que el caos la había vencido.

—¿Le gusta la fiesta, excelencia?

Aquella oscura y melancólica sonrisa le provocó una nueva oleada de pánico.

—No especialmente.

—Me alegro de oírlo…

¿Qué le había dicho?

Aquel encuentro inicial no estaba desarrollándose como sus fantasías dictaban. En ningún momento se suponía que se le trabaría la lengua de aquella manera. En teoría, tenía que encandilarlo con su ingenio, con el diálogo que tan fácilmente fluía por escrito. ¿Por qué no encontraba las palabras ahora que tanto las necesitaba?

Aquello era una humillación.

Era atroz que Devon estuviera allí, tranquilamente apoyado en la pared, observando lo incómodo de la situación.

El duque tampoco parecía muy satisfecho por como estaban desarrollándose los acontecimientos.

Permaneció a su lado mientras realizaban varios intentos más de mantener una conversación educada hasta que, al final, algo en el interior de Charlotte acabó claudicando. Por mucho que el duque de Wynfield fuera el hombre de sus sueños, era evidente que si estaba a su lado era por obligación. Y que no compartía con ella la esperanza de que saltara una chispa entre ellos.

Por desgracia, la deprimente realidad no había aplacado en absoluto la atracción que sentía hacia él. En otras circunstancias, habría pasado horas contemplando aquellas facciones tan bellamente esculpidas. Pero no podía seguir charlando eternamente de aquel modo. De hacerlo, el duque acabaría pensando que estaba mal de la cabeza.

—Devon le ha pedido que baile conmigo, ¿verdad? —le preguntó, negándose a continuar con aquella incómoda situación—. Lo comprendo. No es la primera vez.

—A mí no me lo ha pedido.

De repente, la miró a los ojos y el corazón le dio un vuelco al pensar en lo que podría haber sido. Al menos, en su imaginación.

Pero no había motivos para seguir fingiendo que el duque actuaba por motivos románticos.

—Los he visto juntos y sé que estaban hablando de mí. Conozco a Devon, y conozco también sus bromas.

—Tonterías —dijo Gideon con firmeza—. Estábamos hablando de política.

—¿Sobre qué tema?

—Nada que pueda repetir en tan exquisita compañía. Temas inquietantes y… cosas por el estilo.

—Entiendo. —Lo que realmente entendía era que el duque manejaba su encanto con la misma destreza que ella su abanico—. No sabía que a Devon le interesara la política.

—Tal vez no haya querido ofender oídos delicados con...

—¿Temas inquietantes y cosas por el estilo?

—Exactamente. —Y entonces, sorprendiéndola, el duque se acercó algo más a ella en vez de huir agradecido, como tenía todo el derecho de hacer—. Siento curiosidad por una cosa. ¿Tiene por costumbre someter a los caballeros a un extenuante interrogatorio antes de acceder a bailar con ellos?

—Solo a aquellos que sospecho que me cortejan porque mis primos les han dicho que lo hicieran.

—¿No quiere bailar conmigo? —preguntó él con una sonrisa irresistible.

Ella le devolvió la sonrisa, lanzándole otra mirada furtiva por encima de su abanico de encaje.

—¿Intenta pervertirme?

—No. La perversión viene después del baile, que por lo visto terminará incluso antes que esta conversación.

Charlotte cerró el abanico y suspiró exageradamente.

—Creo que debería prestar atención a las jóvenes graduadas. Esta noche es de ellas, no mía.

Él hizo una reverencia.

—En ese caso, me siento decepcionado.

—No se siente decepcionado, y ambos lo sabemos. Más bien aliviado. Dígale a Devon que ha cumplido con su deber y que yo le he liberado del mismo. No permita que le haga sentirse culpable. Puede ser muy convincente.

—También yo, si se me da la oportunidad.

—Confío en que no cuelgue ninguna amenaza sobre su cabeza. De ser así, le pido disculpas. Devon es incorregible.

—Le ruego que me perdone, señorita Boscastle, pero jamás hago nada que no me satisfaga. Si me conociese mejor, me comprendería.

«Y si usted me conociese mejor —pensó Charlotte—, comprendería que...». ¿Qué qué? ¿Qué estaba locamente enamorada de un hombre que estaba hablando con ella bajo amenaza? ¿Qué nunca había sido debidamente cortejada ni conocía la reciprocidad en el amor romántico? ¿Y que a cada mes que pasaba en soledad, sus probabilidades de encontrar al hombre perfecto —que no era otro que él— disminuían? Se volvió hacia los bailarines, que se agitaban como cintas por la pista de baile. ¿Por qué tenía que ser tan insistente? ¿Por qué no la dejaba en paz para que pudiera seguir sintiendo lástima de sí misma? Aquel hombre diabólico se había propuesto agotarla.

—¿Quiere…?

—No, lo siento muchísimo, pero tengo que vigilar a mis chicas.

—Debe de ser un trabajo complicado.

—Lo es —replicó ella de manera entrecortada, sin mirarlo—. Sobre todo en momentos como este.

—¿Por qué se las conoce como las «leonas de Londres» una vez que alcanzan su graduación? —preguntó él. Charlotte notó que la taladraba con la mirada—. ¿Les enseña a atrapar a los caballeros entre las mandíbulas?

Volvió a mirarlo, y la desatada sensualidad de su sonrisa la pilló desprevenida.

—La referencia no tiene nada que ver con las habilidades de un depredador.

—Una lástima. La idea me intrigaba.

—Hace referencia a la fundadora de la academia, la vizcondesa Lyons.

—¿De modo que el apodo no esconde nada de nada? —insistió él en voz baja.

—De esconderlo —replicó ella, arrancando como a mordiscos sus propias palabras—, es evidente que este no sería el momento de demostrarlo.

—¿Está…?

Charlotte se giró.

—El baile ha terminado… Ahora hay un descanso, excelencia —consiguió decir con cierta dignidad.

Él levantó la vista.

—Sí, así es. —Hizo un galante gesto de asentimiento—. Estaba tan enfrascado en la conversación que ni siquiera me había dado cuenta. Ha sido… interesante. —Esbozó una sonrisa ladeada—. ¿No le parece?

—Sí —dijo ella, tan agotada que no le quedaban ni fuerzas para llevarle la contraria.

No podía ni imaginarse lo difícil que debía de ser resistirse a él en privado. No sabía tampoco si realmente se había propuesto seducirla. Había sido mucho más que interesante, aunque vislumbraba muchas maneras de mejorarlo. Podía haber sido un interludio romántico en vez de un doloroso recordatorio de su amor no correspondido.

Aunque no tenía que preocuparse pensando que el destino pudiera depararle tal escándalo. Eran completamente opuestos. Él era una hoguera bravía en comparación con su tímida llama. Un desafío de despreocupación para su concienzuda alma. No era culpa del duque que ella se hubiera inventado un romance que jamás había existido. O ser tan atractivo que ella deseara llorar sobre aquel torso tan maravillosamente masculino.

Al menos, se había esforzado por ser amable. Charlotte tenía que admirarlo por ello, aunque luego le cortara la cabeza a Devon por convertirla en objeto de lástima.

—¿Señorita Boscastle? —dijo el duque con una voz profunda e irresistible—. ¿Estoy perdonado?

Charlotte se puso en movimiento.

—¿Por qué?

Se quedó mirándola un buen rato.

—He sido excesivamente obvio, ¿verdad?

—Sí —replicó ella—. Ha sido usted obvio. Dolorosamente obvio.

—Bien, ahora que la verdad ha salido a relucir, ¿me concedería el próximo baile?

Ella negó con la cabeza, sorprendida por su audacia.

—No.

—¿Tal vez en el futuro?

—Sí, sí, sí.

Se obligó a girarse, confiando en que él captara la indirecta y le permitiera serenarse.

Notó que retrocedía un paso. Y justo a tiempo. Porque en aquel instante vio por el rabillo del ojo que dos de sus alumnas se dirigían a las puertas de acceso al jardín. Las seguían tres jóvenes caballeros. Cogió su abanico perfumado con esencia de rosas y se preparó para hacer frente a un potencial escándalo. Independientemente de que estuviera en compañía del duque de sus sueños, no estaba dispuesta a tolerar ni el más mínimo desliz por parte de sus pupilas. Ni pensaba darle a lady Clipstone material con que alimentar los chismorreos de sus comadres. Sabía que Alice tenía un espía en la casa. En el pasado, había intentado sobornar a antiguas alumnas y criados de la academia para obtener confidencias que pudieran dañar el prestigio de la institución.

—En otro momento, excelencia —murmuró, despidiéndolo de modo definitivo.

—Lo esperaré con impaciencia.

Volvió a hacer una reverencia. Había que reconocer que sabía disimular muy bien el alivio que debía de sentir. Sin duda, la olvidaría en cuanto se alejara de ella. Y ella se obligaría también a olvidarlo, hasta el momento en que volviera a sentarse junto a su escritorio y vertiera sus pensamientos en el diario.

Decidió que aquella sería la última referencia del duque que escribiría. Su romance imaginario había tocado a su fin… por mucho que en persona fuera tremendamente más deseable de lo que hubiera podido soñar.

Una noche a solas en su compañía arruinaría de por vida su reputación. En el caso de que él se propusiera seducirla, sería incapaz de defender su virtud. Charlotte sabía que la pasión que él pudiera demostrarle dejaría a la altura del betún la compañía de cualquier otro hombre. Naturalmente, no habría hombre decente que luego la quisiera en caso de mantener algún tipo de relación con Wynfield. ¿Merecería la pena tener un recuerdo en comparación con la deshonra que ello supondría? Le daba miedo reconocer que sí merecería la pena. Y aquello era prueba suficiente de que había ido demasiado lejos con sus estúpidas fantasías con aquel carismático duque. Era evidente que cualquier probabilidad de romance entre ellos estaba tan lejana como el planeta Venus.

# Capítulo 4

Gideon no estaba seguro de haber conseguido alguna cosa durante su breve encuentro con Charlotte Boscastle, excepto hacerse pesado. Dudaba que el rato que había pasado con ella la hubiera hecho más deseable para los demás hombres. O que él se hubiera sentido cómodo bromeando con ella de no haber sido la prima de Devon.

Pero, la verdad, no le había recordado en nada a Devon. Tenía un aura soñadora que la diferenciaba del resto de la familia. Podía estar sacada de una de las acuarelas que decoran una mansión campestre, su frialdad una ilusión óptica. Su piel no tenía el tono blanco de la inocencia. Sino que era de un pecaminoso color crema con un remolino de pétalos de rosa bajo la superficie. Su sonrisa había dejado entrever una dentadura atractivamente desalineada. Las motitas doradas de sus ojos insinuaban fuegos ocultos.

Se descubrió preguntándose por su aspecto si se deshiciera la abundante cabellera rubia que llevaba primorosamente recogida a la nuca. Había contado veinte recatados botones en la espalda de su modesto vestido. A saber el escándalo que le habría montado de haber sabido que había estado pensando en la rapidez con que podría desabrocharlos.

Y con todo y con eso, de no conocer la coyuntura, habría jurado que entre ellos se había creado una sensación inmediata de intimidad. Lo que era imposible.

El día que se habían visto en las galerías comerciales no habían intercambiado una sola palabra.

—Aquí está —dijo una voz masculina desde las dobles puertas de acceso al exterior—. Confiéselo todo. ¿Qué ha dicho para convencer a

Charlotte de salir al jardín? Y no me venga con que han quedado allí para celebrar un encuentro secreto, puesto que ahí fuera hay incluso más espías que árboles.

Gideon resopló.

—Preferiría no hablar del tema. Estoy seguro de que valorará el hecho de que un caballero no comente sus asuntos con una dama.

—¿La ha ofendido?

—Probablemente, aunque la culpa es vuestra.

—¿Qué ha pasado?

—Nada —declaró Gideon.

Devon lo miró con escepticismo.

—¿Nada?

—Nada —repitió Gideon, y se preguntó por qué reconocer la verdad sonaba como una mentira.

—¿Le ha pedido que le conceda un baile?

—Repetidamente.

Devon negó con la cabeza.

—Y yo que le tenía por el hombre más encantador del baile.

Gideon rompió a reír.

—Siento decepcionarle. Lo he intentado. Y he fracasado.

—¿Sigue decidido a llevar una vida de decadencia?

—Me temo que sí.

Devon asintió, aceptando la realidad a regañadientes.

—Al menos lo ha intentado. ¿Os apetece subir a la galería para brindar por vuestro continuo declive?

—Esta noche no. Me esperan otros placeres. Y he prometido dejar en su casa a algunos amigos de camino a mi destino.

—Me parece bien. Lo más probable es que si subiese, Jane acabara acorralándole con el pretexto de charlar un rato. Anda buscando descaradamente pretendientes para Charlotte.

Gideon se resistió a echar un nuevo vistazo al salón de baile.

—Le deseo buena suerte al hombre que sea capaz de sortear su guardia. Yo ni siquiera he podido convencerla de que bajara el puente levadizo.

—Sus hermanos han escrito a Grayson anunciando su intención de casarla lo antes posible.

—Gracias por la advertencia, después de lo sucedido. Sabía que había olido en el ambiente el aroma de una conspiración.

—No le iría mal buscar esposa —comentó Devon.

—No se lo rebato —dijo Gideon, moviendo la cabeza de un lado a otro—. Pero no ando buscándola. Y dudo que lo haga en un futuro próximo.

—Eso también lo pensaba yo justo antes de conocer a Jocelyn —dijo Devon—. Estaba de camino a una cita de medianoche con otra mujer, y al instante siguiente me encontré de pie en el altar preguntándome que había pasado.

Charlotte picoteó un poco de ensalada y levantó la copa aflautada de champán en dirección a la mujer sentada dos sillas más allá de ella. Harriet levantó también la suya. Su turbante de plumas se escoraba sobre su cabeza como un pavo moribundo, pero a nadie parecía importarle. Todas las chicas estaban presentes. La totalidad de los caballeros había sido invitada a acudir a las salas de juego para equilibrar el acto.

Era un hecho excepcional en la historia de los Boscastle: una fiesta que había terminado sin ningún escándalo que llenara las páginas de la prensa matutina. Incluso la señorita Peppertree, la remilgada secretaria de Charlotte, parecía satisfecha. Weed, siempre quisquilloso en lo que a las ceremonias se refiere, había alineado a todos los criados junto a la pared como soldaditos de madera.

—¡Por la Academia Scarfield! —exclamó Harriet, alzando la voz por encima de la feliz cháchara.

Y Charlotte se sintió inmensamente aliviada al pensar que la fiesta estaba a punto de tocar a su fin. De hecho, estaba tan segura de que la noche acabaría sin sobresaltos, que se excusó justo después de la cena y subió para ultimar los preparativos de la marcha de las chicas.

Jane siempre guardaba varias habitaciones para la familia; Charlotte había pasado la noche anterior allí con las chicas para familiarizarlas con el salón de baile.

Harriet la siguió por el pasillo de la planta superior.

—Necesito mi capa y mi bolsito. El duque de Wynfield va a dejarme en otra fiesta junto con un grupo de invitados. Me imagino que no conseguiré convencerte para que vengas.

Charlotte sonrió con tristeza. No le gustaba la idea de tener que sentarse en el carruaje del duque mientras él no pensaba en otra cosa que en tener a otra mujer en sus brazos. Despedirse de él en el diario ya le sería bastante difícil.

—Tal vez podrías convencerle de que no fuera después a visitar a la señora Watson —dijo Harriet, bromeando—. Jane y yo os hemos visto flirtear...

—Yo no he estado flirteando —declaró Charlotte, consternada, abriendo la puerta que daba acceso a la suite—. Devon le obligó a pedirme que le concediera un baile. Estás confundida.

—Pues parecía un flirteo... Oh, Charlotte, sé que te atrae. Ojalá él... ¡Dios mío, mira en qué estado está mi turbante! —Harriet se enfrentó a su reflejo en el espejo de pie—. No puedo creer que nadie me haya dicho lo mal que me queda. Y tampoco me da tiempo a arreglarme el pelo. ¿Dónde habré puesto la capa?

Charlotte no respondió. Harriet se volvió hacia ella.

—¿Te encuentras bien?

—No. —Se mordió el labio—. Creo que deberías dejarme tranquila. Tal vez me eche a llorar. Ha sido una velada muy larga y plagada de desafíos.

—Oh, no. ¿Qué...? Se trata de él, ¿verdad?

Charlotte asintió a regañadientes.

—Soy una soñadora. Siempre confié en que, tal vez... Me pidió bailar porque le daba lástima. Se ha acabado.

Harriet se arrodilló delante de ella.

—¿El qué se ha acabado?

—Mi romance amoroso.

—Tampoco es que fuera real.

—¿Sabes qué es lo peor de todo?

—¿Qué, dímelo?

—Que he pasado mucho tiempo soñando con ese hombre. Y que ha llegado la hora de que esa tontería termine de una vez por todas. Solo que esta noche he descubierto que tiene conciencia, y eso aún le hace más atractivo si cabe. ¿Por qué no me dijiste nunca que todo eso que escribía era una pérdida de tiempo?

—Porque no lo es —replicó Harriet—. Las historias que me leíste eran muy bonitas.

Charlotte estaba apenada.

—Mi diario es pura fantasía. Ahora ni siquiera puedo soñar con volver a verle. Tendré que dibujar mariposas para pasar el tiempo.

—Yo era una criminal, Charlotte. Tú me ofreciste el regalo de los libros de calidad, libros que contenían cosas que yo sentía pero que nunca supe expresar.

—Te expresas con mucha más elocuencia que cualquier dama que conozco.

—¿Incluso cuando caigo en la blasfemia?

—Especialmente entonces. —Charlotte profirió una inestable carcajada—. No le digas a nadie lo que acabo de decir. Una dama nunca debe mostrar sus emociones. Y mucho menos utilizar un lenguaje soez.

—Puedes confiar en mí. ¿Quieres que hablemos de él?

Charlotte negó con la cabeza.

—Ahora no.

—Llevas semanas trabajando con las chicas para su graduación. Tómate el descanso que te mereces, cariño.

—Tengo que despedirlas aún. Me iría con ellas, pero todavía tengo la maleta por hacer.

—La señorita Peppertree está esperando en uno de los carruajes. Sir Daniel las seguirá a caballo y habrá lacayos suficientes como para llenar un campo de críquet.

Charlotte sonrió con alivio. Sir Daniel Mallory había sido policía y trabajaba para la familia Boscastle como agente de seguridad privado.

—El baile ha salido bien, ¿no te parece?

—Más que bien. Las jóvenes no solo han sobrevivido la noche gracias a tu dedicación, sino que además han triunfado. Ten presente que esta noche has hecho historia: un acto de los Boscastle que no termina en escándalo.

—Perdóname. Yo no...

—Descansa un poco mientras vuelvo a ponerme presentable. Podría pedirte un refresco, si te apetece. Me he fijado que no has cenado nada.

—No podía comer.

—Más tarde comerás.

Charlotte suspiró y abrió el escritorio donde guardaba el diario en el interior de un falso cajón. Enseguida se olvidó incluso de la presencia de Harriet. Solo tenía tiempo para redactar un par de páginas, pero necesitaba purgar sus sentimientos hacia el duque mientras la impresión que le había dejado siguiera grabada de aquel modo en su cabeza.

*Esta noche me he despedido del duque con un beso. Bueno, en realidad no ha sido así. Me ha pedido que le concediera un baile, una y otra vez, y me moría de ganas de aceptar la invitación. De haberlo hecho, habríamos bailado hasta que mis chinelas no aguantaran más y la luz del sol se filtrara por los ventanales del salón de baile.*

*—Me había parecido entender que tenía una cita secreta —susurró ella entre los besos ardientes de él.*

*—Y así era.*

*—¿Qué ha pasado?*

*—Que la he conocido.*

*—¿No se enfadará su amante?*

*—¿Le importa acaso esto a mi futura esposa?*

—¡Charlotte!

La voz de Jane la despertó de repente de su agradable fantasía. Se serenó y se volvió hacia la elegante figura enmarcada por la puerta.

—¿Va todo bien, Jane?

—Sí. La señorita Peppertree se marcha con las chicas. Despídelas y luego ven a tomar una copa de brandy conmigo y con Chloe antes de que Weed pida el carruaje para ti. ¿Vienes, Harriet?

—No —dijo esta—. Ya te dije que han organizado un juego de la caza del tesoro. ¿Tienes otro turbante que puedas prestarme?

Charlotte se levantó, cerró el escritorio y corrió hacia la puerta para marcharse con Jane.

—Qué te diviertas, Harriet.

Harriet le sonrió distraídamente desde el tocador, donde se había instalado para tratar de domesticar su pelo.

—Le pediré un beso para traértelo —le dijo en voz baja.

—No te atrevas —susurró Charlotte, las mejillas ardiéndole—. Si lo haces, nunca podré volver a salir a la calle.

—Podrías venirte —dijo Harriet—. Ya se encargará la señorita Peppertree de montar guardia.

—Lo de la caza del tesoro suena divertido —dijo después de un reflexivo silencio—. Lo que pasa es que los juegos de ese tipo suelen acabar en desgracia. No puedo permitirme provocar ningún escándalo.

—Vamos, arriésgate —dijo Harriet, sus ojos brillantes.

—¿Y qué es exactamente lo que vais a buscar?

—No he visto toda la lista. Creo que Devon tiene que buscar un parasol de seda y Chloe un camisón de caballero.

—Lo de buscar el camisón le acarreará problemas, no me cabe la menor duda —predijo Charlotte.

—Tal vez lo he entendido al revés —dijo Harriet en tono jovial—. Nos dividiremos en grupos. —Bajó la voz—. Hay quien ha sugerido que hagamos una visita sorpresa a la casa de tu duque.

—No es mi duque. Y tanto tú como yo sabemos que tiene otros planes para esta noche. —Charlotte frunció el entrecejo. Preferiría no volver a verlo que hacerlo con la mujer que hubiera elegido para pagar por su compañía—. Además, mañana tengo clase. Las mayores se han graduado, pero en la academia quedan aún las más jóvenes.

—No eres la única profesora de la academia —le recordó Harriet.

—Lo sé. Pero eso no me sirve de excusa para andar correteando por Londres a las tantas de la noche.

—¿Y quién necesita una excusa?

—Una dama soltera. En el caso de todas vosotras es distinto.

Harriet suspiró.

—¿Dónde está el turbante? —le preguntó a Jane antes de que cerrara la puerta.

—Mira en el armario y en mi habitación —respondió Jane, alejándose—. O pregúntale a mi doncella. Creía que me habías convencido a mí y no a Charlotte para participar en la caza del tesoro.

Harriet se apartó del espejo y miró con compasión a Charlotte.

—Solo bromeaba. Jamás te traicionaría.

—¡Charlotte! —Jane volvió a asomar la cabeza—. Apresúrate, querida. Todo el mundo está esperando.

—Harriet —dijo Charlotte—. Cierra la puerta cuando te marches. Y, por favor, te pido por favor que, hagas lo que hagas, no reveles mis secretos. Es una velada para que las chicas mayores celebren su éxito, no para que estén inquietas por una directora que solo piensa en sí misma.

Harriet ni siquiera oyó que la doncella entraba en la habitación.

—El carruaje del duque está esperando, excelencia. Dice que se dé prisa. En la calle se ha formado una aglomeración.

Harriet ocultó un rizo descarriado en el interior del turbante, que había despojado de sus plumas, y echó otro vistazo a la desangelada estancia. No había encontrado otro turbante donde ocultar su desafiante cabello. Sabía que se olvidaba alguna cosa. ¿Qué había dicho Charlotte?

Abanicos. Zapatos. El bolsito. ¿Dónde habría metido la capa? ¿Estaría enterrada debajo de la montaña de prendas arrojadas de cualquier manera sobre la *chaise longue*?

¿Guantes? Entonces descubrió la capa perfectamente doblada sobre la silla que había junto al escritorio que había estado utilizando Charlotte. Contuvo un grito. La parte frontal del escritorio se había abierto; no era de extrañar, puesto que aquel mueble parecía tener más de noventa años. Su mirada fue a parar al diario que Charlotte había dejado despreocupadamente en un lugar donde cualquiera podía leer su escandaloso contenido.

De hecho, la mirada de la doncella también estaba clavada en el objeto.

Charlotte se sentiría humillada si alguien acababa leyendo sus confesiones. Y Harriet había prometido protegerla.

—El duque está esperando, excelencia —anunció Weed con autoridad desde la puerta.

—Estaba recogiendo mi capa, viejo sapo —replicó Harriet, y así lo hizo, guardando el diario entre sus pliegues con el talento de ratera que había perfeccionado a muy tierna edad.

No era la solución ideal, pero Harriet se sentía mejor llevándose con ella el diario que dejándolo allí a la vista de la doncella. La cara de aquella criada... era taimada. ¿Y le resultaba además familiar? No estaba del todo segura.

Charlotte entró en la habitación y suspiró aliviada. Había cumplido su obligación con otra promoción de chicas y con la academia. Y ahora tocaba saborear aquel éxito. De haber sido otra noche, se habría sentado al escritorio para plasmar por escrito la satisfacción de su corazón y desahogar deseos secretos que jamás habría revelado a nadie.

Estaba enamorada de las palabras desde que su padre le permitió el acceso a la biblioteca de casa. Fue entonces cuando su larguirucho ser llegó a la conclusión de que las respuestas a las preguntas de la vida acabarían dándoselas los que en su día habían consagrado su tiempo a compartir sus pensamientos por escrito.

Naturalmente, nadie leería jamás todo lo que ella había confesado en su colección de diarios. La historia de su primer desconsuelo amoroso tal vez le pareciera trágicamente poética con quince años de edad: se había quedado devastada cuando había sorprendido al chico que adoraba describiéndola como «esa giganta con dientes grandes» el día que lo encontró con otra chica.

Ahora solo sentía una punzada de dolor cuando pensaba en aquella humillación del pasado. Era alta, pero ya no se encorvaba para ocultar su altura en presencia de caballeros. La leve desalineación de su dentadura ya no le impedía sonreír. Habría sido una infeliz de haberse casado con un tipo insensible como Phillip Moreland. Más aún, había sido testigo de bastante sufrimiento como para poder valorar la bendición que había recibido en lugar de lamentarse por lo que no tenía.

Tal vez haría bien arrancando todas las páginas del diario que hacían referencia a él. El recuerdo diabólico de su falta de consideración había sido exorcizado de su corazón del mejor modo que podía ofrecérsele a una dama de su condición.

Se acercó al escritorio, poniendo mala cara viendo el estado en que Harriet había dejado la habitación. Y entonces... vio que el diario había desaparecido.

No podía ser. Debía de haberlo escondido y no recordaba dónde. Ya le había pasado en otras ocasiones. Abrió el cajón del escritorio y rebuscó en vano entre hojas de papel y figurines de moda. ¿Otro cajón?

«Piensa.» El duque. Las chicas. Su diario. Su confesor personal.

No caería presa del pánico. Aquella noche había tenido muchas distracciones. Y eso era lo que les sucedía a las damas que bebían champán como si de agua se tratara.

Echó un vistazo general a la habitación. Había estado escribiendo en el escritorio mientras Harriet se peleaba con su pelo y se quejaba del turbante. Chinelas. Capas. El vestido que Jane le había sugerido muy sutilmente ponerse en lugar del sencillo vestido de baile de raso blanco que ella había elegido.

Tal vez Harriet lo hubiera escondido en alguna parte antes de marcharse. El corazón le dio un vuelco de esperanza. ¿Dónde estaba Jane? Estaban en casa de Jane. Debía de haber entrado, reconocido el diario y el peligro que entrañaba. Podía preguntar al personal o, mejor todavía, a Weed. Aquel hombre lo sabía todo, lo veía todo, lo oía todo.

Registró por completo la estancia, su ansiedad en aumento a cada segundo que pasaba. No claudicaría ante el pánico. El diario no podía haber desaparecido solo.

—Lo he perdido —musitó—. Qué alguien me ayude. Tengo que quedarme... ¡Lo he perdido! —gritó a pleno pulmón—. ¡Lo he perdido! ¡Ha desaparecido!

Se giró en el momento en que se abría la puerta y Jane entraba corriendo, su cara blanca, Weed pisándole los talones.

—Estaba en la escalera —dijo Jane sin aliento—. Te he oído gritar y confiaba que no fuera lo que creía haber oído. Weed, quédate en la puerta y asegúrate de que nadie se acerca. ¿No será verdad, no, Charlotte?

Charlotte asintió, compungida.

—Lo he perdido, Jane. Ha desaparecido.

—¿Desaparecido?

—Desaparecido. Se lo han llevado. Me lo han robado. No lo sé.

Jane se quedó mirándola, horrorizada.

—¿Te refieres a tu virginidad? —susurró, corriendo hacia la puerta y cerrándola con tanta fuerza que casi apaga las velas de los candelabros de la pared—. Escúchame. —Le cogió la mano—. Que haya sucedido esto es terrible, pero no es necesario pregonarlo a viva voz para que todo Londres se entere. Supongo que habrá sido el duque.

—¿Qué?

—¿Fue en esta habitación? —preguntó Jane, su voz subiendo de tono—. ¿Cuándo? Pensé que se había marchado. Si me dices que ha vuelto a entrar a escondidas para violarte mientras...

—No se trata del duque. —Charlotte retiró la mano—. Se trata de mi diario. Lo dejé en el escritorio y ha desaparecido.

—Oh, santo cielo —dijo débilmente Jane, dejándose caer en la *chaise longue*—. Por un momento he tenido ganas de asesinar a alguien. No vuelvas a asustarme nunca más de esta manera.

—Levántate, Jane, por favor. Tenemos que encontrarlo.

—Seguro que daremos con él. Alguien lo encontrará por casualidad...

—No.

Jane se enderezó en el asiento.

—Serénate ahora mismo. Dudo que lo que hayas podido escribir pueda arruinar tu reputación. Seamos sinceros. ¿Qué podrías contar tú que no hiciera más que enarcar con escepticismo alguna que otra ceja, como mucho? Llevas una vida circunspecta.

—Eso es lo que crees.

Jane se quedó mirándola.

—¿Estás diciéndome que has confesado sobre el papel alguna fechoría capaz de mancillar tu buen nombre?

Charlotte gruñó de pura desesperación.

—El contenido de ese diario podría acabar conmigo y con la academia. ¿Dónde está Harriet? Tengo que hablar con ella.

—Se ha marchado hace un rato en el carruaje del duque de Wynfield en compañía de un grupo de amigos. Se dirigían a casa de la señora Watson para reunirse con otro grupo. Su diversión no empieza hasta medianoche. Enviaré enseguida a Weed para que la localice —prosiguió Jane—. No, mejor se lo pediré a sir Daniel en cuanto regrese de la academia. ¿Quién mejor que un antiguo policía para localizar a Harriet? Ya la capturó más de una vez en el pasado, ¿no es así? Y, entretanto, debes mantener la calma.

—¿Y cómo la localizará? Iba a participar en un juego de la caza del tesoro. ¿Y cómo quieres que mantenga la calma? Tú no has leído mi diario.

—Confiemos en que no lo haga nadie. —Jane hizo una pausa para asomar la cabeza por la puerta que daba acceso a la habitación contigua—. ¿Quién anda ahí? —preguntó con brusquedad.

—La doncella —respondió una voz aflautada—. Me preguntaba si la señorita Boscastle querría que le arreglara un poco la habitación antes de retirarse. No he podido evitar enterarme de que se ha producido una pequeña crisis en la casa.

Jane se levantó rápidamente.

—No sé cómo te llamas. Debes de ser nueva y tal vez desconoces que los empleados se rigen por ciertas reglas. No se escucha detrás de las puertas. No se entra sin pedir permiso.

—Sí, milady.

Saludó con una reverencia y se dirigió hacia la puerta.

—Y en la casa no hay ninguna crisis.

—Debe de ser una de las criadas que la señora Barnes contrató para la fiesta —dijo Jane al cerrar la puerta—. Tal vez habría que preguntar, tanto a ella como al resto de las criadas, si han dejado el diario en algún lado.

—O si lo han robado —dijo débilmente Charlotte.

—Deja de comportarte como si el mundo dependiera de tus pensamientos, Charlotte. ¿Quién se tomaría la molestia de robar tu diario teniendo yo una fortuna en joyas guardada en mis aposentos?

# Capítulo 5

Gideon fue el último en bajar del carruaje. Había dejado a Harriet y a sus bulliciosas amistades en una fiesta en Grosvenor Square, haciendo caso omiso a sus súplicas rogándole que se quedara con ellos.

—¡No pretenderá pasarse el resto de la noche en la cama de una cortesana! —gritó en plena calle Devon, la discreción en persona—. ¡Tiene que venir con nosotros!

Gideon negó con la cabeza y ordenó al cochero que pusiera rumbo al exclusivo burdel de Bruton Street. Estaba recogiendo el sombrero y los guantes cuando detectó la presencia de un objeto voluminoso remetido entre los cojines del asiento. Dudó un instante antes de sacarlo de allí.

Lo que parecía un animal muerto resultó ser el poco atractivo turbante de Harriet y... ¿un libro? Extraño objeto para llevar a una fiesta.

Se deslizó por el asiento para tener luz y abrió por la primera página lo que enseguida comprendió que era un diario... que no pertenecía a Harriet.

*Privado*
   *Propiedad de una dama — CEB*
   *Se ruega no leer*

Sonrió. ¿Sería de la señorita Boscastle? Debía de ser de lo más apasionante. Un día en la vida de una directora de escuela tenía que estar repleto de emociones. Un montón de páginas escritas con una caligrafía refinada y precisa. Se imaginó la entretenida enciclopedia del decoro que habría escrito. Diría cosas como «Lord Higgleston ha utilizado el tenedor de pescado para el filete de carne. ¡Qué horror!»

—¡Excelencia! —dijo una voz sensual desde una ventana de la primera planta del burdel—. ¿Se ha vuelto tímido de repente? ¿O quiere acaso que baje a recibirle?

Cerró rápidamente el diario y salió del carruaje, ignorando la débil sonrisa del lacayo. Gabrielle Spencer no era en absoluto sutil. Se ganaba la vida con el sexo y consideraba que sus servicios valían el precio que exigía. ¿Debería llevarla a su casa la primera noche?

No se habían prometido nada, excepto que esta noche él le haría una oferta formal por la exclusividad de sus servicios como cortesana y acompañante.

Un criado lo guió por una escalera privada, eludiendo al resto de visitantes del local, que daba acceso a una antecámara iluminada con velas. Ya era demasiado tarde cuando Gideon se dio cuenta de que llevaba el diario bajo el brazo. Ya no podía hacer nada al respecto.

—Gideon —dijo Gabrielle a modo de bienvenida, enlazando las manos por detrás de su nuca antes incluso de que el criado hubiera cruzado la puerta para marcharse.

Se presionó contra él con un entusiasmo desinhibido que le habría excitado de no haberse interpuesto entre ellos, como un ladrillo, el diario de Charlotte Boscastle.

Gabrielle rió, bajando la vista, sus grandes ojos castaños brillando de ilusión.

—¿Es para mí? —preguntó, deslizándole las manos por el cuello—. Le prometo que puedo realizar cualquier acto que se mencione en el libro.

—Segurísimo que no.

Ella sonrió con malicia.

—¿Cuánto estaría dispuesto a apostar?

—Al precio que cobras, dudo que pueda permitirme apostar.

Gabrielle negó con la cabeza.

—Le veo tenso esta noche. ¿Qué puedo hacer para relajarle? —Bajó la mano para coger el diario—. ¿Contiene el libro vicios secretos que yo pueda satisfacer?

Él le separó la mano del diario. El atractivo de aquella mujer era innegable.

—Hay secretos que no pueden compartirse.

—¿Ni siquiera entre amantes?

—Ni siquiera.

—He encontrado la casa que me gusta —dijo ella con despreocupación—. Está cerca de la suya y es perfecta para el placer. Y he hecho una lista con todas las cosas que necesito comprar. ¿Se la enseño antes de ponernos cómodos?

—Si quieres.

—Espere aquí —susurró—. He comprado la ropa interior más perversa que pueda haber visto en su vida. En el aparador siempre hay jerez a punto.

Gideon se sirvió una copa y tomó asiento en la *chaise longue* tapizada en seda. Empezó a hojear el diario hasta que encontró su nombre en una de las entradas.

Se enderezó en el asiento, atragantándose con el jerez. Empezó a leer con fruición.

*Los besos del duque me dejaron indefensa. No pude resistirme a ellos. Él no me habría permitido escapar ni aun reuniendo todas mis fuerzas para hacerlo. Cuando me arrastró hasta delante de la chimenea, mi conducta ya era incoherente...*

«¡Madre mía!», pensó. ¿Cuándo había sucedido aquello y por qué no lograba recordarlo?

Abrió una página marcada con una rosa roja y su tallo. La rosa estaba bien conservada, pero la tinta de la página parecía bastante fresca.

¿Su entrada más reciente?

Forzó la vista para leer; la luz de la estancia era tenue.

*El baile*

*Esta noche el duque de Wynfield me ha pedido que le concediese un baile. Me he resistido, no solo por deber, sino también porque sabía que si volvía a tenerme entre sus brazos, no podría disimular la pasión que siento por él.*

*No había otro hombre en el baile que me hiciera temblar. Cuando se me acercó, tuve que contenerme para no...*

«Maldita sea.»

Entrecerró los ojos. Vaya lugar más inconveniente para un manchón de tinta. Nunca sabría qué era lo que Charlotte se había obligado a no hacer.

Miró el reloj que había en un rincón. Gabrielle estaba tomándose su tiempo.

¿Estaría haciéndolo esperar para aumentar su deseo? ¿Para darle a entender que hasta que no pagara el precio convenido seguía estando disponible para otros hombres?

No le gustaban las esperas.

Tampoco le gustaba especialmente tener que visitar un burdel para formalizar un pacto. Ni se sentía orgulloso de sí mismo por estar leyendo el diario de una mujer. Tenía que parar. Pero le resultaba imposible.

*Me pidió que le concediese un baile, pero yo le ofrecí más.*

*Aceptó y me hizo suya de todas las maneras que un hombre puede hacer suya a una mujer.*

—Dios mío —murmuró Gideon, negando con la cabeza—. ¿Quién lo habría imaginado? La directora anhela algo más que academicismo.

«¿Suya de todas las maneras que un hombre puede hacer suya a una mujer?»

¿Comprendería el alcance de lo que había escrito? ¿Habría algo más?

*La verdad*

*Tal vez esperara que cayera de rodillas ante él, agradecida por la pequeña atención que me había prestado. De esperarlo, lo disimuló bien. Era evidente que era Devon quien le había puesto en aquella situación incómoda, y era evidente que él se había visto obligado a conversar conmigo. Sus ojos deambulaban por el salón y se perdían en cualquier mujer que pasara.*

Gideon frunció el entrecejo. Aquello resultaba poco halagador, además de injusto. Solo había echado algún que otro vistazo al salón para no dar la impresión de estar mirándola en exceso. Era evidente que los caballeros no siempre podían salir airosos.

Siguió leyendo.

*Y se muestra grosero con los criados, condescendiente. Les da órdenes y da por sentado que sus deseos serán satisfechos de inmediato. Ni siquiera da las gracias y habla en un tono condescendiente...*

Cerró el diario de golpe.

¿Habría olvidado darles las gracias a los criados que le habían servido el champán? Un auténtico crimen por su parte. Consideraba que trataba bien al personal. ¿O no?

Estaba muy bien eso de tener las dos versiones de la historia. La señorita Charlotte Boscastle no sabía muy bien si era el amor o el diablo de sus sueños.

Dejó el diario e intentó no mirar cuando cayó abierto de nuevo por una página cualquiera.

*El pasado*
   *Traición y un corazón roto*
   *Se llamaba Phillip Moreland y fue el primer chico que amé. Creía que me amaba; venía a casa en su carruaje todos los sábados por la tarde para verme, o eso pensaba yo, y tomar el té. Entonces, un día, le sorprendí besando a la criada en el jardín. [...] De hecho, parecía más bien que estaban haciendo otra cosa, la naturaleza de la cual me resulta imposible describir siendo como soy una dama. [...] Días más tarde, cuando volví a coincidir con él, se defendió con toda la tranquilidad del mundo calificándome de «giganta de dientes grandes».*

Gideon estalló en carcajadas. Si ella era una giganta, el chico debía de ser una gárgola.

Una mujer interesante. Qué Dios la ayudara si aquel diario caía en las manos de otro.

Intentaría dejar de pensar en ella lo que quedaba de noche.

Y lo primero que haría por la mañana sería pedirle a su mayordomo que se lo devolviera junto con una docena de rosas rojas y sus deseos de que gozara de una vida llena de acontecimientos, aunque inventada.

Si había en el diario otras entradas pasionales, y estaba seguro de que las había, no estaban escritas para ser vistas. Un hombre de honor jamás leería los secretos de una dama. Un canalla sí... y los utilizaría a su favor.

Estaba locamente enamorada de él, y le daba lástima por ello. ¿Qué pensaría de saber que había estado leyendo sus memorias en una casa de placer?

No quería que lo supiese.

Como amigo que era de la familia, estaba obligado a ahorrarle a Charlotte cualquier situación vergonzosa. Y él no tenía ninguna culpa ni de la imaginación de Charlotte ni del descuido de Harriet.

—Gideon —dijo una voz provocativa por encima de él—. Llevo aquí una eternidad. No tenía ni idea de que prefiriera la lectura a mí.

Tampoco él.

Cruzó la habitación hacia donde estaba él, se instaló con delicadeza en su regazo y deslizó los dedos por el interior del cuello de la camisa. En la otra mano llevaba su lista de productos a adquirir, que a buen seguro le dejaría en la bancarrota.

—¿Por qué tengo la sensación de que no disfruto de toda su atención?

—Yo...

—Es ese libro —observó, haciendo pucheros—. No le ha sacado los ojos de encima en toda la noche. Voy a arrojarlo por la ventana.

—No. —Se enderezó. Ella alargó el brazo—. Deja en paz esta maldita cosa.

—¿Por qué no lo quemamos y hacemos el amor delante de la chimenea?

—No pienso quemar un libro.

—Pues bien, el libro o yo.

—Se levantó.

Él sonrió.

—La elección es muy sencilla.

Gabrielle agitó el papel con la lista.

—Me alegro de oírlo. No me gusta que me ignoren.

Gideon se levantó de golpe.

—Y a mí no me gustan los ultimátums.

Y dio media vuelta antes de que a ella le diera tiempo de recuperar la voz, el diario guardado bajo el abrigo, y la atracción que sentía hacia Gabrielle falleciendo de muerte indolora.

Entre las páginas del diario de Charlotte Boscastle había mucha más pasión de la que pudiera llegar a encontrar en aquella casa.


Charlotte se apartó de la ventana y cruzó corriendo la habitación para abrazar a Harriet.

—Gracias a Dios que estás aquí. Estaba frenética esperando tu regreso.

—He vuelto corriendo en cuanto he recibido tu mensaje. ¿Qué demonios sucede?

—Dime, por favor, que has guardado mi diario en un lugar seguro. Dímelo, por favor.

—De acuerdo. He guardado tu diario en un lugar seguro.

—¿Dónde? —preguntó Charlotte, desmayándose casi de alivio.

Harriet frunció el entrecejo como si estuviera repasando mentalmente los acontecimientos de la velada.

—Estábamos las dos en esta habitación cuando tú te pusiste a escribir.

—Sí —dijo Charlotte—. ¿Y...?

Harriet se quedó en blanco.

—¿Y qué, por el amor de Dios? —preguntó Charlotte, agitando la mano—. ¿Qué le ha pasado al diario?

Harriet se había quedado sin color en las mejillas.

—Oh, Dios mío. Lo escondí en el interior de mi capa y me lo llevé. Pensé que te habías marchado con las chicas; la parte frontal del escritorio se había quedado abierta y temía que cayera en malas manos.

—Pero no ha sido así —dijo Charlotte—. Porque lo has guardado en un lugar seguro.

—Te compensaré por la pérdida.

—¿Dónde está? —preguntó Charlotte entre dientes.

Harriet hizo una mueca.

—Me lo dejé en el carruaje del duque.

—Del duque que es tu esposo, Griffin, espero y deseo —replicó Charlotte, regalándole a Harriet una sonrisa de aliento.

Harriet negó con la cabeza.

—Mi esposo está en Brighton. Me refiero al otro duque, el que te ha hecho perder el sentido.

Charlotte se quedó horrorizada.

—¿No te referirás a Wynfield?

—Mentiré —dijo rápidamente Harriet—. Juraré que era mi diario. Pediré clemencia al duque.

—¿Y si lo lee antes de que lo localicemos? —preguntó Charlotte, horrorizada solo de pensarlo—. ¿Sabemos dónde podemos localizarlo?

Harriet dudó.

—La última vez que lo vi iba a reunirse con su nueva amante en casa de la señora Watson.

—¿Qué he hecho, Harriet? —musitó Charlotte—. ¿Qué poder demoniaco se ha apoderado de mí para llevarme a transformar tiernos encuentros en tórridas verdades a medias? ¿Por qué no me contentaría con contar la verdad? ¿Por qué, dímelo?

—Bueno, la verdad es que no lo sé.

—Porque soy una Boscastle, al fin y al cabo, y la pasión es como un veneno en mi sangre que, a pesar de todos los esfuerzos que pueda hacer para evitarlo, acaba revelándose.

—Has perdido un diario, Charlotte. No es como si hubieras dado a luz un heredero real y no supieras dónde lo has metido.

—No tienes ni idea de todo lo que he escrito en él. ¿Y si lo lee?

—Tus historias son dulces y encantadoras.

—El diario es otra cosa.

Harriet se mofó de ella.

—¿Qué hombre, en realidad, preferiría leer el diario de una dama enamorada a la compañía de una cortesana?

—Tengo que recuperarlo esta misma noche. No puede leerlo.

—En este caso, tendré que ayudarte.

—¿Cómo?

—Entraremos furtivamente en su casa. Ni siquiera se enterará de que estuvimos allí.

# Capítulo 6

Nick Rydell era un ratero y matón profesional que tenía su base de operaciones en St. Giles. Su nombre tenía mucho peso en los barrios bajos y se sentía orgulloso de sus crímenes. Hasta aquella noche. No podía ni imaginarse la que le caería encima cuando la dama que le invitó a subir a su chirriante carruaje le ofreció un trabajo y él lo aceptó. El despecho, eso era lo que le había impulsado a aceptarlo. Había pensado como una chica.

Su clienta parecía que se hubiese vestido para ir a tomar el té en el manicomio, puesto que con aquel sombrero que llegaba hasta el techo del carruaje aún debía de tenerse por elegante. El dinero que le ofrecía era tan bueno como cualquier otro. Pero habría rechazado de lleno la oferta si lady Clippers, o Clipstone, o cómo demonios se llamara, no le hubiera confesado que conocía la relación de Nick con su antigua socia, Harriet «la arrogante». Aquel nombre le envenenaba la sangre como ginebra de garrafón. No le gustaba en absoluto que su mención le provocase una reacción como aquella. Pero eso no impedía que le apeteciera volver a saborearla.

—¿Por qué no le ha pedido a Harriet que le haga el trabajito si tan buenas amigas son? —preguntó, examinando el sombrero con solo un ojo entreabierto. Aquella cosa le recordaba una chimenea echando humo.

—Esa persona y yo no somos amigas. Me parece un insulto a la decencia que haya ascendido de ese modo en sociedad. —Agitó la mano cerrada en un puño hacia él—. Y resulta también ultrajante que yo tenga que rebajarme a relacionarme con convictos como medio para hacer justicia. Me prometió usted que ese diario sería mío terminado el baile.

Nick miró de reojo a la mujer más joven tocada con una cofia de criada medio ladeada que permanecía sentada y alicaída junto a la repugnante bruja. Millie era su actual amante y tenía que haber imaginado que no era lo bastante ágil como para ser enviada en misión a una mansión elegante.

—Ya la he oído. No es necesario que me eche un sermón para ponerme al corriente de la situación.

—¿La situación? —dijo la mujer, su voz temblorosa—. Esto es mucho más que una situación.

—Cálmese, señora. Repasémoslo todo una vez más. Millie no ha aprovechado la oportunidad de hacerse con un determinado objeto que, por razones que no son de mi incumbencia, usted desea tener.

Lady Clipstone refunfuñó para sus adentros.

—Por lo que parece, mi vieja amiga, la duquesa, está en posesión de dicho objeto —prosiguió Nick—. Y la duquesa ha sido vista por última vez en el carruaje del duque de Wynfield, que a su vez ha sido visto entrando y saliendo de un conocido local de placer.

—Fue el mayordomo el que me echó —dijo Millie, sin venir a cuento—. Y luego Harriet y esa tal lady Jane.

—Millie —dijo Nick, reprendiéndola—. Deja que me ocupe yo de este asunto.

—¿Qué piensa hacer? —preguntó lady Clipstone, encogiéndose en un rincón, como si aquel hombre fuese un agente infeccioso.

—Es muy fácil —respondió Nick—. Le seguiré la pista a mi antigua socia y llegaremos al meollo de la cuestión. ¿Y cuál es el meollo de la cuestión, por cierto?

—La venganza —replicó lady Clipstone.

—¿La venganza? No me diga. ¿Entre usted y Harriet?

—No es con Harriet, pedazo de... —Se serenó—. Es un asunto entre la mentora de Harriet y yo.

—¿Y es esa mentora la autora del diario?

—No, no.

—Pues entonces, ¿quién lo ha escrito y qué le importa a usted?

Lady Clipstone se puso tensa.

—¿Por qué debería confiarle mis motivos?

El hombre se echó a reír.

—Señora, debería haberse formulado esta pregunta antes de encargarme este trabajo.

Lady Clipstone suspiró.

—No tengo nadie más a quien reclutar. ¿Quiere saber por qué?

Nick le guiñó el ojo a Millie. La información siempre resultaba útil y a menudo venía muy bien para practicar aquel jueguecito conocido como chantaje.

—Cuénteme —respondió muy serio—. Si ha sido usted objeto de un maltrato, puedo cobrarme la venganza en su nombre.

—No quiero gargantas cortadas ni nada por el estilo.

—Por supuesto que no. Eso sería un asesinato.

—Y costaría una fortuna —añadió Millie.

Lady Clipstone titubeó. Nick permaneció a la espera.

—No tengo marido —dijo lady Clipstone.

Nick movió la cabeza en un gesto de compasión.

—¡Esa… esa pretenciosa me lo robó!

—Pobrecilla —dijo Millie, como si sinceramente la comprendiera.

Lady Clipstone sorbió por la nariz.

—No tiene ni idea de lo importante que es ese diario para mí.

Nick asintió dándole la razón. Aquella bruja tonta no estaba tan mal cuando cerraba el pico.

—La entiendo, señora —dijo mintiendo, con una punzada de curiosidad por conocer el contenido del diario—. Es un asunto delicado.

—Miren —dijo lady Clipstone, retorciéndose las manos una y otra vez; hasta tal punto repitió el gesto, que a Nick le entraron ganas de abofetearla—, la prima de Charlotte, Emma Boscastle, me robó mi único amor verdadero cuando estábamos juntas en el internado.

Nick se enderezó en el asiento.

—¿Que estaba con otra mujer?

—No, estúpido. No. El vizconde Lyons vivía cerca del internado. Yo le vi primero, pero entonces él se fijo en Emma.

—¿Quién es Emma? —preguntó Millie.

—La dama que fundó la academia —respondió con amargura lady Clipstone—. Era mi mejor amiga. Teníamos planes de montar juntas una academia para jóvenes. Y ya ven cómo acabó todo.

—¿Qué tenía ese vizconde para convertirlas en enemigas? —preguntó Nick, frunciendo el entrecejo como si aquello le importara algo más que un pimiento.

—Buenos modales —le espetó lady Clipstone—. Pero ya murió.

—Eso está bien —dijo Millie.

Lady Clipstone la miró furiosa.

—No. No está bien. Emma se casó luego con un duque. ¿Y qué tengo yo?

Nick soltó el aire con exageración.

—¿Venganza?

—Todavía no. No. Todo lo que tengo es una academia que lucha por salir adelante y un sobrino estúpido e inútil que se repantinga en el sofá con la camisa llena de lamparones y los pantalones arrugados y me suplica que le dé unas cuantas libras... cosa que hago solo para sacármelo de encima.

—Sanguijuela —dijo Nick—. Conozco a esos tipos. Pero lo que no sé es cómo se le ha ocurrido que ese condenado diario puede servir para cambiar alguna maldita cosa, si me disculpa el *parlez-vous*.

—Soy inteligente. Como usted.

Nick asintió.

—Eso ya lo he captado.

—Una de las alumnas de Emma abandonó sus filas para venir a mí. Me habló sobre las sorprendentes libertades que se tomaban en aquella academia. Creía que era posible que todo estuviera anotado en el diario de Charlotte Boscastle. Emma enseñó a Charlotte todo lo necesario para asumir las responsabilidades de la academia antes de marcharse. Y siempre se la ve escribiendo es ese maldito diario.

—¿Libertades? ¿De qué tipo, si se me permite la temeridad de preguntarlo?

—Secretos de desmanes sexuales que cubrirían la academia de desvergüenza.

Nick pestañeó.

—¿Secretos?

Lady Clipstone levantó la cortinilla, nerviosa.

—Perversidades. Indecencias. Los Boscastle son venerados como semidioses. Por lo que parece, cuanto más bajo caen, más sube su estima social.

Nick movió afirmativamente la cabeza. Imaginó que eran los culpables de que Harriet se fuera de su lado.

—¡Quiero arruinar esa academia! —gritó con voz temblorosa—. Soy una mujer desesperada. Ese diario es la clave de todo.

—Entiendo.

—Cada mes me roban alumnas. No sé cuánto tiempo más podré seguir ganándome la vida con mi institución. ¿Comprende lo injusto que es que ellos prosperen mientras yo, que conozco sus pecados, tengo que morderme la lengua?

—Deje el asunto en mis manos —dijo Nick.

Tres horas más tarde, Nick escribía un mensaje y lo daba a uno de sus chicos para que lo entregase a lady Clipstone.

*El precio ha subido debido al peligro que entraña el trabajo. Estoy evaluando de nuevo el asunto y me pondré en contacto con usted en su debido momento.*

*Saludos cordiales,*
*N. Rydell*

# *Capítulo* 7

*L*as viejas costumbres son difíciles de desarraigar. La duquesa de Glenmorgan estaba en su elemento tramando cómo se lo harían Charlotte y ella para entrar furtivamente en casa del duque y recuperar el diario. Harriet había asumido la plena responsabilidad en el asunto, reconociendo con ello su parte de culpa en la debacle que se había producido aquella noche.

—De no estar desesperada —dijo Charlotte, mirando a los ojos a Harriet en el interior del cimbreante carruaje—, jamás habría accedido a esto. Jane se pondrá furiosa.

—Estaremos de vuelta en casa antes de que Jane se entere de que nos hemos ido.

—¿Cómo lo sabes?

Harriet suspiró.

—He entrado furtivamente en más casas que tés hayas podido tomar tú, Charlotte.

—¿Qué?

—Confía en mí —dijo Harriet.

Las palabras que antes la habían tranquilizado ahora le provocaron un escalofrío de mal presagio.

—¿Qué otra elección me queda?

—Ninguna.

—¿Y si no tiene el diario en casa? ¿Y si no está ni allí ni en el carruaje?

—Necesito concentración —dijo Harriet—. ¿Puedes, por favor, dejar de preocuparte de una vez?

—No puedo evitarlo. Solo pensar que le has ordenado al cochero que ponga rumbo a casa de la señora Watson para asegurarnos de que el duque sigue ahí, me parece terrible. Imagínate que nos sorprenden, dos damas de nuestra posición merodeando por un burdel.

—En su día trabajé en uno —murmuró Harriet, cerrando los ojos.

—Me moriría si alguien nos reconoce.

—Tal vez harías mejor permaneciendo detrás de las cortinillas en vez de fisgonear.

—La verdad es que el negocio de la casa marcha viento en popa —observó Charlotte—. He perdido la cuenta de los caballeros que han entrado en el poco tiempo que llevamos dando vueltas.

—Uno de esos caballeros es quien tú ya sabes.

—No me lo recuerdes.

Ya se había torturado bastante con aquella idea. Le resultaba complicado imaginárselo rodeado de mujeres dispuestas a satisfacer todos y cada uno de sus vergonzosos caprichos.

—Estamos en Belgravia —dijo Harriet, abriendo los ojos.

—¿Cómo lo sabes?

—Por el sonido de las ruedas sobre los adoquines. —Harriet la miró con expresión preocupada—. Si eres incapaz de conservar la calma, mejor quédate en el carruaje.

—No —dijo con firmeza Charlotte—. No me parece justo.

Veinte minutos más tarde, Charlotte deseaba haber replicado otra cosa y cambiado de idea. Ni en sus anhelos más secretos se habría imaginado jamás escondida detrás de los arbustos y dispuesta a entrar furtivamente en casa de Gideon. Una dama nunca tenía que visitar a un caballero si no quería que la tachasen de excesivamente lanzada.

Harriet liberó la falda de su vestido, que se había quedado enganchada en una rama repleta de espinas.

—No se le ocurre otra cosa que plantar rosales debajo de la ventana.

—Me parece un lugar razonable para plantarlos —observó Charlotte, mordiéndose el dedo pulgar.

—Pero no cuando tienes que sortearlos con un vestido de baile confeccionado en gasa.

—Estoy segura de que el jardinero del duque no los plantó allí con la idea de destrozarte el vestuario.

—Silencio. Alguien podría oírnos.

Charlotte miró más allá de los oscuros árboles del jardín.

—¿Desde dónde?

—Desde los aposentos de los criados. O desde la casa contigua. Hay una ventana que da justo donde estamos nosotras. Y no respondas si alguien grita quién anda ahí. Tú limítate a encaramarte al alféizar y cerrar la ventana. Pásame la palanca, por favor.

Charlotte hurgó en el interior del bolsito adornado con cuentas de Harriet.

—No puedo creerlo.

—¿El qué?

—Lo de «pásame la palanca, por favor». Esta mañana estábamos sentadas a la mesa desayunando y me has dicho que te pasase los azucarillos. Lo que estamos haciendo es allanamiento de morada, Harriet.

—Sí, no es precisamente una noche en la ópera. ¿Aún no te habías enterado?

—No. Sujétame un momento el abanico.

—¿Por qué demonios has traído el abanico?

—Porque sin él me siento desnuda. Ten. —Le pasó la herramienta a Harriet—. ¿Cuánto tiempo crees que estará ausente el duque?

—Es la primera noche que pasa oficialmente con su amante. La vi en una ocasión en medio de un alboroto. Es muy guapa. Menuda y morena. —Harriet pasó la palanca por debajo del alféizar—. Ya está. Entra tú primero.

Una vez en la cocina, aguardaron unos minutos y Harriet le repitió a Charlotte las instrucciones que le había dado previamente en el carruaje.

—Empezaremos por arriba. Si ha pasado por casa para cambiarse, lo habrá hecho en su habitación. Tú mira allí. Yo registraré la sala de estar de la planta de arriba.

—¿Y si nos sorprenden?

—Invéntate cualquier cosa. Di que andabas sonámbula.

—¿Y que he venido hasta aquí desde Park Lane?

—Di que estamos jugando a la caza del tesoro y que nos hemos dividido en grupos después de que él se fuera.

—La caza del tesoro.

—Sí. Él ya lo sabe. El *beau monde* siempre anda metido en aventuras de ese tipo. ¿Tú no has corrido nunca una aventura?

—Solo en mi imaginación.

—Pues aquí tienes tu oportunidad de ser un poco atrevida.

Charlotte no se movía.

—Estás blanca como la tiza —le dijo en voz baja Harriet—. Si no puedes ser de ninguna utilidad, haznos un favor a las dos y ve a sentarte en una silla hasta que yo haya terminado.

—¿De utilidad? Es como si estuviera hecha de plomo. No puedo ni respirar y me pesan tanto las piernas que soy incapaz de moverlas. Creo que estoy perdiendo la sensibilidad de todo mi cuerpo. Me parece que carezco del carácter necesario para ser una buena criminal.

—Recuperar lo que te pertenece no es ningún crimen.

—Confío en que el duque también lo vea así.

—Y yo confío en que no nos vea de ninguna manera.

# *Capítulo* 8

Gideon había estado nervioso toda la noche. Primero el desafiante encuentro con la señorita Boscastle en el baile. Y ahora no podía evitar preguntarse qué habría pasado entre ellos de haber leído antes el diario. De haber sabido que le deseaba secretamente, no habría bromeado con ella sin piedad.

Devon le habría matado si le hubiese sugerido a su prima cualquier cosa indecorosa. Aunque, por supuesto, Devon no había leído el diario. Aquel maldito objeto había echado a perder cualquier oportunidad de que disfrutara de una noche gratificante. Más aún, ahora tendría que volver a pasar por todas las complicaciones que implicaba encontrar una nueva amante.

Entró en casa con los nervios a flor de piel. Había aconsejado a los criados retirarse pronto pensando en la posibilidad de que acabara llevándose a Gabrielle a casa. La única luz reinante era la de las brasas que continuaban ardiendo en la chimenea del estudio. Pasó por delante de la puerta abierta y se quedó a los pies de la escalera.

Justo cuando empezaba a pensar que estaba imaginándose cosas, oyó el crujido de la puerta del vestidor.

Y luego un murmullo de... podría ser el murmullo de la colcha al retirarse. ¿Tendría una sorpresa esperándole? ¿Habría corrido Gabrielle para adelantársele con la intención de reparar el agravio? Por si acaso se equivocaba, volvió al vestíbulo para coger su bastón con la espada oculta. Cuando llegó a la puerta del dormitorio, se dio cuenta de que no se veía obligado a reducir al intruso a golpes de bastón. Era Gabrielle, que había entrado sigilosamente en casa.

Una palmada en las nalgas le llamaría la atención.

Se apoyó en el marco de la puerta a la espera de que se percatara de su presencia. Levantó el trasero en un intrigante ángulo que le permitió observar unos cuantos centímetros de enaguas y pantorrillas cubiertas con medias de algodón. Frunció el entrecejo. Sencillas medias blancas. Un vestido blanco sin adornos de ningún tipo.

¿Cómo se lo habría hecho para tener tiempo de cambiarse y llegar a su casa antes que él?

De hecho, no solo se había cambiado de ropa, sino que además había alterado por completo su aspecto: la altura, el color del pelo, la cara...

La cara.

Santo cielo. Era la directora de la academia revolviendo los cajones de su habitación en busca de quién sabe qué: ¿su reloj de bolsillo, dinero, viejas cartas de amor?

Guardó la espada en el interior del bastón.

—Disculpe. ¿Le serviría de algo si enciendo una lámpara? No me gusta que fuerce... —Apartó entonces los ojos de la parte inferior de su cuerpo— la vista.

Charlotte se quedó paralizada, un animalito consciente de la mortal presencia de un depredador. Separó poco a poco las manos del cajón y se enderezó, sus ojos abiertos de par en par reflejando la ansiedad que sentía.

Gideon la recorrió con la mirada.

—Señorita Boscastle. Qué placer más inesperado.

—¿Excelencia? —dijo ella, como si estuvieran sentados tomando el té.

Él movió la cabeza con incredulidad.

—¿Qué demonios hace en mi dormitorio?

La expresión de sorpresa de ella debía de ser un reflejo de la de él.

—Yo... yo... —Miró a su alrededor, estudiando la cama, el lavabo, la silla junto a la ventana—. Soy sonámbula.

—¿Sonámbula?

Charlotte asintió lentamente.

—¿Sonámbula? —repitió él, separándose del marco de la puerta—. ¿Pretende que me crea que ha venido andando dormida desde la academia hasta mi casa y que luego ha subido la escalera hasta mi habitación?

—Sí.

—Pero ahora no está dormida, ¿no?

—Creo que no.

Él maldijo para sus adentros.

—¿Tengo acaso aspecto de ser de los que creen en el hipnotismo o en que cuando estamos dormidos recibimos mensajes del más allá?

—No. —Suspiró—. No tiene ese aspecto.

—Sería mucho más fácil para los dos que reconociera el motivo real por el que está aquí.

Charlotte miró hacia la puerta, como si albergara una mínima esperanza de salir de allí sin dar explicaciones.

—Está usted en mi casa. Cuando descubro una mujer en mi alcoba, suelo suponer que está ofreciéndoseme para el placer.

—La verdad es que...

—Dígalo, por favor.

—... que estoy participando en un juego de la caza del tesoro. El baile de graduación ha salido tan bien que he pensado que me merecía un poco de diversión. De manera que Harriet y yo nos hemos sumado a un grupo de amigos, y aquí estoy.

—Una caza del tesoro. —Enarcó una ceja—. ¿Y la caza es de alguna cosa que está en mi casa? ¿Por qué mi casa? ¿Tenía que ser mi casa?

—Sí —respondió ella, asintiendo.

—¿Y la razón de que así sea es?

—Es... es que el objeto que se me ha pedido encontrar es el beso de un duque. Y como que el esposo de Harriet está en Brighton, usted ha resultado ser el duque más a mano que conozco.

Gideon se despojó lentamente de los guantes y el sombrero. No entendía cómo se lo estaba haciendo para mantener la seriedad. Se preguntó de nuevo si estaría siendo víctima de una broma. ¿Verdad que Devon andaba también metido en lo de la caza del tesoro? Aunque, la verdad sea dicha, ¿permitiría Devon que su prima entrase en la alcoba de un libertino?

—Podría ofrecerle algo más que un beso —dijo, arrojando en la cama el sombrero y los guantes.

Charlotte negó con la cabeza.

—No es necesario.

Gideon trazó un círculo alrededor de ella.

—Y usted podría ofrecerme la verdad.

Charlotte notó que la tensión entre ellos iba subiendo poco a poco, invisible, caliente, tan insidiosa como el humo. Él empezó a examinarla, su expresión oscura e indescifrable.

—¿No sabe qué suele pasarles a las jóvenes que se atreven a entrar en la guarida de un duque? —preguntó, esbozando una sombra de sonrisa que le dio a entender a Charlotte que conocía a la perfección la respuesta.

—Si conociera la historia de las mujeres de mi familia, no estaría muy preocupado. Domadoras de duques y de dragones, absolutamente todas.

La sonrisa se intensificó.

—Y si conociera usted lo que me está pasando por la cabeza en estos momentos, se daría cuenta de que el historial de su familia no la protege en absoluto. O, como mínimo, no la protege mientras estemos a solas.

Charlotte entreabrió la boca.

—¿Me amenaza con seducirme?

—Podría ser. Si todo el mundo anda esta noche a la caza del tesoro, ¿por qué yo no?

Charlotte intentó coger aire. El ambiente resultaba abrasador.

—Podría haber jugado de haberlo querido, estoy segura. Pero tenía entendido que tenía otros planes.

—Los habría cancelado de haber sabido que estaría esperándome en mi alcoba. Tendría que haberme dado alguna pista durante el baile.

—Su alcoba —musitó ella—. Ha sido una elección nefasta.

Lo que le llevó a preguntarse qué habría sido de la amante.

El duque no parecía tener mucha prisa por echarla de casa. Y no estaba comportándose como alguien que está esperando que una mujer de la vida fuera a aparecer de un momento a otro.

—Creo que también me gustaría jugar a la caza del tesoro —dijo él en tono pensativo—. Aunque una caza en la que participaran solo dos personas —añadió.

—Eso no parece muy típico de una fiesta.

Los ojos oscuros de él brillaron de un modo especial.

—Lo es si las dos personas están dispuestas a practicar el juego.

Charlotte contuvo la respiración cuando el duque le posó la mano en el hombro y la acercó hacia la cama. ¿Dónde se habría metido Harriet? ¿Y si algún criado la había sorprendido?

—Es muy obsequioso por su parte, Charlotte. —Acercó la cabeza al cuello de ella—. ¿Cómo ha adivinado que esta noche necesitaba una mujer en mi cama?


Harriet había buscado en los lugares más evidentes y llegó a la conclusión de que el diario no estaba en la casa. ¿Por qué un hombre como Wynfield se habría tomado la molestia de esconderlo en algún lado?

Bajó las escaleras en pensativo silencio. El duque parecía capaz de ser un cabrón arrogante, como sucedía con muchos caballeros en posición encumbrada. Pero era amigo de sus amigos. Había asistido al baile para darles una satisfacción a los Boscastle y luego había acudido a casa de la señora Watson para darse una satisfacción.

Harriet cerró los ojos al llegar a los pies de la escalera. Oía a Charlotte en la habitación y, por lo que parecía, su búsqueda había resultado tan infructuosa como la suya. Recordó la imagen del duque sentado delante de ella en el carruaje. Ella llevaba entonces el diario escondido en el interior de la capa. Y luego se había olvidado por completo de él.

Desde entonces no había vuelto a verlo.

Desde el carruaje. Lo que significaba que tendrían que esperar hasta que el duque volviera a casa. Tal vez se viera obligada a recurrir a sus más elevados instintos, aunque un hombre que acababa de llegar de una casa de placer no era probable que estuviera para lecciones morales. También podía esconderse en la cochera e inspeccionar el carruaje en cuanto él entrara en casa. Aunque eso no podría hacerlo con Charlotte, que se derrumbaba a la primera señal de peligro.

La verdad era que aquello no era ni mucho menos una aventura peligrosa en comparación con sus antiguas fechorías. De hecho, lo que haría sería buscar primero en el estudio del duque y, de no encontrar el objeto perdido, decirle a Charlotte que la mejor solución era explicarle a Gideon lo sucedido. Y confiar en que no hubiera tirado el diario en cualquier parte sin darse cuenta de lo que era.

Charlotte lo pasaría mal, pero lo superaría. Tenía una cabeza inteligente sobre los hombros. Y era más fuerte de lo que se imaginaba. Era una lástima, en cierto sentido, que el duque no se sintiera atraído hacia una dama como ella. Bajo su punto de vista, formarían una pareja encantadora.

Nick Rydell llevaba toda la vida trabajándose las calles de Mayfair, pero los robos de los que más orgulloso se sentía eran de los que había cometido enseñando a Harriet Gardner y sus hermanastros a cometer latrocinio. Seguía colaborando con los chicos de vez en cuando, ocasiones en las que solían recordar sus crímenes y coincidir en que sin Harriet ya nada era lo mismo. Aquella chica había nacido para robar. Veía en la oscuridad como un gato. Era capaz de entrar en una casa llena de gente y hacerse con toda la plata sin que nadie se diera cuenta de nada hasta la mañana siguiente.

Millie estaba celosa de ella, porque Nick nunca le había escondido el hecho de que no llegaría a ser la ladrona nata que fuera Harriet.

—No puedes culparla por haber querido dejarlo todo, Nick. Las ratas, la policía, el hedor de las cloacas, por casarse con un duque. También tú te habrías casado con él si te lo hubiera pedido.

Y aquella noche se imaginó en compañía de Harriet: echaba de menos su talento para entrar furtivamente en las casas, su sucio lenguaje y su impresionante cabellera pelirroja. Nick había conseguido impresionar a todas las chicas de St. Giles. A todas, menos a Harry.

Había corrido el riesgo de llamar a un taxista que le debía un favor. Y luego había esperado delante de la residencia del duque a que este volviera a casa.

Permaneció tanto rato esperando, que empezó a lamentar haber perdido una noche entera de trabajo. Aunque mientras esperaba, acabó aprovechando el tiempo para entrar a robar en la casa contigua a la del duque.

Al salir, reconoció encantado el pequeño carruaje de Harriet deteniéndose en la esquina de la elegante plaza donde vivía el duque.

Nick escaló entonces el muro del jardín. Con la ayuda de un pequeño catalejo que siempre llevaba encima, vio que Harriet y una rubia acompañante cruzaban a hurtadillas la verja trasera del jardín de la casa del duque.

¿Tendría Harriet una cita nocturna con el duque? ¿No tendría suficiente con el duque con quien se había casado? ¿Y quién sería aquella atractiva dama que la acompañaba?

Algo se llevaban entre manos, e intuyó que el motivo de aquella travesura debía de ser interesante. Pero antes de que le diera tiempo a investigar, Nick vio que el carruaje del duque doblaba la esquina y se dirigía a la cochera.

Nick cruzó la calle y aprovechó que la verja se abría para colarse. Se acercó al carruaje, abrió la puerta y cogió el diario antes de que el cochero regresara para cerrar con llave.

Nick podría haberse conformado con eso.

Pero se dirigió de nuevo al muro del jardín y enfocó el catalejo hacia las estancias de la planta superior de la residencia del duque. Le pareció ver a una de las mujeres revoloteando detrás de las cortinas.

La expectación le aceleró el pulso.

Dios santo.

También estaban buscando el diario.

Y allí estaba, descansando sobre su oscuro corazón.

¿Le habría ganado la partida a Harriet? Aquella disputa entre dos mujeres tenía que esconder alguna cosa más. Sería un tonto de dejar escapar aquel diario antes de conocer su verdadera valía. Al diablo con lady Clipstone; si Harriet andaba detrás de aquel diario, significaba que su valor era incalculable.

¿Qué precio podría ponerle a su venganza?

# Capítulo 9

*E*l duque no necesitaba atraer con engaños a Charlotte para llevarla a su cama. Caería en ella como siguiera rozándole el cuello de aquella manera. La sensualidad le había aniquilado la razón y había generado en su lugar un deseo irracional. Llevaba un año anhelando sus caricias.

—¿Por qué no me dice la verdad? —susurró Gideon, enlazándola por la cintura—. Tal vez podría ayudarla.

—Sus acciones dicen más bien lo contrario.

—En realidad —dijo, levantando la cabeza, su mirada negándole a ella cualquier posibilidad de escapar—, no está aquí jugando a la caza del tesoro, ¿verdad?

Charlotte respiró hondo.

—No, la verdad es que no. He venido porque usted tiene mi diario y me gustaría recuperarlo, por favor. Por favor.

La expresión del duque no se alteró. Charlotte confiaba en su comprensión. Confiaba en que no se diera cuenta del caos que había creado en el interior de los cajones de su vestidor, ni de que había descubierto fundas de esas entre una baraja de cartas y un par de guantes de color gris paloma.

Pero, por encima de todo, confiaba en que tuviera el diario y no lo hubiera leído.

La voz profunda del duque la acarició.

—Baje conmigo al estudio, Charlotte. Me resulta imposible pensar con claridad teniéndola tan cerca de la cama. Y, sí, tengo su diario.

Charlotte temía preguntarle si lo había leído. La sensación de alivio de saber que al menos no estaba perdido resultaba mareante. La condujo hacia el estudio. De haber inspeccionado la estancia, Harriet no había dejado ningún rastro visible de su paso.

Pero tampoco había ni rastro de ella en toda la casa. ¿Dónde se habría metido?

—Tome asiento en el sofá, Charlotte —dijo el duque—. Supongo que no le importará que utilice su nombre de pila. —Hizo una pausa a la espera de que Charlotte se acomodara—. Teniendo en cuenta que, por lo visto, nos conocemos muy bien, me parece lo más apropiado.

—Ha leído mi diario... ¡Qué humillación! ¿Cómo ha podido?

—No ha sido fácil, créame. Pero es su honor, sin embargo, lo que ha acaparado toda mi atención.

—No creo que lo que he hecho sea muy honorable.

—¿O escrito? —dijo él y tomó asiento junto a ella.

Ella descansó el abanico en el regazo.

—¿Y bien? —dijo él, mirándola con expectación.

Charlotte levantó la vista.

—¿Y bien, qué?

—Creo que la caza del tesoro pedía el beso de un duque.

—Oh, eso. —Agitó débilmente el abanico—. Me lo he inventado. La verdad es que no estoy jugando a la caza del tesoro.

—Lo sé. —Levantó la mano. Deslizó los dedos por el rostro de ella, unos dedos cálidos, conocedores, sin prisa alguna—. Pero yo sí, y pienso reclamar mi beso.

Sofocó un grito. Sintió la otra mano de él en la nuca. Y a continuación, notó su cabellera derramándose sobre la espalda al soltar él las horquillas que la sujetaban en un moño. Las palabras que con tanta facilidad brotaban de ella cuando escribía, la habían abandonado por completo. O tal vez fuera ella la que se había abandonado.

De lo único que fue consciente cuando el duque bajó la cabeza y la besó, fue de que el deseo que sentía por él no era un sueño lúdico. Era desesperación. Era una necesidad innegable. Cerró los ojos para rendirse mejor a él, cuya boca pedía una respuesta. Charlotte separó los labios y el beso la condujo hacia la oscuridad, la atrajo hacia... ¿hacia qué? No lo sabía. Pero él sí. La cabeza de ella cayó hacia atrás. La lengua de él la penetró y la besó hasta que un escalofrío de placer se filtró en sus huesos. Se le aceleró el pulso. La sangre empezó a circularle a toda velocidad. Y perdió por completo el rumbo en su primer encuentro con la perversión.

—¿Es eso lo que quería? —preguntó él, su voz ronca, su boca a un enloquecedor suspiro de la de ella.

—Yo… sí…

—Yo quiero más.

La presionó hacia atrás, la espalda de ella hundiéndose entre los cojines. Gideon permaneció un instante inmóvil. Su mirada entreabierta clamaba victoria, abrasándola con un calor tan intenso que resultaba insoportable, un calor que le recorrió las venas hasta alcanzarle la punta de los dedos.

Se inclinó sobre ella, su cuerpo duro, excitado, un macho de pura sangre con todas las de la ley. Levantó lentamente la mano para esculpir la forma de sus pechos. La taladró una punzada de dulce dolor. Charlotte arqueó la espalda.

—Podría subirla a mi alcoba…

—No. No puedo. No puede.

Gideon esbozó una despiadada sonrisa. Deslizó la mano hacia la parte delantera del vestido.

—No podemos hacer esto —insistió ella en un susurro, acercándole la mano al pecho.

—¿Por qué no? —cuestionó él en voz baja—. Lo hicimos en su diario, lo que implica consentimiento, una invitación por escrito. No se me consultó previamente, por supuesto. Pero no me imagino negándome si me lo hubiera preguntado.

—No he entrado en su casa de esta manera con el fin de entablar una relación —dijo ella en tono indignado, enfrentándose directamente a su irónica expresión.

—Pero ha entrado, y ahora está entre mis brazos. ¿Sabía usted que quien tiene la posesión es el que manda?

—¿La posesión? —dijo ella, enderezándose.

—¿Le apetece una copa de coñac?

—Sí —replicó ella, aunque el coñac siempre le subiera a la cabeza.

—Creo que también me serviré una.

Harriet se había quedado paralizada en el umbral del estudio, incapaz de creer lo que veían sus ojos. Reconoció al instante al duque. Pero ¿quién era aquella dama de larga cabellera sobre la que estaba inclinado? Se besaban con tal desenfreno que ni siquiera se habían enterado de que tenían público.

«Oh, Dios mío. Es Charlotte.» No podía ser. Pero lo era.

Retrocedió hacia el pasillo.

¿Qué hacer?

No podía permitir que Charlotte perdiera su honra.

Aunque tampoco podía permitir que perdiera al hombre que deseaba. Y era evidente que Wynfield la deseaba también. Ya reflexionaría luego sobre aquel misterio, sobre cómo era posible que una fantasía inofensiva se hubiera transformado en un desastroso interludio en el instante en que ella había dado media vuelta para marcharse.

Harriet temía que Charlotte se hubiese quedado encerrada en el vestidor sin querer, cuando lo que en realidad había sucedido era que se había quedado encerrada entre los brazos del duque, representando una de las presuntas entradas del diario que había desencadenado todo aquel asunto.

Parecía tan indefensa sentada en aquel sofá, aferrada a su abanico, que los instintos protectores de Gideon acabaron superando su naturaleza más básica. Se sentía un desgraciado por obligarla a desvelar sus verdaderas intenciones.

—¿Cuánto tiempo lleva escribiendo el diario?

—Mis diarios. Desde que aprendí a escribir.

Gideon bebió un trago de coñac.

—¿Y siempre tuvo tanta inventiva?

—Embellezco la verdad de vez en cuando. Me gusta escribir sobre mi vida como si fuera un cuento de hadas. Nunca pretendí que lo leyera nadie. No todo es inventado.

—¿Inventar? ¿Embellecer? Angelito travieso, si ni siquiera ha alterado los nombres para proteger a los culpables. Aunque debo reconocer que siento curiosidad. ¿Cuánto tiempo se supone que llevamos de relación?

—Un año —susurró ella, suspirando por encima del abanico.

El duque enarcó ambas cejas en un gesto de sorpresa.

—¿Tanto tiempo y ni siquiera me lo ha comunicado? ¿Dónde empezó todo?

—En una biblioteca pública —confesó ella con una sonrisa.

Él le devolvió el gesto y le cogió la copa ya vacía.

—Me gustaría haberlo sabido. De ese modo, al menos, podría haberle enviado flores para celebrar nuestro aniversario.

Charlotte se echó a reír, y también él. Gideon se veía obligado a reconocer que se enfrentaba a una situación única y que le adulaba que ella le encontrara deseable.

—Usted ni siquiera conocía mi existencia hasta esta noche, y ni la habría conocido de no haber sido porque Devon le empujó hacia mí.

—Se equivoca. Recuerdo haberla visto en una ocasión en las galerías comerciales. Me fijé en usted, y de haber sabido que escondía una naturaleza tan pasional, habría insistido en que me concediera aquel baile.

—En ese diario he vertido la totalidad de mi estúpido corazón.

—Por si le sirve de consuelo, le diré que lo que he leído me ha parecido muy instructivo.

Charlotte bajó la cabeza.

—Humillante, querrá decir. ¿Lo contará a alguien?

—¿Por qué tendría que hacerlo? —Bebió otro trago—. Es nuestro romance.

—¿Dónde ha dejado el diario?

—En el carruaje.

—¿Cuánto ha llegado a leer? —preguntó ella en voz baja.

Gideon dejó las copas en la mesa.

—Lo bastante como para sentirme tanto adulado como insultado. Lo bastante como para no saber si soy un diablo o un santo.

—No estoy muy segura de querer estar en su compañía cuando lo descubra.

—¿Por qué no? Lo que me ha provocado este dilema moral han sido precisamente sus observaciones.

—Esta noche, sin embargo, usted ha cerrado un acuerdo.

—Casi he cerrado un acuerdo. No se ha firmado ningún documento. Soy un hombre libre, en cualquier caso.

Charlotte levantó la vista, sus ojos azules nublados por el arrepentimiento.

—Estoy tan avergonzada que ni excusarme puedo.

Gideon levantó la mano y le acarició el pómulo con el pulgar.

—No tiene por qué sentirse abochornada. Le aseguro que yo jamás pido disculpas por mis imprudencias.

—Imprudente —dijo ella con un suspiro—. Esa es la palabra que mejor describe mi...

Él la interrumpió, separando la mano de su rostro.

—Silencio.

—¿Qué pasa?

—Acaba de detenerse un carruaje delante de la casa.

Charlotte pestañeó.

—Debe de ser Harriet.

—¿Cómo que es Harriet?

Charlotte se levantó y buscó las horquillas que él le había sacado.

—Vine con ella. Ya se lo dije.

—No, no me lo ha dicho —replicó él, su mirada clavada en la hilera de botones forrados en raso blanco que recorrían el dorso del vestido—. ¿Y si nos ha visto?

—Jamás diría una palabra.

El duque volvió la cabeza.

—Debe de haber venido con más amigos. Oigo voces.

Charlotte corrió hacia la ventana y sofocó un grito.

—Oh, no.

Y Gideon ni siquiera se tomó la molestia de preguntarle qué sucedía. Al instante se escuchó una estruendosa llamada a la puerta. Y el duque supo entonces que la velada le guardaba aún otra sorpresa, aunque ni mucho menos tan agradable como encontrarse a Charlotte Boscastle en su alcoba.

# Capítulo 10

Gideon no sabía en qué momento de la noche había intuido que, a partir de entonces, su vida nunca volvería a ser igual. ¿Había sido en el baile? ¿En casa de la señora Watson? ¿O en su dormitorio con Charlotte? Por la mañana, se había levantado sin compañía y con el supuesto de que acabaría la jornada en la cama con Gabrielle.

¿Quién podría haber predicho lo que sucedería en las horas intermedias?

En el instante en que reconoció a lord y lady Devon y a Heath Boscastle en el umbral de la puerta, y al pequeño grupo de amigos que apareció tras ellos, comprendió que su vida estaba a punto de cambiar, y no de un modo especialmente apasionante. En los años venideros, se despertaría todas las mañanas en compañía de una amante... en forma de directora de escuela. Lo más probable era que la dama que se refugiaba a sus espaldas, intentando recolocarse las horquillas en el pelo y haciendo que las circunstancias pareciesen peores de lo que en realidad eran, acabara convirtiéndose en su esposa. No le veía otra salida a una situación que se le había escapado de las manos con enorme rapidez.

Se giró lentamente hacia Charlotte y la miró a los ojos.

—No diga ni una palabra. Yo me ocuparé de todo.

—Esto es la ruina —musitó ella.

Exactamente lo mismo que pensaba él.

Abrió la puerta. Gideon se encontró frente a frente con Devon, el más alto del grupo, su amistosa sonrisa esfumándose en el instante en que se percató de la presencia de Charlotte. Abriéndose paso detrás de Devon aparecieron los hermanos mayores de la dama, con una mirada asesina en sus ojos. Y luego había dos mujeres, de las que solo conocía a una, y una dama y un caballero más.

—Se suponía que esto era un juego de la caza del tesoro —dijo Jane con una sonrisa tensa—. Me parece muy mal que haya empezado sin nosotros, excelencia. ¿O acaso ha cazado ya a su presa para esta noche?

—Señora —replicó el duque, colocándose entre Charlotte y la marquesa, cuyos ojos verdes brillaban de rabia—. Esto no es lo que parece.

Jane bajó la voz.

—Tal vez no tenga toda la culpa, pero eso a mi esposo le trae sin cuidado. Esto es un insulto. De ser hombre, le retaría por el daño que le ha hecho a su reputación.

Drake Boscastle se colocó hábilmente junto a Jane.

—Yo sí soy un hombre y no me importaría asesinarle. ¿Cómo ha podido traerla aquí sin una acompañante?

—Tengo una acompañante —replicó Charlotte rápidamente—. Ha sido Harriet la que me ha traído hasta aquí.

Drake recorrió la estancia con la mirada.

—¿Dónde está? No la veo por ningún lado.

—No tengo ni idea —dijo Charlotte—. Estábamos en la habitación del duque y nos hemos separado.

—¿En su habitación? —Drake extendió el brazo dispuesto a agarrar a Gideon por el cuello de la camisa, pero Charlotte se interpuso entre ellos para interceptar el ataque.

—Le he pedido que no dijera nada —susurró Gideon.

—¿No era usted un protector generoso? —dijo Jane—. ¿No tenía que reunirse esta noche en casa de Audrey con su nueva amante?

Devon se adelantó, apartando a Charlotte de su camino.

—¿Cómo ha podido hacerme esto? —le preguntó a Gideon.

—Estaba preguntándome exactamente lo mismo sobre usted —replicó el aludido.

Devon resopló y se quitó el abrigo.

—¿Planificó todo esto antes de que yo hablase con usted?

—¿Planificar el qué? ¿Mi autodestrucción en un baile de graduación?

—¿Dónde está Harriet? —preguntó Jane, fijándose en las dos copas de coñac que habían quedado vacías sobre la mesa—. Charlotte, ¿por qué no me consultaste nada antes de cometer esta locura?

Gideon se contuvo las ganas de echar a la calle a todo el mundo, excepto a Charlotte, para que siguieran discutiendo fuera el rato que les apeteciera. Vio que su mayordomo, Shelby, intentaba abrirse paso entre el grupo de gente, y levantaba la voz para lamentarse y disculparse.

—Le juro que he intentado detenerles, excelencia. Se lo juro de verdad. Pero han insistido en que se trataba de un juego y que a usted no le importaría.

—Pues sí que me importa —replicó Gideon, muy contrariado.

Devon quería matarlo y a Gideon le habría encantado tener la oportunidad de poder hacer lo mismo con él. Era consciente de que parecía culpable a ojos de todo el mundo. Lo hecho, hecho estaba. Ni todas las excusas del mundo cambiarían ahora el resultado.

—Yo no he invitado a la señorita Boscastle a que viniera a mi casa.

—¿Ha invitado tal vez a Harriet? —preguntó taimadamente Jane.

Gideon la ignoró por completo.

Devon movió la cabeza en un gesto de decepción.

—Le pedí que la adulara con sus atenciones unos momentos, no toda la noche. Y tampoco me refería a este tipo de atenciones, como usted muy bien sabe.

—Yo no he empezado esto —dijo muy tenso Gideon, intentando no utilizar la verdad en su defensa.

Sabía que para satisfacer el honor solo había dos soluciones posibles. O un duelo a vida o muerte. O... La segunda posibilidad le acechó de nuevo en la distancia, una posibilidad que era equivalente a la muerte aunque en otro sentido: podía proponer un matrimonio antes que verse obligado a contraerlo. Matrimonio.

Con una directora de escuela. De acuerdo, la dama era todo un desafío al remilgado recato que solía asociarse a la profesión. De acuerdo, su fuego oculto era un elemento fascinante que en ningún momento habría esperado. Pero en aquel momento de su vida no tenía la más mínima intención de meterse en otro matrimonio.

Le lanzó a Charlotte una mirada de preocupación. Volvía a parecer la protagonista de una acuarela. Pero daba igual que su apariencia resultase engañosa. No podía ponerla al descubierto ante toda aquella gente explicando la verdad.

¿Qué pensarían sus familiares y amigos si ahora les anunciara que la había descubierto explorando el cajón donde guardaba aquellas fundas? A los chismosos les traería sin cuidado que lo que andaba buscando fuera de ella. O que él tuviera remilgos en cuanto a dónde metía la verga.

La esposa de Devon, Jocelyn, había cruzado la estancia contoneándose y le había posado la mano en el brazo en un gesto de contención. La mirada que le había lanzado, había hecho sentirse a Gideon como un auténtico villano.

Entonces oyó que Devon murmuraba:

—Jamás me perdonaré por esto.

Charlotte levantó la voz, sin timidez ni reservas.

—Pues ya somos dos, Devon Boscastle. Parece ser que no tuviste bastante deshonrándote como el bandido del beso, y obligando a la pobre Jocelyn a casarse contigo. Resulta que ahora has tenido que meter la nariz en mis asuntos y arruinarme también a mí la vida.

El duque se volvió hacia Devon con expresión sombría.

—Le he pedido que guardase silencio, Charlotte. Permítame que me ocupe yo del tema.

—No —dijo Devon, entregándole el abrigo a su esposa—. Nos hemos batido infinidad de veces en el salón de esgrima. ¿Por qué no solventar nuestras diferencias con otro encuentro?

Antes de girarse para defenderse, Gideon solo tuvo tiempo de empujar a Charlotte hacia el sofá. Comprendía perfectamente que Devon estuviera furibundo. Cuando el exaltado joven estuviera dispuesto a entrar en razón y se le presentara la oportunidad de hablar con él, le explicaría lo enrevesado de su situación.

Pero en aquel momento únicamente veía un par de puños volando hacia él, a derecha e izquierda. Esquivó los golpes y empezó a bailar alrededor de una silla hasta que se hizo evidente que acabaría noqueando a Devon o recibiendo un buen puñetazo.

—¡Deténganse! —El coronel lord Heath Boscastle interpuso su delgada figura entre los jadeantes oponentes, su hermano Drake asomando la cabeza por detrás—. Si pretenden zanjar el asunto peleándose, lo harán en el momento y el lugar adecuados y sin presencia de damas. Aunque, por lo que sabemos, no hay motivos para pelear.

Gideon se giró, topándose sin querer con la mirada de Charlotte. El sentimiento de pesar que expresaban sus ojos era demasiado sincero como para que todo aquello fuera un plan elaborado de antemano.

Se aflojó el cuello de la camisa, miró de nuevo a su alrededor y descubrió la furibunda mirada de Devon.

—En el baile me dio la impresión de que estaba francamente interesado por ella. —Los ojos de Gideon brillaban a modo de señal de advertencia—. Fue usted quien tuvo la idea de que me acercase a ella para pedirle que me concediera un baile.

El coronel lord Heath Boscastle volvió a intervenir.

—El resto de esta conversación se llevará a cabo en casa de Grayson mañana y en privado. Creo que podemos dar por terminado el juego de la caza del tesoro y aconsejaría que todo el mundo volviera ya a su casa.

# Capítulo 11

*H*arriet acababa de regresar a la escalera de entrada, después de registrar las caballerizas situadas detrás del jardín, cuando el callado grupo emergió de la mansión del duque. Corrió de inmediato hacia Charlotte y le cogió la mano.

—¿Lo has encontrado? —le preguntó en voz baja Charlotte.

—No.

—¿Dónde te habías metido?

—En las caballerizas y en la parte de atrás —respondió Harriet en un susurro—. Y luego os he visto a los dos en el estudio. Tú limítate a llorar a lágrima viva cuando cualquiera te pregunte. Finge que te desmayas.

—Esperaba que hubieses encontrado ese condenado diario.

—Míralo por el lado positivo. Al menos, después de esta noche, tendrás una experiencia real sobre la que escribir.

Charlotte echó un vistazo a su alrededor.

Devon la miraba con mala cara, como si Charlotte fuese una monstruosa Hidra de siete cabezas. Sus primas políticas, Jane y Jocelyn, le lanzaron sendas miradas de apoyo. Jane parecía comprender su situación. Mientras los demás miembros del grupillo corrían hacia el carruaje, Jane pasó junto a Charlotte y le susurró:

—Levanta la barbilla. Y mantén la boca cerrada.

Drake, su moreno primo, se acercó hacia ella con grandes zancadas. Y cuando llegó a su lado, le murmuró:

—Que esos ojos azules hablen por ti.

Pero Heath, la esfinge y maestro del silencio intimidador —él, cuya mirada era capaz de traspasar la piedra y el alma humana, el hombre que había sido su guardián cuando llegó a Londres—, se recostó en el asiento del carruaje y la miró fijamente, absorto y sin siquiera pestañear, durante todo el camino de vuelta a casa, la barbilla sustentada sobre un solo dedo. ¿Estaría enfadado? ¿Estaría disgustado con ella? ¿Se estaría tal vez divirtiendo? ¿Le importaría ella un comino? Era imposible saberlo. Mejor mantenerse con la boca cerrada hasta tener claro cómo serían recibidas sus explicaciones.

Lo que era evidente es que acababa de hacer realidad, una vez más, el legado de la familia. Había provocado la deshonra sobre su persona y demostrado que la sangre corría por sus venas con toda la pasión de sus predecesores.


Gideon subió a su dormitorio con una botella de coñac, que bebió hasta la mitad antes de derrumbarse en la cama. Sus «invitados» se habían marchado por fin.

Aquella noche estaba demasiado cansado, y su cabeza sumida en excesivos conflictos, como para intentar resolver los problemas de nadie. Cuando había salido de casa al atardecer, lo había hecho con la certeza de que iba a cerrar un buen trato con una cortesana. Y, en cambio, había acabado mancillado por el escándalo.

De existir una salida a la situación que no hiciera daño alguno al buen nombre de Charlotte, no sabía verla.

Dios, cuánto deseaba no aborrecer la cobardía.

Se veía forzado a elegir entre la deshonra y el matrimonio, lo cual era un auténtico logro pensando en Charlotte y teniendo en cuenta la retahíla de mujeres que habían intrigado con la idea de convertirse en su esposa.

Se había enfrentado en duelo a numerosos oponentes. ¿Acaso esta ocasión era distinta? Ningún hombre podía considerarse valiente de elegir luchar solo aquellas batallas que eran de su agrado.

Mientras seguía cavilando sobre su futuro, oyó que se abría la puerta y, poco después, escuchó pasos en el pasillo. Tenía que ser su mayordomo, tal vez con la intención de cerciorarse de que su señor seguía con vida.

Ni siquiera se tomó la molestia de abrir los ojos. En el fondo, confiaba en quedarse dormido y en que, al despertarse al día siguiente, descubriera que todo había sido un sueño.

—Déjalo todo así, Shelby. Mañana por la mañana, ya limpiarás todo lo que te apetezca.

Le golpeó la cara una marea de agua fría. Se incorporó, sobresaltado, logrando esquivar la jarra de cerámica que se estampó contra el cabecero de la cama. En aquel momento de sorpresa, llegó rápidamente a la conclusión de que Gabrielle no tenía en absoluto los modales de una cortesana.

De una gorgona, tal vez. Pero no de una mujer con la que un hombre en su sano juicio pudiera sentirse cómodo compartiendo el lecho. Rodó hacia un lado de la cama y se dejó caer en el suelo, protegiéndose con las cortinas del dosel a modo de escudo.

La palangana del lavamanos impactó entonces contra uno de los postes de la cama. Gabrielle miró a su alrededor buscando, a buen seguro, una nueva arma con la que atacar. Gideon soltó las cortinas y corrió hacia la puerta antes de que ella le lanzara los zapatos contra la espalda.

—¡Mentiroso! ¡Colegial! ¡No puedo creer que haya abandonado mi compañía por esa…! ¡Ni siquiera sé cómo llamarla!

Gideon llegó a la escalera. La totalidad del personal, en camisón, se había congregado rápidamente abajo.

—Tantas mujeres en una sola noche —dijo el ama de llaves, sin importarle que él pudiera oírla—. No es natural. No es sano. No puedo seguir mucho más tiempo formando parte de todo esto. Qué lástima si lady Sarah hubiera tenido que ser testigo de ello.

Gabrielle pasó llorando por su lado y bajó corriendo la escalera.

—¡Es un puerco! —gritó a los criados, que se separaron para abrirle paso—. ¡Ese hombre ha destrozado mi reputación! ¡Jamás podré volver a exigir un precio elevado!

—Lárgate con viento fresco —murmuró Shelby, cerrando la puerta—. Otra que no volverá a casa con prisas.


Harriet se presentó en la academia a primera hora de la mañana para desayunar con Charlotte. Estuvieron bebiendo té a solas tanto rato, que acabó enfriándose.

Harriet dejó la taza sobre la mesa.

—No sé qué decir. Ha sido por mi culpa. Totalmente.

Charlotte suspiró.

—No, de ninguna manera. Y reconozco que me apetecía ver cómo era por dentro la casa.

—Para tratarse de un hombre que lleva supuestamente una vida de decadente perversidad, estaba muy bien decorada. No vi nada que me hiciera pensar que celebre allí esas orgías que cuentan.

—No sé si eso significa que hablan mal de él o que su servidumbre es muy aplicada y repara todos los daños que pueda causar.

—Podría significar que no es tan malo como se supone que es.

—En un cajón le encontré fundas de esas —dijo Charlotte con un volumen de voz casi inaudible.

Harriet se quedó mirándola.

—¿Qué has dicho?

—Fundas. Ya sabes, esos artículos que se pone el hombre antes de realizar un acto carnal.

Harriet la miró con el entrecejo fruncido.

—Que sepas que no estás hablando precisamente con la esposa del vicario, Charlotte. Ya sé lo que son: condones.

—Baja la voz.

—Si estoy hablando en un susurro. Además, lo que eso significa es que es un amante más consciente que la mayoría.

—El hecho de que los guarde en un cajón me sugiere que es un hombre que busca relaciones fáciles.

Harriet casi se atraganta de la risa.

Charlotte la miró airada.

—¿Qué pasa? ¿Te hacen gracia los sinvergüenzas?

—No, la que me hace gracia eres tú. Estar en posesión de esos «artículos» puede significar muchas cosas.

—¿En serio? —dijo, y desvió la vista con fingida indiferencia.

—En serio. Podría significar que es un hombre práctico y especial en cuanto a dónde mete su...

—¡Harriet!

—O podría significar que le gusta estar bien preparado en caso de... ya sabes, en caso de encontrarse a una determinada dama en su alcoba a su regreso a casa.

—No me lo recuerdes.

—O tal vez esté esperando que la mujer adecuada, y aquí estamos hablando también de ti, esté aguardándole a su regreso a casa.

—No. No pienso volver a hacerme ilusiones nunca jamás.

—Hay hombres que llevan siempre encima esos artículos —prosiguió Harriet, calentando el tema—. A la iglesia, por si acaso les sonríe la fortuna después del sermón. Al club, por si acaso les espera una dama en el carruaje dispuesta a hacer un *rendez-vous*. He conocido caballeros que los llevan incluso cuando asisten a un baile. ¿Te fijaste en si llevaba uno cuando te pidió para bailar?

—No pienso seguir hablando contigo —dijo Charlotte, riendo aun sin quererlo.

—Es tan fácil tomarte el pelo. Lo siento. Pero creo que, en el fondo, el hecho de que tuviera eso escondido en un cajón es un punto positivo a su favor, no negativo.

—Hablas como si tú también estuvieses empezando a encontrarle atractivo.

—Oh, no —replicó Harriet, sus ojos brillantes—. Con un duque me basta y me sobra para mantenerme ocupada, gracias. De hecho, de haber estado Griffin en la ciudad no habría tenido ni tiempo de meterte en todo este lío.

—Mi vida es un caos —dijo Charlotte, deprimida.

Era consciente de haber cometido un pecado imperdonable a ojos de la sociedad. Había confesado padecer de un exceso de emociones, y no lo había hecho en una única ocasión, sino innumerables veces y, además, no en voz baja, sino por escrito.

Las damas no estaban autorizadas a tener emociones. Una dama tenía que morderse la lengua antes que reconocer sentir cualquier tipo de deseo. Y los sentimientos que ella había expresado hacia el duque…

No solo había dado alas a su fantasía, sino que además había surcado los cielos con alas de cera y volado directamente hacia el sol, como Ícaro en la leyenda griega.

Suspiró. Tal vez estuviera poniéndose excesivamente dramática al compararse con el joven griego que cayó al mar cuando sus esperanzas de volar se fundieron en pleno vuelo. Pero Charlotte siempre había mantenido que el hombre sería mucho mejor si estudiase unas cuantas lecciones de mitología. ¿Por qué la mujer tendría que ser distinta?

—¿Charlotte? ¿Ya estás otra vez soñando despierta?

—Aun tengo que enfrentarme a mi familia.

—Y al duque —le recordó Harriet.

—Anoche estaba furioso —dijo Charlotte, soltando el aire lentamente—. Tal vez se marche de Londres antes de ser llamado a juicio por mi familia.

—Estoy segura de que no huirá —dijo Harriet—. Un duque no es como los demás hombres.

—Eso ya lo he captado —dijo en voz baja Charlotte—. Y en ello reside su atractivo. —Exhaló otro profundo suspiro antes de continuar—. Jamás habría querido forzarlo a un matrimonio así, por mucho que lo deseara desde hace tantísimo tiempo. Reconozco que la perspectiva de un matrimonio suena mucho más excitante que la de pasarme el resto de la vida enseñando buenos modales. Pero creo que incluso esta opción ha desaparecido del mapa.

—Tampoco te habrías pasado la vida trabajando en la academia. Tus hermanos se han propuesto casarte antes de otoño.

—Te garantizo que no habrá mejor pareja entre los candidatos que puedan buscarme. Pero deseo formar una familia —confesó Charlotte.

—En ese caso, espera a conocer al hombre adecuado.

—Eso ya lo he hecho —dijo Charlotte, con una sonrisa melancólica—. Pero no soy la mujer adecuada.

—Esperemos a ver qué nos depara la tarde.

# Capítulo 12

*F*ue una auténtica ironía que la primera lección que Charlotte tuvo que impartir aquel día a sus pupilas girara en torno a las tres Parcas, las diosas que decidían el destino de cada individuo. Nacimiento, vida, muerte. En sus manos estaba mejorar o destruir. Las Parcas hacían pocas concesiones a aquellos que apelaban a su clemencia.

—¿Existe alguna lección que nosotras, damas de cultura refinada, podamos extraer de todo esto? ¿Alguna de vosotras cree que es posible cambiar nuestro destino?

Una de las chicas más jóvenes se levantó para responder.

—Lady Dalrymple está a punto de llegar con las damas de su club de dibujo para impartirnos su clase semanal de pintura. Solo quería recordárselo.

Charlotte tensó la expresión. Lo último que necesitaba en aquel momento era supervisar un grupo de matronas de mentalidad pícara que disfrutaba pintando caballeros desnudos para su colección de deidades griegas. Charlotte no creía en absoluto que las canosas artistas crearan sus controvertidas obras de arte única y exclusivamente con fines benéficos, aunque era cierto que su representación del esposo de Emma como Hércules luchando contra el león de Nemea había sido vendida en subasta por una impía cantidad que luego había sido destinada a un hospital.

Se levantó entonces otra chica.

—El destino no puede cambiarse e intentarlo resultaría arrogante. Solo las élites, por ejemplo, deberían gobernar la sociedad.

Charlotte miró de reojo a la pálida chica que se movía inquieta en el fondo del aula. Era la última alumna que la academia había acogido por caridad procedente de los bajos fondos y todos los intentos de educarla estaban cayendo en saco roto. Se veía obligada a recordarse constantemente que Harriet había sido en su día más beligerante incluso que aquella chica. Y que en secreto, ella misma había dudado a menudo de que pudiera llegar a convertirse en una dama culta, refinada y civilizada.

—¿Y tú qué opinas, Verity?

Verity se encogió de hombros.

—¿Sobre qué?

—Sobre las Parcas.

—Creo que prefiero ver a la vieja lady Dalrymple pintar sus cuadros groseros que seguir escuchando toda esta basura. Es una pérdida de tiempo.

—Lo que sí es una pérdida de tiempo es intentar enseñarte alguna cosa —murmuró una de las chicas.

Charlotte respiró hondo.

—¿Por qué decimos a veces que las Parcas son crueles?

Verity se levantó e hizo una burlona reverencia.

—Porque obligan a las chicas a ir a la escuela cuando podrían estar fuera en la calle yendo detrás de los chicos.

Charlotte la miró fijamente.

—¿Podrías repetir eso?

—Que a las chicas les gustan los chicos, no los libros.

—No necesariamente —replicó Charlotte, alzando la voz—. Una chica bien educada frecuenta la compañía de jóvenes caballeros solo si va debidamente escoltada. Nunca va detrás de ellos.

—Y entonces, ¿por qué la pillaron anoche a oscuras con ese duque si no es porque le va detrás?

Charlotte cerró el libro, el sentimiento de culpa ruborizándola.

—¿Acaso hay que creerse todos los chismorreos que corren por ahí?

Levantó la mano para impedir cualquier respuesta. Se moría de ganas de preguntarle cómo se había enterado de lo sucedido.

Miró por encima de la cabeza de sus alumnas. Le había parecido oír ruido de cascos de caballos en la calle, y el grito de un cochero alertando a los peatones que se apartaran de su camino. Una llegada tan dramática solo podía significar una cosa: que el marqués de Sedgecroft había mandado su carruaje de seis caballos para recogerla y conducirla a su mansión, donde se celebraría una reunión oficial.

Las Parcas no habían aplazado ni un momento la decisión sobre su futuro.

¿La desterrarían al campo? ¿La devolverían a casa con sus tres hermanos?

Las chicas empezaron a charlar animadamente. Charlotte se quedó a la espera de la inevitable llamada a la puerta. Permaneció en aterido silencio hasta que la señorita Peppertree, su secretaria, irrumpió en la estancia como un ave de presa, con otra maestra intentando seguirle los pasos.

—Señorita Ames, llévese a las chicas arriba un rato —dijo con la autoridad de un general francés asumiendo el mando de un cuartel del ejército.

—Muy bien —dijo Charlotte, chocando los nudillos contra el libro—. ¡Chicas! Comportaos. Solo lo diré una vez y mejor haréis escuchándome: mañana proseguiremos con nuestros estudios de mitología griega. El tema que trataremos será Aracne.

—¿Nuestros qué? —la interrumpió Verity con una sonrisa impertinente.

Charlotte apretó los dientes.

—Aracne fue la legendaria tejedora cuyo tapiz ofendió a la diosa Palas Atenea. —Hizo una pausa, sumiéndose en un instante de autocompasión—. Tendréis que hacer una redacción sobre el destino de Aracne utilizando vuestro propio vocabulario. Eso es todo.

Salió rápidamente. La señorita Peppertree corrió tras ella, dejando el aula sumida en un estallido de risitas femeninas y chismorreos.

—¡Señorita Boscastle! —gritó Daphne—. Señorita… Oh, Dios mío, Charlotte. ¡No se me escapará! Jamás os habría imaginado capaz de tal… de tal diablura.

Diablura. Se estremeció al vislumbrar mentalmente la oscura imagen de Gideon.

—¿Cómo lo sabe? ¿Cómo lo han descubierto las chicas? Si ni siquiera he hablado con mi familia.

Aunque sabía que el carruaje que había oído llegar a la academia no era otro que el de Grayson.

La señorita Peppertree la guió hacia el comedor formal.

—Las chicas lo saben.

—Sí. Sé que lo saben, pero no sé cómo lo han descubierto con tanta rapidez.

La señorita Peppertree cerró la puerta con llave y se acercó a las ventanas para correr las cortinas.

—¿Qué demonios hace? —le preguntó Charlotte, segura de haber oído los pasos de su condena en la calle.

—Silencio. —La señorita Peppertree se acercó un dedo a los labios y se dirigió a la chimenea, señalando repetidamente el jarrón que había sobre la repisa.

—¿Acaso se ha convertido de repente en espía, o estamos representando una pantomima? Porque yo...

Se interrumpió cuando vio que la señorita Peppertree daba media vuelta, la cogía de la mano y le susurraba:

—He guardado ahí los pedacitos.

—¿Los pedacitos de qué? ¿Dónde?

—En ese jarrón que parece una urna griega. Recordará que la trasladamos a esta estancia cuando una de las chicas encontró un libro en la biblioteca que mencionaba la práctica de la cremación en la antigua Grecia.

Retiró la mano de la de Daphne, que parecía una garra.

—Como dudo que haya tenido ocasión de acabar con alguien y haberlo metido dentro de ese jarrón, insisto en que acabe de una vez por todas con esta tontería.

—Los periódicos. Los quemé en cuanto llegaron. Habrá más, naturalmente, y tendrá que ayudarme a eliminarlos en cuanto lleguen.

Charlotte se llevó la mano a la sien.

—¿Qué le parece si llamo para que nos sirvan el té y nos sentamos tranquilamente un rato? Porque, para serle sincera, está empezando a asustarme.

—¡Es que debería estar asustada —exclamó la señorita Peppertree, y ambas volvieron la cabeza al escuchar los autoritarios golpes en la puerta—. Oh, Dios mío. No hay escapatoria. El escándalo ha salido en los periódicos.

Acercó un taburete a la chimenea, se subió la falda de muselina azul y se encaramó para bajar con cuidado el jarrón.

Charlotte saltó instintivamente para cogerlo en volandas. La señorita Peppertree lo soltó como si fuese una araña.

—¿Lo entiende? He dejado un recorte intacto para que lo viese.

Charlotte tragó saliva, se armó de valor y observó las profundidades del jarrón, cubiertas de polvo. Arrugó la nariz.

—¿Y todo esto habla del...?

—... del duque, sí. —Daphne introdujo la mano en el jarrón y extrajo un pedazo de papel que parecía haber sido cuidadosamente recortado con tijeras—. Léalo. Y para sus adentros, por favor.

Charlotte observó con creciente exasperación a la señorita Peppertree disponiendo con esmero los fragmentos de papel sobre la mesita estantería. Se contuvo de comentar que habría sido más sencillo guardar el recorte entero, pero a la señorita Peppertree le gustaba el dramatismo. Tal vez la pobre mujer llevara una vida monótona en apariencia. Pero el placer indirecto que le proporcionaba meter la nariz en los asuntos de los demás no tenía nada que ver con aquello.

Tampoco es que ella estuviera en condiciones de hablar mucho.

De hecho, la imaginación de Charlotte haría morir de vergüenza a Daphne. Vaya pareja.

—Ya está —le susurró con aire de victoria, alejándose de la mesa.

Charlotte escuchó ruidos en el vestíbulo.

—Daphne. Sé que tiende a exagerar. Y yo también. Pero dígame una cosa. ¿Es realmente tan espantoso?

—Sí. Sobre esta mesa descansan las cenizas de su reputación.

Charlotte bajó la vista hacia los trozos de papel unidos de nuevo. Las letras en negrita bramaban como la corneta de un cochero. Se trataba del pie de una de las caricaturas de George Cruikshank.

¡DIRECTORA DE ACADEMIA SORPRENDIDA EN PLENO ACTO CON DUQUE AMOROSO! ¡UNO DE LOS SOLTEROS MÁS CODICIADOS DE LA CIUDAD SE HACE CON DOS AMANTES EN UNA SOLA NOCHE!

—Oh —dijo Charlotte, derrumbándose en la silla, completamente mareada—. Creo que me alegro de no haber visto el dibujo. No me extraña que las chicas estuvieran tan alteradas esta mañana.

—Será una maravilla que nos queden chicas de las que preocuparnos cuando sus padres se enteren de la noticia.

Charlotte la miró con ansiedad.

—La mayoría de la gente sabe que no hay que hacer caso de chismes escandalosos de este tipo.

La señorita Peppertree recogió los pedacitos de papel con una mano, mientras que con la otra sujetaba el jarrón, y se volvió hacia la chimenea dispuesta a echar al fuego las pruebas incriminatorias.

—La mayoría de la gente —musitó— intuye cuando un rumor esconde la verdad y cuando no.

—Tal vez la gente pierda interés si se acaban anunciando unos esponsales.

Ella esperaba, al menos, que la cosa acabase así. Aunque era probable que Gideon fuera de otra opinión.

La señorita Peppertree se encaramó de nuevo al taburete para devolver el jarrón a su lugar.

—Lo dudo. De hecho, creo que será más bien al contrario. El rango de duque se sitúa justo por debajo del de príncipe, como bien sabe. La excitación que acompañaría el compromiso del duque y su posterior matrimonio generaría tanta agitación social que tal vez mitigaría su desgracia hasta hacerla morir de una muerte lenta.

La excitación que Gideon encendería en el corazón de Charlotte si se casara con ella duraría eternamente.

—Ya no se puede hacer nada, Daphne. La he fastidiado y ahora tengo que vivir con las consecuencias de mi error.

La señorita Peppertree se llevó las manos a las caderas.

—Confío en que sea consciente de que esas consecuencias no tendrá que vivirlas sola.

—Lo sé. —Charlotte se quedó pensativa—. Supongo que no. Es un sacrificio que tendré que hacer.

—Señorita Boscastle —dijo entonces la voz de Ogden, el mayordomo, desde el otro lado de la puerta cerrada con llave—. El marqués ha enviado su carruaje para recogerla.

—Si no la conociese como la conozco, pensaría que ha tramado todo este escándalo.

—Pero no ha sido así —insistió Charlotte.

Aunque sí había soñado con todo aquello.

Y tarde o temprano, la señorita Peppertree y el mundo entero conocerían de cabo a rabo sus escandalosas fantasías.

—¿Qué será de la academia? —preguntó la señorita Peppertree, acompañándola hacia la puerta y luego por el pasillo, donde el mayordomo aguardaba sumido en un impasible silencio—. No conseguiré encontrar otro puesto de trabajo. Si este escándalo esconde algo de verdad, Lady Clipstone no me contratará ni para fregar suelos.

—Aún no ha llegado el momento de abandonar el barco.

—Tal vez no. —Los ojos de la señorita Peppertree brillaban empañados en lágrimas detrás de los cristales de sus gafas—. Pero tal vez sí haya llegado el momento de ponernos al timón y sortear la tormenta.

# Capítulo 13

Gideon llegó a la mansión de Grayson en Park Lane tres minutos antes de las doce del día posterior a su ignominia y después de pasar la noche elucubrando sobre varios argumentos que alegar a su favor. Su llegada coincidió con una discusión familiar. Grayson estaba de pie en un rincón, vestido con la elegancia que le caracterizaba. Heath ocupaba un sillón orejero, mientras que Drake y Devon estaban enfrascados en un combate verbal.

Gideon se acomodó en el asiento que le ofrecieron y levantó la vista para examinar el decorado de estuco con una representación de Júpiter que adornaba el techo.

—Esperaremos hasta que los niños sean capaces de comportarse —dijo Heath con un suspiro.

—Lo reconozco —dijo Devon, que se encontraba junto a la ventana—. Animé a Gideon para que hablase con Charlotte en el baile. Se la veía sola y pensativa. Fue culpa mía que…

—Como suele suceder —dijo Drake desde el sofá, donde se había repantingado con los ojos cerrados.

Devon se pasó la mano por el cabello.

—En ningún momento pensé que una simple gentileza fuera a desembocar en esto.

—Ese es el problema —murmuró Drake, uniendo las puntas de los dedos sobre el pecho como si fuese a rezar—. Tú nunca piensas. No recuerdo ni un momento, desde nuestra más tierna infancia, en que lo hayas hecho.

Devon resopló.

—¿A qué vienen estas críticas por parte de un hombre que se ha pasado años bebiendo de tal modo que a la mañana siguiente ni siquiera era capaz de recordar su nombre?

—Date cuenta de que hablas en pasado —reconoció Drake con una sonrisa—. Ahora ya somos mayores, ¿verdad?

—Lo serás tú —replicó Devon—. No yo. Yo sigo siendo un niño.

—Justo a eso me refería.

El hombre de anchas espaldas apoyado en la pared se enderezó. Su voz cortó como un trueno la disputa.

—Parad los dos de una vez.

Drake sonrió a Devon.

—El marqués ha hablado. Que reine el silencio.

Gideon levantó la vista con expectación. Conocía poco a Grayson, una situación que daba por sentado que cambiaría pronto. Por lo que contaban, después del fallecimiento de su padre, Royden Boscastle, el marqués, había aceptado a regañadientes convertirse en el patriarca de la rama londinense de aquella familia tan propensa al escándalo. Decían que Grayson era un hombre de honor, imparcial y de buen carácter.

Aunque claro, hasta aquel momento él nunca había cometido ninguna indiscreción con un familiar de Grayson. Aquella mañana, el buen carácter de Grayson no se veía por ningún lado. De hecho, con aspecto serio y taciturno, daba la impresión de estar tan irascible y contrariado como él mismo.

Heath, sin embargo, habló en tono cordial cuando expuso su opinión.

—Pelearse como chiquillos no sirve para nada. ¿Por qué no damos a Gideon la oportunidad de explicar lo sucedido?

—Durante el baile, Devon me pidió como un favor que hablara con Charlotte. Y así lo hice.

—¿Y fue también un favor invitarla a su casa? —preguntó Grayson frunciendo el entrecejo.

Gideon dudó un momento. ¿Debía mentir para protegerla y asumir con ello el papel del libertino? No, en el caso de que ella hubiera reconocido ya la verdad. Sí. La verdad era lo preferible, independientemente del dolor que pudiera causar.

—Vino a mi casa. —Disimuló una sonrisa al recordar cómo la descubrió en el suelo de su alcoba—. Entró furtivamente, debería decir, con la intención de encontrar su diario. La verdad es que me dejó todos los cajones revueltos.

—Los...

—Sí, los cajones del vestidor.

—¿Por qué se llevó su diario, para empezar? —preguntó Devon—. Es un gesto extraño por parte de un hombre, sobre todo teniendo en cuenta que ese hombre tenía planes de reunirse con su amante.

«¿Qué amante?», se preguntó. A aquellas alturas Gabrielle ya habría hecho correr la voz de que volvía a estar en el mercado y de que él era un cerdo sin corazón. Su ama de llaves compartía con ella esa opinión, tal y como le había hecho saber con elocuencia a la hora del desayuno, cuando le había servido el café frío como el hielo y una bandeja de pastelitos rancios.

—Anoche, después del baile, encontré el diario en mi carruaje —explicó—. Creí que, manteniéndolo lejos de otras manos, estaba protegiendo la intimidad de su prima.

—Todo esto está muy bien —dijo Grayson—. Pero ¿por qué les sorprendieron en actitud comprometida y a oscuras?

Gideon esbozó una leve sonrisa.

—Desearía saber cómo explicar lo sucedido. La verdad es que no puedo darle una respuesta. Una cosa llevó a la otra. ¿Importa el motivo, llegados ya a este punto?

Heath negó con la cabeza.

—No, si el resultado es una boda. ¿Existe esa posibilidad?

Gideon dejó pasar un momento.

—Me gusta batirme en un buen duelo de vez en cuando. Pero, en este caso, un combate no resolvería nada.

—Confiaba en que dijera eso, excelencia —replicó Heath con evidente alivio—. No tengo ningún deseo de matarle.

—Ni yo a usted —reconoció Gideon.

Devon tosió para aclararse la garganta.

—Bueno, la verdad es que a mí sí me gustaría matarle.

—Nadie te ha pedido tu opinión, genio —dijo Drake con cierta sorna.

—Niños, dejad de pelearos —dijo Heath.

Grayson suspiró.

—Esa maldita boda deberá tener lugar lo antes posible. En esta ciudad, los chismorreos crecen como setas.

—Necesitaré una autorización especial.

—No estoy de acuerdo contigo, Grayson —dijo Heath, recostándose en su asiento—. Debería haber un breve, aunque concentrado, periodo de noviazgo antes de la ceremonia. Un noviazgo público ayudaría a evitar parte del escándalo. Con un par de semanas sería suficiente.

Grayson consideró la sugerencia y asintió lentamente dando su aprobación.

—Reconozco la existencia del arte de cortejar a una joven dama a la que no se ama convenciendo al mundo de lo contrario.

—¿En quince días? —cuestionó Gideon, sin esconder su escepticismo.

—Sí —replicó Grayson—. No es necesario que le explique cómo funciona tratándose de un hombre de su experiencia. Pero, de un golfante a otro, le diré que es un trabajo intenso pero gratificante.

Gideon apartó la vista.

—¿Y qué sugiere que haga durante ese intenso periodo de noviazgo?

—Le sorprendieron a oscuras con ella, Wynfield —dijo Drake sin el más mínimo ápice de lástima—. Supongo que será capaz de hacer alguna cosa a partir de ahí.

—Si fuera detrás de ella con la rudeza con que lo hago con otras mujeres —replicó Gideon—, correría a esconderse.

Grayson se encogió de hombros.

—En ese caso, tendrá que hacerla salir de su escondite. Conseguir que arda en pasión por usted. Si lo hace adecuadamente, podría resultarle muy gratificante. Creo que sería adecuado por su parte fingir, al menos, que está enamorado de ella.

Gideon se movió inquieto en su asiento.

—¿Amor? Tendrá que ser más explícito en sus consejos.

—No le tiente —dijo Drake con una sonrisa.

Grayson miró a Gideon.

—Si su intención es casarse, deberá aprovechar al máximo la situación.

—¿En público o en privado?

—Eso depende de usted, siempre y cuando se comprometa en el altar. Publicaremos de inmediato en los periódicos un anuncio discreto. La celebración formal puede esperar.

Drake se echó a reír.

—Ha sido una suerte que sus hermanos no los descubrieran juntos.

—Bien, esto ya es agua pasada —dijo Grayson en tono magnánimo—. Wynfield está comportándose con honor y honestidad. —Miró a Gideon frunciendo el entrecejo—. Y si se me permite ser sincero, tiene mis simpatías por haberse metido en este embrollo y mi admiración por aceptar su responsabilidad.

—El daño está hecho. En ningún momento atraje a Charlotte con engaños a mi casa con la intención de deshonrarla. Por si sirve de algo, juro que me quedé pasmado cuando me confesó que había entrado furtivamente para encontrar su diario desaparecido. Lo que siguió a continuación resulta difícil de explicar.

Heath se quedó mirándolo.

—Lo que resulta inquietante es que me creo hasta la última palabra de todo lo que ha dicho. Pero debo añadir, en defensa de Charlotte, que hasta este embrollo, jamás causó ni la más mínima preocupación a la familia.

—Era solo cuestión de tiempo —dijo Drake con un gesto de indiferencia—. No podía permanecer virgen toda la vida.

Gideon puso mala cara.

—Creo que sigue siendo virgen. Es su diario el que carece de toda inocencia. Lo que leí era… incendiario. Deberíamos procurar que no cayera en malas manos.

—Hay que encontrarlo —ratificó Heath—. ¿Está seguro, Gideon, de que lo dejó en el carruaje?

—Sí. Mi cochero y mis criados lo han buscado por todas partes, pero no aparece.

Devon se inclinó sobre el alféizar de la ventana.

—¿Qué pudo escribir Charlotte para que alguien se haya tomado tantas molestias para robarlo?

Heath cogió una pluma del escritorio de Grayson.

—Tengo la sensación de que ante todo deberíamos encontrar el diario y formularnos las preguntas después. Daré órdenes a sir Daniel Mallory para que inicie la investigación. —Se levantó de su asiento y le tendió la mano a Gideon—. Y, entretanto, permítame que le dé la bienvenida a la familia. Y que Dios se apiade de su valiente alma.

Gideon se echó a reír.

Y con este acuerdo, se puso en marcha una antigua maquinaria. Grayson sería aceptado en los círculos de Gideon, y viceversa. Dos casas que podrían haber terminado como enemigas acababan de fusionarse. Se había forjado un vínculo sin que absolutamente nadie levantara la voz más de lo debido.

# Capítulo 14

*L*as damas de la familia se habían reunido en torno a Charlotte en los espaciosos aposentos de Jane. La marquesa presidía una reunión en la que participaban Julia, la esposa de Heath; Jocelyn, la esposa de Devon; y Eloise, institutriz hasta que Drake perdió la cabeza por ella. Y por último, y quizá la más apasionada, estaba Chloe, Boscastle de pura sangre, razón por la cual nadie en la familia se había sorprendido al conocer que había escondido en un armario al hombre que amaba cuando este perseguía a un asesino.

—¿Quién falta? —preguntó Jane, de pie en el centro de un círculo de zapatos desparejados, con una botella de champán en la mano.

Julia se abrió camino entre el elegante calzado de Jane y le ofreció la copa para que volviese a llenársela.

—Eleanor y Sebastian están en las Highlands. Alethea y Gabriel jamás viajan fuera de su campiña ni se separan el uno del otro. Emma y Adrian se pondrán en camino en cuanto se enteren de la noticia. Y sé que estoy olvidándome de alguien…

—¿Dónde está Harriet? —preguntó Jane, llenando la copa aflautada de Julia sin derramar una gota.

Chloe se apartó brevemente del espejo, donde se había entretenido ahuecando sus cortos rizos negros.

—Le comentó a Weed que encontraría el diario de Charlotte costase lo que costase.

—Eso no me gusta nada —comentó Jane.

Chloe sonrió.

—A mí sí. Ojalá me hubiera pedido que la acompañase en su aventura.

—Aventura —replicó Jane, poniendo mala cara—. Sí, es una forma de verlo.

—¿Cómo he podido permitir que pasara? —susurró Charlotte.

Se había dejado caer en la silla tapizada en terciopelo azul situada al lado del escritorio de Jane. Tenía la cabeza casi enterrada bajo el brazo. Era la viva imagen de la desdicha, pero solo había logrado despertar la comprensión de Jocelyn, que esperaba su segundo hijo y, como consecuencia de ello, era propensa a sentir empatía hacia todo el mundo.

—Llorar por lo que ya está hecho no tiene ningún sentido —dijo Jane, siempre muy práctica—. Debemos considerarlo como una bendición camuflada. Grayson convencerá a Gideon de que serás una esposa encantadora, y eso es todo.

Charlotte levantó la cabeza y examinó con escepticismo a la marquesa.

—¿Bendición? Me parece que has bebido demasiado Cliquot, o tal vez será que yo he bebido demasiado poco. El duque me guardará rencor toda la vida por lo sucedido. Él era mi sueño. Y yo me he convertido en su pesadilla.

—Piensa que, a pesar de que te han sorprendido en compañía de un hombre, se trata de un duque —dijo Julia, inclinándose para colocarle a Jocelyn un cojín bajo los pies—. Además, tarde o temprano tenías que dejar la academia.

—¿Por qué? —preguntó con tristeza Charlotte, dejando caer de nuevo la cabeza sobre el brazo—. ¿Por qué escribiría una sola palabra de ese diario? ¿Por qué no seguí mis propios consejos? ¿Cuántas veces habré advertido a las chicas diciéndoles que jamás pongan sobre el papel cualquier pensamiento que pueda incriminarlas?

—Dominic leyó mi diario mientras estuvo atrapado en mi habitación —reflexionó Chloe—. La verdad es que se puso bastante desagradable, que yo recuerde. Se mofó de mí. Y luego me sedujo, o le seduje yo a él. Supongo que ahora ya es irrelevante. Estamos casados y los antiguos pecados han quedado ocultos por un tupido velo.

—Pero al menos vosotros tuvisteis cierta capacidad de elección —dijo Julia, deambulando delante de la ventana como un abogado en los tribunales.

—No, no fue así —replicó Chloe—. Dominic me amenazó con

todo tipo de desgracias si le delataba. Era hombre muerto, y estaba desesperado, si recordáis bien. Era una bestia que no cesó de intimidarme hasta que tomé las riendas de la situación.

—Pero te adora —dijo Jane, mirando con preocupación a Jocelyn—. ¿Estás cómoda, Jocelyn? Pareces un erizo, así sentada. Solo veo tu nariz y una pelota gigantesca de tafetán marrón.

Chloe asintió, mostrándose de acuerdo con el comentario.

—Devon también era enorme al nacer.

—Y sigue siéndolo —dijo Jocelyn, descruzando las piernas con una delatora sonrisa que interrumpió la conversación durante más de medio minuto.

—Aprecio mucho lo que estáis haciendo por mí —dijo Charlotte—. Aprecio incluso todos los esfuerzos de Harriet, por mucho que esta desgracia sea consecuencia de un descuido suyo, aunado con mi romántico desenfreno. Y...

Se interrumpió, distraída al ver que Jane tenía la mirada fija en el cuello de la botella vacía de champán.

—¿Y? —le instó Jane, moviendo la copa, también vacía.

—Y... Oh, da igual, no lo entenderíais. Yo no espero que un sinvergüenza cargado de buenas intenciones acabe reformándose ni que el vizconde que he escondido en el armario me pida la mano.

Jocelyn agitó por un instante las piernas y los brazos antes de renunciar al intento de sentarse debidamente.

—Si te sirve de consuelo, Charlotte, te diré que Devon no se casó conmigo por voluntad propia.

—Eso lo entiendo —replicó Charlotte—, pero ¿puede alguna de las aquí presentes jactarse de haber esperado a que un hombre decida entre batirse en duelo o casarse con ella? Pensadlo bien. Tiene que elegir entre la muerte o yo.

El grupo se sumió en un culpable silencio hasta que al final todas las miradas se dirigieron hacia la única persona presente que no había dado su opinión: Eloise, que como antigua institutriz, comprendía el valor de reservarse sus opiniones.

—¿Te gustaría que tuviese lugar este matrimonio, Charlotte? —preguntó en voz baja.

Charlotte suspiró.

—No puedo mentir. Yo...

Levantó la vista —la levantaron todas— al escuchar la autoritaria llamada a la puerta. Charlotte cruzó los dedos. Contuvo la respiración confiando que...

Jane cruzó la estancia para abrir la puerta. Grayson, su esposo, estaba en el pasillo, sus ojos brillantes y con expresión victoriosa.

—Ha accedido a nuestras condiciones. ¿Qué haces con esa botella vacía a estas horas de la mañana?

Charlotte se sintió como un copo de nieve fundiéndose al sol.

—¿Qué ha accedido a vuestras condiciones? —dijo Jane, aspirando por la nariz—. Parece que hables de dos países en guerra. —Le entregó la botella a Grayson y sonrió a Charlotte mirándola por encima del hombro—. Bajemos a brindar por la feliz pareja.

Las Parcas se habían decantado a favor de Charlotte. Se casaría con el hombre que había deseado desde el instante en que lo vio. Se contuvo para no bajar corriendo las escaleras y saludarlo, aun habiendo presenciado su llegada desde la ventana de la habitación de Jane con la misma fascinación que el personal doméstico.

Ya se había mostrado locamente enamorada de él. Y si iba a ser la causa del fin de su vida despreocupada y a desbaratar su existencia sin rumbo, tendría que sacar provecho de la situación y comportarse como una mujer segura de sí misma.

Por desgracia, su determinación cayó en saco roto en cuanto empezó a bajar los peldaños, fingiendo una educada indiferencia, y él se giró para mirarla.

Gideon no tuvo que hacer ningún esfuerzo para alterar la compostura de Charlotte. Ni pronunciar palabra. Ni hacer un solo gesto. La promesa de venganza en su mirada, la inclinación de su boca, la desmontaron por completo. Pero no pensaba romperse delante de media casa. Aguantaría y...

—¿Sucede algo?

Aquella voz profunda cargada de sorna la despertó de sus elucubraciones. En aquel momento supo que su vida iba a cambiar por completo. Por un instante, se había dejado engañar pensando que sería capaz de manipular a aquel hombre con su pluma. Pero la imponente presencia del duque se cernía ahora sobre ella como un ángel oscuro que había estado esperando un momento de debilidad para caer sobre ella y aprovecharse. Con la salvedad de que, en realidad, había sido ella quien le había tendido la trampa.

Charlotte respondió negando con la cabeza. La seria mirada de él se clavó en los ojos de ella.

—Estoy bien —dijo, obligándose a no marchitarse bajo el calor de sus ojos—. Y usted…

—Me he enfrentado a la inquisición.

—Luego me tocará a mí.

—Confío en que sobreviva.

—Es un detalle por su parte desear lo mejor para su captora.

—Deseo muchas cosas —replicó él.

Le ofreció el brazo con una oscura sonrisa que le recordó que, pese a que había accedido a contraer matrimonio con ella, no tenía la más mínima intención de ser bueno.


Las paredes de la estancia donde el pequeño grupo se congregó para llevar a cabo una modosa celebración estaban decoradas con esculturas romanas. Gideon llegó a la conclusión de que, a primera vista, podría confundirse a Charlotte con una de aquellas diosas. Por suerte, después de lo de anoche, sabía que podía darle vida. Que el matrimonio podía traerle alegrías. La observó llevándose la copa de champán a la boca. Una boca para los besos. Ella le sorprendió mirándole y le sonrió.

Antes de girarse para tratar de serenarse, Gideon percibió unos instintos que le hacían arder la sangre y le resultaban, a la vez, muy familiares. Conquista, caricias, dominación. Posesión. Pero en algún rincón, mezclada entre unas urgencias que no necesitaban explicación, se despertó en él otra emoción. Intentó por un instante identificar de qué se trataba.

¿Sería la excitación que se sentía ante un reto? Experimentó una punzada de sorpresa al volverse hacia Charlotte.

—No puedo garantizarle que encuentre el amor o la felicidad como mi esposa, puesto que tampoco sé si soy capaz de ofrecerlos.

—No puedo esperar que me ame…

—Se interrumpió.

—¿Se refiere a que no debería esperar lo mismo de usted?

—No he dicho eso, excelencia.

Dudó él por un momento. Charlotte y Gideon se habían quedado algo aparte del resto del grupo, una estrategia de la familia, cuya finalidad, imaginó, era obligarlos a congeniar.

—Solo quería ponerla sobre aviso, eso es todo —le dijo a Charlotte—. Es muy posible no esté a la altura de sus expectativas. Hay damas que se deleitan con mi compañía. Pero otras juran que soy el mismísimo hijo del diablo.

—Sí —replicó ella—. Entiendo esa preocupación. Confío en alcanzar un compromiso con su carácter.

Gideon inclinó la cabeza hacia ella.

—Confío en poder acostarme pronto con usted. Según mi experiencia, el sexo es un preludio excelente para cualquier relación.

—Un pensamiento muy profundo.

Gideon se apartó, satisfecho ante la encendida réplica. Aquella sí parecía la dama desinhibida que escribía mentiras deliciosas sobre él.

—Estoy obligado a comportarme por un rato.

Los ojos de Charlotte echaban chispas.

—Muy inteligente, sobre todo teniendo en cuenta que entrará a formar parte de esta familia.

—Y usted de la mía.

Se separaron al ver que se acercaba el marqués.

Al menos, reflexionó Gideon, aquella mañana se había comportado con honor, no como anoche. Charlotte parecía aliviada viendo que había dado la talla. Le daría su apellido. Le ofrecería placer. Y si esperaba algo más, tal vez había llegado el momento de que supiera que el pasado le había robado la capacidad de albergar esperanzas. Hacer planes, después de que la dolorosa experiencia le enseñara que lo más probable era que nunca llegaran a hacerse realidad, carecía por completo de sentido.

Charlotte suspiró cuando Gideon se excusó para marcharse. Por mucho que hubiera accedido a casarse con ella, estaba en la obligación de reconocer la realidad. No se le veía rebosante de entusiasmo por el compromiso. Había tomado aquella decisión por honor, no por romanticismo. Y deambulando de un lado a otro de la estancia, se encontró de repente delante de Jane.

—Charlotte —dijo Jane—. Volverá.

—¿Y si huye?

—Correremos tras él.

No vio ninguna expresión de lástima en el rostro de Jane, solo la fuerza de voluntad de una mujer que había conseguido domesticar a su bestia hasta conseguir que la adorase.

—Es tuyo —dijo Jane—. Lo quieres, ¿verdad? Me parece evidente.

—Sí. Pero deseo que arda de pasión por mí como yo ardo por él.

La sonrisa de Jane dio a entender que la comprendía perfectamente.

—En ese caso, enfréntate al fuego con fuego.

—Eso es de Shakespeare. —Charlotte se sentía extrañamente consolada—. Por supuesto. Tendré esas palabras en cuenta.

—Ponlas en acción —le susurró Jane, y levantó la vista al percibir que Weed se aproximaba y la saludaba con una reverencia.

—El señor quiere que la señorita Boscastle se reúna con él en su estudio para mantener una conversación confidencial —dijo en voz baja.

—Un sermón —dijo Jane—. Era inevitable. Aguanta, Charlotte. Grayson es menos fiero de lo que parece.

# Capítulo 15

Charlotte se armó de valor dispuesta a enfrentarse a un largo y bienintencionado sermón. Grayson tenía muchísimo trabajo protegiendo a una familia famosa por sus apasionados escándalos. Pero nunca antes la había convocado en su despacho.

—Siéntate, Charlotte —dijo Grayson, indicándole un sillón—. En primer lugar, felicidades por tu próximo enlace.

—Grayson, estoy avergonzada...

—Esto ya es un tema estándar en el estilo de los Boscastle —dijo, restándole importancia a la disculpa—. ¿Estás satisfecha por casarte con Wynfield?

«¿Satisfecha?»

—Más de lo que puedo expresar con palabras.

Grayson frunció el entrecejo.

—Es un hombre de mundo.

—Sí.

—Y tú —movió la cabeza en sentido negativo—, no eres ni mucho menos tan sofisticada. ¿Comprendes lo que intento decirte?

Charlotte asintió. Estaba alertándola de que acababa de caer en un pozo abismal, en el fondo del cual confiaba en encontrar a Gideon dispuesta a cogerla al vuelo.

Grayson la observó con atención.

—Tengo que reconocer tu serenidad ante este asunto. ¿Aunque qué otra cosa podrías hacer? Nuestro siguiente problema será localizar ese diario. Conociéndote, dudo que contenga algo que deba preocuparnos.

Charlotte se adelantó en el sillón.

—Me temo que sí.

—¿Cómo?

—Reflexiones personales.

Gideon enarcó una ceja.

—¿Podrías darme algún ejemplo?

—No.

Se levantó de la silla con expresión preocupada.

—Creía haber oído que estabas escribiendo la historia de la familia.

—Así es. Y yo... yo... nunca tuve intención de exhibirme en ningún sentido.

—¿A qué te refieres con eso de «exhibirte»? —preguntó alarmado Grayson.

—Me... me temo que en las páginas de ese diario he revelado mis deseos más secretos.

—Dios mío.

Cruzó la estancia en dirección al cordón de la campanilla.

—Gracias por contarme la verdad. Lo gestionaré como es debido. No soy tan experto como Jane en estos asuntos, pero te sugiero que dediques tu tiempo libre a adquirir tu ajuar en vez de irte más de la lengua. Lo de escribir crónicas está muy bien, pero hay ciertos secretos que deberían permanecer enterrados.

—Grayson...

—Recuerda que estás a punto de entrar a formar parte de la nobleza, Charlotte. No reconozcas tus errores con una disculpa sino con tus actos.

—Gracias, Grayson.

—En breve, Gideon será uno de los nuestros. El compromiso se anunciará en los periódicos de la tarde y se hará mención de la celebración de una cena en esta casa para festejar el acontecimiento.

Charlotte reprimió una sonrisa. Pocos habrían visto aquella unión con la mirada magnánima de Grayson. Los hombres Boscastle estaban demasiado acostumbrados a ejercer su supremacía como para cambiar.

—Una cosa más, Charlotte. Sir Daniel Mallory está esperando en la antesala para formularte algunas preguntas acerca del diario. Trabaja para mí. Te aconsejaría ser más... la verdad es que dudo si hago bien utilizando estos términos, pero creo que a él deberías revelarle más secretos de lo que has hecho conmigo. Los detalles pueden ser muy útiles para encontrar el diario.

Sir Daniel Mallory suspiró. La entrevista estaba resultando incómoda, tanto para él como para la señorita Boscastle. Tal vez estuviera gestionándola mal. Tal vez estuviera siendo excesivamente brusco con una dama de sensibilidad tan delicada.

—¿Podría describirme el libro, señorita Boscastle? —volvió a preguntarle con la pluma preparada para anotar los detalles habituales.

—Por supuesto.

Y luego, silencio.

Él hizo un gesto con la pluma.

—¿Y el contenido?

Charlotte tragó saliva y giró su bello rostro hacia la ventana.

—Creo que la naturaleza de su contenido debería resultarle evidente, pues, de lo contrario, no habría tanto alboroto.

—Señorita Boscastle, el mundo está lleno de libros, y si tengo que encontrar ese diario, le convendría proporcionarme la descripción más sincera de…

Hizo una pausa. La chica parecía fascinada por un niño que hacía rodar un aro por la calle. Se volvió de nuevo hacia él, evitando, sin embargo, su mirada.

—Mis escritos tienen cierto contenido erótico —susurró en un tono de voz tan bajo que sir Mallory se vio obligado a aguzar el oído.

O tal vez fuera que no la había oído bien. No podía ser.

—¿Perdón?

No podía ser que hubiese dicho «erótico». Debía de haber dicho «exótico». O «errático». O quizás incluso «fantástico».

—Tendrá que disculparme. No la he escuchado con la atención que debería. ¿Ha dicho…?

—Erótico. —Volvió la cabeza para mirarlo a los ojos—. Sí. Eso es lo que he dicho. Estoy segura de que no tendré necesidad de explicarle a un hombre de su profesión el significado de esa palabra.

Sir Mallory se quedó mirando aquellos ojos azules. Se consideraba excelente juzgando el carácter de las personas. Le había parecido tan discreta y reservada.

—Cierto —replicó, empleando el tono más objetivo del que fue capaz—, he investigado muchos aspectos del vicio... quiero decir, de la vida. Pero ello no me convierte en un experto en el arte del erotismo.

—Tampoco lo soy yo —le espetó Charlotte—. Lo que me ha metido en este problema, señor, han sido mi imaginación y mis indiscretos deseos. No mi experiencia práctica.

—Entiendo. —Pero no entendía nada. Frunció el entrecejo—. Intento comprender el caso. ¿Me está diciendo que llevaba un diario donde escribía cosas de contenido sexual?

—Para poder responderle, tendrá que describirme a qué se refiere exactamente con eso.

Al diantre con ella. No pensaba explicárselo a una joven directora de escuela que parecía no haber roto nunca un plato y que escribía... cosas eróticas en su diario.

—Con mis debidos respetos, señorita Boscastle. Pero no acabo de comprender lo que está diciéndome.

—¿De verdad es tan importante?

—Si quiere que le sea franco...

—No espero menos de usted. Además, se supone que debemos ser sinceros y confiar el uno en el otro.

—Sí. Efectivamente. ¿Contiene el diario alguna cosa que pudiera incriminar a alguna persona en concreto?

—Tendrían que construir una cárcel, si se pudiera juzgar a la gente por sus hazañas amorosas.

—Se puede, en determinados casos. Me atrevería a decir, y de ningún modo pretendo con ello ser descortés, que su familia ha sido probablemente acusada de fechorías mucho mayores de las que usted podría llegar a imaginarse.

—Tal vez. —Unió las manos sobre el regazo, en sus ojos la expresión del remordimiento—. Pero nunca he descrito tan gráficamente mis fechorías de ficción.

Sir Mallory soltó el aire.

—A menos que haya calumniado a la duquesa de Wellington, pongamos por caso, o...

—Al duque de Wynfield —dijo, moviendo apenada la cabeza en un gesto afirmativo.

—¿De verdad? —Rió entre dientes—. Estoy seguro de que está acostumbrado a ser tema de controversia.

Charlotte guardó silencio.

—Bien. Pasemos ahora a la descripción física del diario…

Charlotte buscó detrás de su espalda y cogió un precioso libro con páginas de vitela de color marrón, bellamente encuadernado en dorado.

—Está en blanco, supongo. Al menos, por el momento.

—Para siempre —replicó ella con un suspiro.

Sir Mallory marchó de la mansión de Park Lane con un diario en blanco y un jamón enorme bien envuelto que la marquesa le dijo que tenía que entregar a su ama de llaves.

—Así podrá preparar sabrosos bocadillos para usted y los niños. No hace muy buena cara, sir Daniel.

—Le pido disculpas, señora.

La marquesa de Sedgecroft bajó la voz.

—¿Cree que podremos encontrar ese diario?

—Acabaremos dando con él, señora. El problema será localizarlo antes de que el público se entere de su desaparición.


Charlotte regresó a la academia y continuó con su jornada habitual. Las sonrisas pícaras de las chicas dejaban patente que la noticia de su compromiso se había filtrado ya y que la señorita Peppertree les había alertado que no era tema que pudiera comentarse.

Pero la anarquía estalló a la hora del té, cuando Charlotte recibió un mensaje de Grayson informándole de que por la noche iría al teatro en compañía de Jane, Gideon y él mismo.

—¿El teatro? —dijo en voz alta, la nota en una mano y la taza en la otra—. Sería mi primera aparición pública, tal y como pretendía su excelencia y no tengo nada adecuado que ponerme. Tendré que rechazar la invitación.

—No puede rechazarla —dijo la señorita Peppertree—. Sería de mala educación.

—Pero es todo tan repentino —observó Charlotte.

La señorita Peppertree dijo con voz tensa:

—Igual que su compromiso.

—No pienso asistir al teatro vestida como una...

—¿Cómo una directora de escuela? —remató la señorita Peppertree.

—Póngase el vestido que llevaba en el baile, señorita Boscastle —sugirió una de las chicas.

—No puedo ponérmelo dos veces en la misma semana.

—El duque no se dará ni cuenta —dijo la chica con una confianza que a Charlotte le gustaría compartir.

Dejó la taza haciendo una mueca. El duque se daría cuenta. Sin duda alguna, recordaría el vestido.

Tomó entonces la palabra Lucy Martout.

—Tengo un vestido que me va demasiado largo para mi altura y con un corpiño algo atrevido.

Charlotte se mordió el labio.

—¿Te refieres al vestido que te prohibí lucir fuera de tu habitación?

—Sí —dijo Lucy, levantándose—. Parecerá una reina, señorita Boscastle.

—Con parecer una duquesa es suficiente —declaró la señorita Peppertree desde su mesa.

—Tiene razón, chicas —dijo Charlotte—. En ningún caso debería aspirar a parecer chabacana.

La siguiente declaración de la señorita Peppertree sorprendió a Charlotte y encantó al resto de la concurrencia.

—Por otro lado, una dama nunca debería vestir sin la elegancia apropiada y sin estar al corriente de la última moda. Una futura duquesa tiene que vestir con estilo.

Charlotte le lanzó una mirada de agradecimiento. ¿Cómo se lo haría para abandonar aquel discreto lugar de refinamiento?

—Señorita...

—Necesita también un corsé mejor —dijo Verity, distanciada de las demás por su afición a las palabras malsonantes—. Lo único que les gusta a los caballeros es un buen par de tetas.

Charlotte se giró hacia ella mirándola con desesperación.

—Verity Creswell, deberías lavarte la boca con vinagre por decir eso.

La señorita Peppertree sorbió por la nariz y sacó un pañuelo del bolsillo.

—¿Por qué? Es la triste verdad desde el inicio de los tiempos. No hay ninguna necesidad de que una mujer comprometida esconda sus pechos o su resplandor por modestia.

¿Su resplandor? En las tres horas que transcurrieron hasta que se produjo la llegada del carruaje de Gideon, la academia en pleno conspiró para encender una llama de confianza en el interior de Charlotte. Cepillaron, ahuecaron y peinaron su rubia melena en rizos que caían en cascada sobre sus hombros. Envolvieron sus curvas en brillante seda rosa. Cuando Rankin, el mayordomo, la escoltó con orgullo para salir de la casa, Charlotte se sentía tremendamente elegante.

Gideon la esperaba fuera del carruaje, de espaldas a ella, el brazo apoyado en la puerta. Estaba arrebatador con su sombrero de copa negro y su frac de lana fina. Pero qué distintos eran el uno del otro. Y, además, eran unos perfectos desconocidos que en poco tiempo se verían obligados a compartir intimidades.

Se giró entonces, su cara expresando impaciencia hasta que ella quedó iluminada por la luz de la farola. Repasó con sus ojos oscuros hasta el último detalle de su aspecto. Charlotte no sabía si le gustaba, le disgustaba, o cualquier otra cosa. Pero su mirada ensimismada la dejó paralizada. Empezó a preguntarse, de hecho, si permanecería de aquel modo eternamente, suspendida en la duda, hasta que la señorita Peppertree y las chicas hicieron una muy poco sutil aparición en la ventana para observarlos.

—Charlotte —dijo él, tendiéndole la mano, ignorando ambos el público de la ventana.

«Sé fuego con fuego», se recordó.

—¡Charlotte! —dijo la alegre voz de Jane desde el interior del carruaje, y el embrujo se deshizo de pronto—. ¡Estás maravillosa esta noche! ¿No le parece, Gideon?

—Sí —respondió él, aumentando la presión en la mano que ya le había cogido. Y mientras la ayudaba a subir al carruaje, añadió—: Tengo dentro una capa de fiesta. Tal vez desee tomarla prestada para esta noche.

—¿Es su forma de decirme que no aprueba mi vestido?

—En absoluto. Es mi forma de decirle que no deseo compartir con Londres lo que he adquirido a tan excesivo precio personal.

Permaneció quieta mientras él le cubría los hombros con la capa.

—Tengo mi chal —murmuró ella—. Su capa no casa bien con el vestido, excelencia.

—Tampoco nosotros —replicó él, reclamándole la mano—. Pero con todo y con eso, nos casaremos. Y por si no me he expresado bien, estoy de acuerdo còn Jane. Esta noche está muy bella.

# Capítulo 16

*E*l noviazgo había empezado. Como era de esperar, la llegada al teatro del duque acompañado por su prometida y del popular marqués y su esposa, interrumpió conversaciones e hizo girar cabezas. Charlotte estaba tan intimidada con Gideon como su público.

No tenía ni idea de qué iba la obra. Y le daba igual. No podía concentrarse en lo que sucedía en el escenario con Gideon, tan atractivo y acicalado, sentado a su lado. No le había soltado la mano, y Charlotte no sabía si se trataba de un gesto amoroso o si estaba haciendo comedia para complacer a Grayson.

Fuera como fuese, le gustaba el contacto físico con él y pensaba que le gustaría conocer la forma más educada de devolverle el gesto.

En el intermedio, Grayson y Jane se excusaron para ir a visitar a unos amigos que ocupaban otro palco. Charlotte esperó a que Gideon retirara la mano. Pero lo que hizo, en cambio, fue girarse y cogerla entre sus brazos. Deslizó las manos por su espalda para atraerla contra su duro pecho. Y le acercó la boca.

Fue un intenso beso de deseo. Una provocación en absoluto sutil para todos sus sentidos. Gideon lo interrumpió solo cuando ella se quedó sin aliento. Una vocecita gruñona en su interior la alertó de que podía estar simplemente representando un papel. Ella no, era evidente. Gideon había encendido en su interior un abrasante dolor sensual que la hacía consciente de su vulnerabilidad siempre que lo tenía a su lado.

—¿Se ha vestido esta noche para complacerme? —le susurró al oído, su oscura mirada tremendamente seductora.

—¿A quién si no?

Inclinó de nuevo la cabeza para rozarle los labios. Su boca ardía como un fuego dulce. Charlotte cerró los ojos, perdida, rebosante de placer.

—Pronto se desnudará para complacerme.

—No en un palco… —le espetó y abrió los ojos de golpe.

Gideon había levantado la cabeza y la había soltado, instalándose de nuevo en su asiento antes de que Jane y Grayson reaparecieran.

«Tiene excesiva práctica», decidió, mirándolo por el rabillo del ojo. Su atractiva elegancia no daba ninguna pista de que acabara de besarla hacía tan solo unos instantes, causando en ella increíbles estragos. Parecía incluso distanciado de todo lo que le rodeaba.

Naturalmente, engañar por completo a una dama de la astucia de Jane era imposible. Jane tomó de nuevo asiento, miró pensativa el escenario y dijo:

—¿Nos hemos perdido muchas cosas durante nuestra ausencia?

Charlotte debería haber arrancado una página del libro de inmensa experiencia de Gideon y ofrecido tan solo una respuesta vaga. Pero en lugar de seguir su sabio ejemplo, acabó traicionando su sentimiento de culpa ofreciendo un exceso de información.

—No. No. El telón continúa bajado. Los cantantes no han dicho ni pío. Me parece que la dirección les ha pedido a algunos jóvenes del público que dejen de jugar con una naranja y bueno, la verdad, no creo que os hayáis perdido nada.

Jane se volvió hacia ella con una sonrisa angelical.

—No hablaba sobre lo que pueda suceder en escena, querida mía.

—Oh.

Después de aquello, Charlotte no pudo siquiera seguir fingiendo que se concentraba en la representación. Por ella, como si los actores eran monitos domesticados. Por fin cayó el telón. Gideon se levantó, envolviéndola por un breve instante en el desconcertante calor de su sombra.

Fuera del palco les aguardaba una pequeña multitud, amigos que saludaban a Gideon y a Grayson, otros arrastrando a Jane hacia las escaleras. Charlotte notó una mano cayendo pesadamente sobre su hombro. Y una voz masculina repitiendo su nombre.

Se revolvió entre la presión de los cuerpos, el olor a sebo, serrín y perfume avasallándola. Prometida o no, tendría que alertar a Gideon de que debía reservar sus gestos de afecto para cuando estuvieran a solas.

Tiraba de ella con tanta determinación que tuvo tentaciones de darle un rotundo golpe con el abanico. Pero cuando levantó la vista, vio que Gideon estaba en una esquina del vestíbulo, enfrascado en una conversación con Grayson y tres caballeros más. Alarmada, se dio cuenta de que la mano enguantada en gris que reclamaba su atención no era la de Gideon. Se volvió lentamente y descubrió aquel rostro sonriente que tanto se había esforzado en olvidar.

—Charlotte, casi no te reconozco —dijo Phillip Moreland, sus ojos brillando de emoción—. Llevo solo unas horas en Londres y me moría de ganas de verte. Sabía que debía esperar a que se acabara la obra. Pero apenas he podido. No quería. Caleb y yo hemos viajado juntos.

Se apoyó en otro espectador para resistirse a la dolorosa presión de Phillip. Caleb, su hermano mayor. ¿Dónde estaba? ¿Dónde se había metido Gideon? Echó una rápida ojeada al vestíbulo para buscarlo, para buscar a alguien que la rescatara.

—¿Charlotte? —Phillip se echó a reír—. ¿Por qué no dices nada? Esperaba sorprenderte, no causarte esta conmoción. ¿Qué es esa tontería que me ha contado esa vieja solterona de la escuela de que estás a punto de casarte con un duque?

—Es la pura verdad.

—No es cierto.

—Lo es. Suéltame la mano.

—Creo que no. Ya te perdí una vez. Y no volverá a ocurrir.

—Te aviso de nuevo. Suéltame.

No lo hizo. Sino que la agarró con más fuerza.

Charlotte levantó la mano que le quedaba libre. Phillip levantó la vista. Y el abanico cayó sobre él.

—¡Dios —exclamó, levantando entonces la mano, bien para protegerse, bien para palpar el chichón que empezaba a asomar en su frente—. ¿Cómo explicaré mañana este golpe?

—Tal vez deberías habértelo pensado dos veces antes de atacarme.

—¿Atacarte? —Entrecerró los ojos—. Londres te ha cambiado, Charlotte, y no para mejor. Me alegraré de devolverte al lugar al que perteneces.

Se apartó de él. ¿A qué lugar pertenecía? Sabía muy bien cuál era su lugar: aquí, con Gideon, y no con aquel molesto pretendiente de su pasado. Era posible que cuando llegó a Londres sintiera añoranza de su familia y su casa en la campiña. Pero nunca había echado de menos a Phillip. Y lo que estaba muy claro era que no tenía ni la más mínima intención de permitir que la apartara del duque.

Sir Daniel Mallory solía pasear a solas por las noches, normalmente sin rumbo fijo. Pero aquella noche se dirigía al burdel más exclusivo de Londres. Por trabajo. El enfrentamiento con la propietaria estaba garantizado. Habían iniciado un amorío el año pasado, en el transcurso de una de sus investigaciones. Últimamente se veían poco y chocaban como nubes de tormenta cuando lo hacían.

Suspiró, repasando mentalmente la conversación que había mantenido con la señorita Charlotte Boscastle. Su confesión le había pillado desprevenido.

Trabajar para los Boscastle le compensaba; le daba tiempo que pasar en compañía del sobrino y la sobrina que había acogido en casa después de que su hermana muriese asesinada.

Encontrar el diario de una dama no era el cenit de su profesión, evidentemente, aunque comprendía la inquietud que la pérdida había causado en la familia. Aunque ello significara tener que interrogar a una testigo que albergaba en su corazón un odio intenso hacia él.

Gideon se enderezó. Era imposible que hubiera visto lo que acababan de ver sus ojos: un hombre abordando a Charlotte en una esquina del vestíbulo del teatro. ¿Quién se creía que era aquel bufón? ¿Quién se atrevía a poner la mano encima de una dama en público? Sí, él se atrevía, pero lo suyo era otro tema. Aún no había conocido mujer capaz de resistirse a sus atenciones cuando se proponía seducirla.

—Disculpen, caballeros —dijo, dejando a un caballero con la palabra en la boca—. Se está gestando un problema y debo evitarlo.

Se abrió paso sin miramientos entre la muchedumbre, ignorando los murmullos que dejaba a su paso, hasta llegar junto al hombre que Charlotte acababa de golpear con las varillas de su abanico.

# Capítulo 17

Audrey Watson atendía a solas en el salón de la primera planta a los clientes más exquisitos. Gestionaba un elegante y protegido harén. Trampas secretas, instaladas desde el tejado hasta el sótano, sorprendían al intruso curioso que confiara en poder echar un vistazo a la famosa decadencia de la casa. El cliente de pago, sin embargo, tenía la privacidad garantizada.

Muchos estudiantes universitarios consideraban que valía la pena correr el riesgo de ser sorprendidos a cambio de tener alguna posibilidad de conocer en persona a la célebre señora Watson. En un par de ocasiones, la señora Watson había acabado invitando al más valiente invasor a disfrutar de su compañía.

Naturalmente, tenía sus clientes favoritos. Los Boscastle disfrutaban de derecho a entrada en cualquier momento, aunque su vinculación a la familia no tenía nada que ver con favores sexuales y todo que ver con la amistad.

Por lo tanto, era verdadera mala suerte que la familia hubiera contratado los servicios de sir Daniel Mallory como detective privado y guardaespaldas.

La casa cobraba vida después de medianoche. Ya había sido informada de que sir Daniel había llegado y de quería hablar con ella. Ordenó a una criada que acompañara a la indeseada visita al salón, donde lo recibiría. Su némesis, como solía referirse a él con sorna. Siempre que se le presentaba oportunidad de hacerlo, Sir Daniel desafiaba todos y cada uno de los aspectos de su poca convencional vida. Y desde que tuvieron aquel breve romance, había asumido el papel de policía personal de Audrey sin que ella se lo hubiera pedido.

El corazón empezó a latirle al ritmo de las pisadas sobre la alfombra. Percibió el desdén en sus ojos mientras esperaba que ella le saludara. Con una sonrisa provocativa, Audrey levantó la vista y se dirigió al guardaespaldas:

—Puedes marcharte. No creo que nuestro héroe de la metrópolis pretenda hacerme algún daño, ¿no es así, sir Daniel?

Él le sonrió sin ganas.

—No más que el que pretendas hacerme tú. —Señaló el silloncito que ella tenía enfrente—. ¿Me permites?

—Por favor.

Y por fin, y porque era persona que disfrutaba de cualquier placer que se pusiera a su alcance, lo miró a la cara. Un semblante fascinante, el de aquel hombre. Para nada guapo, con aquella barbilla obstinada y esos pómulos marcados y arrugados por las lágrimas que había derramado por el pecaminoso mundo que no podía salvar.

Entonces, sintió en su mirada la sentencia que en su día había enmascarado y levantó sus barreras a modo de autodefensa.

—¿Qué quiere de mí?

—Que lleves una vida decente, pero ambos sabemos que eso nunca sucederá.

—No mientras existan hombres como usted a quienes echarles la culpa. ¿Por qué no se quita la capa? ¿O teme acaso volver a caer en la tentación?

Sir Daniel tensó las facciones. Y empezó a dar vueltas al sombrero que tenía en la mano.

—No he venido a pelear.

—¿Ni en busca de placer?

—La familia que ambos respetamos ha requerido mi ayuda para localizar un diario personal que desapareció anoche. La última vez que fue visto estaba en posesión del duque de Wynfield.

Audrey se quedó mirándolo.

—La única regla que cumplo a rajatabla es la de no revelar ningún secreto de esta casa.

Y gracias a ello mantenía una clientela fiel integrada por políticos, dignatarios, poetas empobrecidos y lores adinerados.

Sir Daniel maldijo entre dientes.

—Sé que Wynfield estuvo aquí. Me gustaría hablar con la mujer que se reunió con él. Se llama Gabrielle, por lo que tengo entendido.

Audrey se levantó.

—En este caso, sir Daniel, tendrá que concertar una cita. Aunque le aseguro que ese diario no está en la casa.

Se incorporó también él y dio un paso al frente para interceptarla.

—Vete al infierno, acabaré contigo, Audrey.

—A cambio de una tarifa satisfago todo tipo de deseos indecentes… aunque son cosas que llevo a cabo en privado. Como estoy segura que recordará, tengo a mi servicio numerosos guardaespaldas. A la mínima que reciban una señal por mi parte, será escoltado fuera de la casa.

Lo despidió con una sonrisa y abrió la puerta para hacer pasar a uno de sus guardaespaldas.

—Haré todo lo que esté en mis manos para ayudarle a encontrar el diario.

—Ni todos los guardaespaldas del mundo lograrán protegerte de ti misma.

—No conseguirá salvarme —dijo Audrey con una sonrisa de lástima—. Mejor que se esfuerce por salvarse usted.

—¿De qué?

—De su arrogante rectitud.

—¿Qué le lleva a pensar que me mueven motivos desinteresados?

—Si está haciéndome una proposición laboral, dudo que pueda costeárselo.

Sir Daniel se quedó mirándola durante un delicioso momento de incertidumbre antes de marcharse. Ella salió también al pasillo, pero avanzó en dirección contraria y sin volver la cabeza ni una sola vez.

—Gilipollas —dijo ella, en voz suficientemente alta como para que él pudiera oírla, e incluso así captó el murmullo de su risa.

Aquel hombre le había arruinado la noche.

¿Reformarla? ¿Eso pretendía?

Podía acostarse con él o ignorar su existencia. Pero jamás se permitiría volver a desearlo.

Gideon se volvió enfadado hacia el caballero que intentaba llamar su atención. Tenía todavía que enfrentarse al patán que en aquellos momentos se frotaba el impresionante chichón que estaba emergiendo en su sudorosa frente.

—¿Y usted quién es? ¿Otro bufón de la corte con ganas de sumarse al que estoy a punto de arrojar escaleras abajo?

Charlotte le dio un delicado golpecito con el abanico.

—Excelencia...

No la escuchaba. Gideon acababa de darse cuenta de que otro hombre se había abierto paso entre la gente para situarse junto a Charlotte. Reconocía que aquella noche estaba muy bella, pero ¿tres admiradores insistentes a la vez?

—Denme su nombre —dijo con arrogancia al más alto del trío—. Me encargaré personalmente de aporrearles la cabeza si cualquiera de ustedes vuelve a ofender a esta dama.

El más alto, cuya cara empezaba a resultarle familiar, le sonrió con impertinencia.

—¿Y quién se cree usted que es para actuar como su protector?

Gideon resopló.

—Creo que soy el duque de Wynfield.

—Y lo es —murmuró Charlotte, satisfecha de que lo fuera.

—¿Es él? —le preguntó el más alto a Charlotte, con una familiaridad que llevó a Gideon a preguntarse qué otros secretos le reservaría su prometida—. Lo que hay que ver. Heath dijo que se había prometido con un duque y nosotros nos partimos de la risa. Como si ahora fuera a casarse con un par del reino que ni siquiera conocemos.

El patán del chichón soltó una carcajada incómoda.

—Como si pudiera casarse con alguien sin pedir permiso a su familia.

El miembro más callado de aquel circo miró pensativo a Gideon y a Charlotte. Gideon se fijó en que, con la excepción de la diferencia en el color del pelo, aquel meditabundo caballero parecía... demonios, podía ser su hermano. Gideon evaluó con la mirada al más alto. Aquellos ojos azules traicionaban un parentesco similar.

Miró entonces a Charlotte.

—¿Son sus...?

—… mis hermanos —remató ella—. ¿Increíble, verdad, que hayamos salido del mismo padre y la misma madre? Oh. Y este es el señor Phillip Moreland, mi antiguo… amigo.

Phillip. Le vino a la cabeza un recuerdo indefinido.

¿Dónde había oído aquel nombre? No de boca de Charlotte, eso estaba claro. Pero en el diario… sí. Se puso rígido. Phillip había sido su antiguo amor. Aquel zoquete le había partido el corazón a Charlotte. ¿Y a él qué le importaba? Porque de haberle correspondido el tal Phillip, ahora él no estaría al borde de aquel precipicio llamado matrimonio.

Con todo y con eso, nadie podía entrometerse en sus asuntos sin impunidad, por mucho que él hubiera perdido el control de su destino. Bastante imbécil era por haber acabado en aquella situación. No necesitaba ahora la ayuda de nadie para quedar aún peor.

Dio un amenazador paso al frente. Como intuyendo que se avecinaban problemas, un grupo de espectadores se detuvo a mirar.

El duque en compañía de una dama desconocida era motivo suficiente para despertar interés.

Pero Wynfield desafiando a un hombre en el vestíbulo del teatro era mucho más emocionante que la predecible obra que acababan de presenciar.

—¿Qué le da derecho a abordar a esta dama?

El patán se enderezó, consiguiendo ponerse al nivel de la barbilla de Gideon.

—Es evidente que desconoce mi identidad o que no se atreve a preguntar por ella.

Gideon resopló.

—Es evidente que me atreveré a hacer lo que me venga en gana. Y guárdese para sí sus mugrientas manos.

—¿Mugrientas? ¿Mugrientas?

Gideon asintió con entusiasmo.

—Eso mismo. Como una babosa mugrienta, una de esas pequeñas criaturas que dejan un residuo de baba pegajosa a su paso.

—Oh, Dios mío. —Charlotte abrió con brusquedad el abanico y lo empleó con un vigor supuestamente dirigido a apaciguar su mal humor—. Caballeros, por favor, la cosa ha llegado ya demasiado lejos.

Gideon se alejó de su alcance, reconociendo que Charlotte era más peligrosa con aquel solitario accesorio de lo que su delicada apariencia pudiera sugerir. De hecho, todo en ella era engañoso. ¿Cómo explicar si no que se encontrara en aquel momento en el vestíbulo de un teatro, soplando casi humo por las narices, dispuesto a defenderla hasta la muerte?

Entonces Charlotte le regaló una sonrisa, y dejó de importar que le hubiera engañado o no. En algún rincón no corrompido de su corazón, Gideon reconoció que las intenciones de aquella mujer eran puras y apasionadas y que él tenía que protegerla, tanto por su propio bien como por el de ella.

—Apártese de ella —dijo—. O lo apartaré yo mismo.

El rostro de Phillip dejó entrever poco a poco que se daba cuenta de que Gideon hablaba en serio.

—No lo hará.

—Creo que sí —dijo una voz animada entre una multitud que iba en aumento—. ¡Hágalo, excelencia!

Pero antes de que Gideon diera un paso más para quitarse de encima aquel pesado, Grayson y Jane hicieron su inoportuna aparición y todo el mundo empezó a hablar a la vez. En medio de aquel caos, los dos hermanos de Charlotte consiguieron presentarse a Gideon, y viceversa. Pero su antiguo amor se mantuvo en silencio, sus ojos clavados en Charlotte con un ansia que le provocó a Gideon la tentación de terminar con los puños lo que Charlotte había iniciado con el abanico.

Por desgracia, Grayson desbarató aquella satisfactoria posibilidad sugiriendo que los siete se apretujaran en un carruaje y fueran a comer unas chuletas.

—Estoy medio muerto de hambre —anunció, haciendo caso omiso de la tensión que reinaba en el ambiente.

—No pienso ir a comer chuletas con mi nuevo vestido de noche de Devine —dijo Jane, indignada—. Tus cocineros pueden prepararte chuletas en casa si tanto te apetecen. Vamos, caballeros. Charlotte. Por si nadie se ha dado cuenta, en la escalera hay un hombre de desagradable aspecto haciéndonos un dibujo que seguramente aparecerá en los periódicos de la mañana. Y yo, para empezar, no tengo intención de dignificar su existencia posando para él.

# Capítulo 18

Charlotte se sintió aliviada al enterarse de que sus hermanos se habían marchado con Phillip en otro carruaje. Había empezado a llover y no podía ni imaginarse lo tenso que habría sido el trayecto de regreso a la academia con ellos y con Gideon de aquel mal humor. Siempre había pensado que los rumores que hablaban sobre su orgullo eran exagerados. Aunque esta noche no lo culpaba por su comportamiento. Había asumido con todas las de la ley su papel de prometido.

Pero sí lo culpaba de haberla seguido hasta la puerta de entrada de la academia y el vestíbulo. Reinaba el silencio, pero ella detectó al instante el murmullo de las chicas curiosas en lo alto de la escalera.

—Excelencia, no sé cómo darle las gracias…

—Ya le diré yo cómo —replicó él, y la estrechó entre sus brazos.

Era evidente que pretendía seguir explorando la pasión que le había demostrado en el teatro.

—¡Señorita Boscastle! —dijo una voz sorprendida, rompiendo el intenso silencio—. ¡Excelencia! ¡Están en presencia de damas!

Gideon soltó a Charlotte con un suspiro y miró de reojo a la mujer con gafas que acechaba desde las sombras.

—Buenas noches, señorita Boscastle —dijo, su mirada abrasándola mientras retrocedía hacia la puerta—. Y a usted también, señorita Peppertree. —Le lanzó un beso—. Que tenga dulces sueños.


Gideon percibió una presencia al regresar a casa y entrar en el salón para servirse un coñac. Reaccionó antes de que el visitante no deseado tuviera tiempo de levantarse del sillón orejero situado delante de la chimenea. Conteniendo un exabrupto, cogió el bastón con la espada oculta que había dejado apoyado contra la puerta.

El filo destelló en la oscuridad. El otro hombre se giró y miró con desdén el arma.

—No se mueva —dijo Gideon, preguntándose si los planetas estarían desalineados aquella noche—. Me he formado en la Escuela de Armas de Fenton...

—También yo. De hecho, hemos practicado juntos bastantes horas.

—Santo cielo, sir Daniel —dijo Gideon, guardando enojado la espada—. Casi le rebano la nuez. ¿Qué pretende entrando furtivamente en mi casa? Y no me venga con que está jugando a la caza del tesoro. No lo encuentro en absoluto deseable.

Sir Daniel esperó a que Gideon dejara el bastón.

—Para empezar, no he entrado furtivamente en su casa. Su mayordomo me ha dejado pasar.

—Muy amable por parte de él lo de tenerme informado. ¿Dónde se ha metido, por cierto?

—Está en la cocina, consolando al ama de llaves.

Gideon se despojó de los guantes.

—Nunca está despierta a estas horas. Supongo que su súbita aparición la habrá asustado.

—No, excelencia. Pero sí la ha asustado el hombre que andaba antes merodeando por la cocina.

—¿Qué hombre es ese?

—No tengo ni idea. No es excepcional que un ladrón vuelva a por más cosas después de haber saqueado con éxito una casa.

—Siéntese, por favor, sir Daniel. Y cuénteme cómo ha llegado a la conclusión de que el diario estaba en mi carruaje y fue robado.

—Es un objeto demasiado voluminoso como para que lo haya tirado sin darse cuenta.

Gideon frunció el entrecejo.

—Sí. Pero a Harriet se le cayó y ni se dio cuenta con las prisas.

Él, sin embargo, no había tenido ninguna prisa para llegar a casa de la señora Watson. Era como si en el mismo instante en que hubiera tocado aquel diario, el objeto hubiera empezado a alterar toda su vida.

Sir Daniel tosió para aclararse la garganta antes de seguir hablando.

—Discúlpeme, no debería haberme referido a la duquesa por su nombre de pila. Ahora, volviendo al diario, entiendo que lo que más preocupa es su contenido.

Gideon se obligó a adoptar una expresión de impasibilidad. No saldría de él traicionar los secretos de Charlotte, y más teniendo en cuenta que él era el mejor guardado hasta aquel momento.

—No sé muy bien a qué se refiere.

Sir Daniel movió la cabeza en un gesto de preocupación.

—Pensaba que tal vez usted pudiera aclararme alguna cosa.

—No. Yo tampoco entiendo nada. Pero le ayudaré en todo lo que esté en mis manos.

—¿Tiene usted enemigos?

—El único enemigo que me viene a la cabeza es Gabrielle Spencer. Trabaja en…

—En casa de la señora Watson. Sí, tendré que entrevistarla personalmente. Y quizás usted debería hacerlo también.

Gideon enarcó una ceja.

—¿No se ha enterado de la noticia? Soy un hombre comprometido. Creo que sería poco delicado por mi parte visitar a una amante con el día de mi boda precipitándose sobre mí como un meteorito.

Y su noche de bodas. ¿Por qué le daba la impresión de que eso se acercaba a paso de tortuga? Y más importante si cabe, ¿por qué empezaba a agradarle la idea de contraer matrimonio con Charlotte? ¿Por qué tenía importantes deseos físicos que satisfacer? ¿Por qué en momentos de vulnerabilidad se descubría encantado con ella y anticipando su futuro juntos más que temer la idea de un matrimonio?

—Sería aún menos delicado que alguien utilizara ese diario para arruinar sus nupcias —dijo sir Daniel, rompiendo la concentración de Gideon.

—¿Tiene idea de quién podría recurrir a un comportamiento así? —preguntó Gideon.

—Todavía no.

No podía ser Phillip Moreland, por mucho que Gideon deseara tener una excusa más para aborrecerlo. Aquel hombre acababa de llegar a Londres. Era evidente que aspiraba a recuperar su lugar en el corazón de Charlotte. Pero a juzgar por la respuesta que ella había tenido esta noche, el sentimiento no era correspondido.

Gideon trató de ponerse en la piel de aquel hombre. De ser Moreland, no renunciaría fácilmente a la mujer deseada. De hecho, estaría llamando a la puerta de Charlotte en aquel mismo momento.

La idea le provocó. Un hombre tan estúpido como para abordar a una dama en un teatro abarrotado de gente no dudaría ni un instante en visitarla a solas aquella misma noche.

Gideon se obligó a recordarse que todo aquello le traía sin cuidado. Que el cortejo no era más que una acción destinada a complacer a la destacada parentela de Charlotte. Pero, con todo y con eso, sus hermanos eran su familia más allegada. Y habían viajado hasta Londres con Phillip Moreland, seguramente con el objetivo de cerrar un compromiso.

Un compromiso que Charlotte había dejado claro que no quería.

—¿Pasa algo, excelencia? —preguntó sir Daniel, intuyendo que había perdido la atención de Gideon.

—No estoy seguro —respondió este, molesto al comprobar lo evidente que estaba siendo su incapacidad para concentrarse en la discusión—. Lo único que sé es que estaba viviendo una vida simple aunque superficial. Y entonces, de pronto, sin maquinación alguna por parte mía, mi vida se ha convertido en un nudo complicado que no sé cómo empezar a desembrollar.

Sir Daniel sonrió.

—Supongo que lo que hace la vida interesante son esos giros impredecibles.

—Y lo que vuelve loco a cualquiera.

—Tengo la sensación de que tiene más control sobre sus asuntos de lo que se imagina, excelencia.

Gideon se encogió de hombros para dar su aprobación al comentario. Sir Daniel tenía razón, naturalmente. Gideon seguía siendo el dueño de su vida. Lo que no explicaba por qué estaba planteándose realizar una indecorosa visita a la academia de Charlotte en el mismo instante en que aquel hombre se marchara.

Charlotte observó el pedazo de papel erizarse y ennegrecerse en el fuego que ardía en la chimenea. Nadie leería jamás lo que había escrito aquella noche.

«Cuando estoy con Gideon, no puedo pensar en otra cosa que no sea él. Lejos de él, me siento...»

Levantó la vista. La lluvia golpeaba las ventanas. Pero lo que estaba oyendo ahora no tenía nada que ver con la lluvia. Se alejó de la chimenea y se acercó a la ventana para investigar. Separó un poco las cortinas y sofocó un grito cuando vio una cara sonriéndole al otro lado del cristal.

—¡Gideon!

Estaba cubriéndose la cabeza con el abrigo y decía, aún sin poder oírlo:

—Déjeme entrar. Me estoy mojando.

Salió corriendo de la habitación y cruzó el vestíbulo para abrir la puerta. Olía a coñac bueno y lana húmeda.

—Gideon, ¿qué hace ahí fuera lloviendo y a estas horas de la noche?

—He visto luz en la ventana.

—¿Y? —preguntó, recelando de sus motivos.

—Y he pensado que debía asegurarme de que estaba bien.

—¿Acaso parecía encontrarme mal cuando nos hemos despedido?

—No —reconoció él—. Era la viva imagen de la salud.

—Pase al salón y no levante la voz, por favor. ¿Qué hace aquí? —susurró Charlotte mientras recorrían el pasillo—. Cuando le he visto, se me ha hecho un nudo en la garganta.

Una vez en el salón, Gideon se despojó del abrigo y luego de la chaqueta. La humedad debía de habérsele filtrado hasta la camisa, puesto que el hilo recién planchado se amoldaba levemente a su musculoso torso y a su espalda. Charlotte suspiró y cerró la puerta.

—Quería asegurarme de que no hubiera recibido alguna visita no solicitada.

Charlotte le cogió el abrigo y tensó la expresión.

—¿Y usted se considera susceptible de ser invitado a cualquier hora?

—Yo sí. —Miró las llamas que ardían en la chimenea y se quitó los guantes—. Usted se tomó la libertad de visitarme inesperadamente, si no recuerdo mal. Y eso fue antes de que estuviéramos comprometidos.

—Fue una urgencia.

El rostro de Gideon empezó a esbozar una seductora sonrisa.

—Y esto también lo es.

Charlotte le cogió los guantes y se quedó alarmada.

—Tiene las manos heladas.

—Descongélelas por mí —dijo, sus ojos desafiándola.

—Acérquese más al fuego.

—No me refería a eso.

Charlotte dejó el abrigo y los guantes sobre el respaldo del sofá, notando que él seguía todos sus movimientos con su sensual mirada.

—Sé exactamente a qué se refería. Pero he decidido ignorar sus insinuaciones.

—También ha decidido hacerme pasar a su casa —replicó él—. Y me he fijado en que ha cerrado la puerta con llave después de que entrara.

Charlotte se debatía entre dos posibilidades. ¿Debería insistir en que se marchara o animarlo a quedarse? Conocía su preferencia. Y creía conocer también la de él. Gideon no dudaba en absoluto en cuanto a dar a conocer sus necesidades. Y pronto recaería sobre ella el deber de satisfacerlas.

La cogió por el codo y la atrajo hacia su duro y empapado pecho.

—¿Por qué está aún despierta a estas horas, si me permite la pregunta?

—A veces me quedo despierta hasta tarde para pensar.

—¿En qué? —preguntó él, sujetándole la barbilla con la mano—. ¿En qué piensa?

—En mi diario, en las consecuencias que su pérdida pueda tener para la escuela, en la tos de la joven señorita Martout, en nuestra boda, en mis hermanos. En que tendré que entrevistar a candidatas para mi puesto...

—¿Y en Phillip? ¿La inquieta su repentina aparición en el teatro?

—No tanto como parece inquietarle a usted. Vaya lío que han montado entre los dos.

Y por ella, pensó.

—Sigo perturbado —dijo él, recorriendo con el pulgar el perfil de la mejilla de ella—. ¿Conocería, tal vez, la manera de consolarme?

Un sentimiento de anticipación empezó a cosquillearle en las venas. Su corazón latía de deseo, alarmado. Estaba tocándola como si ya fuera suya y su cuerpo respondía accediendo a ello. Jamás se habría imaginado que tuviera que combatir sus propias ansias. Las fantasiosas seducciones sobre las que había escrito en el diario estaban a punto de hacerse realidad.

—Charlotte —dijo él en voz baja—, ¿qué lleva debajo de esta bata?

—El camisón.

—¿Y debajo?

Ella dudó; su pulso acelerándose.

—Nada.

—Lo que imaginaba.

La enlazó por la cintura y la acomodó en la alfombra, en el círculo de luz que proyectaba la chimenea.

—Gideon —susurró ella, abriendo los ojos de par en par—. Su conducta es muy descortés.

—¿Verdad qué sí?

Charlotte suspiró con exageración.

—Me sorprende que lo reconozca.

Él frunció el entrecejo, fingiendo preocupación.

—No era mi intención olvidar mis modales. Permítame hacerlo de la manera correcta.

Lo miró con recelo.

—¿La manera correcta?

—Discúlpeme por desabrocharle la bata —dijo, tirando del fajín de seda.

Charlotte se quedó inmóvil.

—Es usted un demonio, no puedo creerme su audacia.

—Y perdóneme por contemplar sus encantos ocultos a la luz de la chimenea.

Charlotte abrió los ojos más si cabe hasta que él le deslizó la mano por el cuello, momento en el cual los cerró con fuerza.

—Esto —musitó Charlotte con voz cálida— no tiene nada que ver con lo que yo entiendo por buenos modales.

—En este caso...

Gideon perdió por completo la concentración. Estaba tan extasiado por la suavidad de la piel que acababa de descubrir, que se quedó incluso sin voz. Ella levantó la cabeza y gimió cuando él se inclinó para besarle la punta del pecho que asomaba tentadoramente entre los pliegues del batín. Su lengua empezó a azotarla en un flagrante acto de seducción. Él levantó sin miramientos el batín y el camisón para contemplar la parte inferior del cuerpo de ella.

—Gideon —gimoteó Charlotte, intentando taparse con la mano—. Esto es una indecencia.

—No, querida. —La agarró por la muñeca, su mirada clavada en el acogedor hueco que se abría entre sus muslos—. Eres la perfección.

—Pero…

—Me gusta mirar —dijo—. Podría alcanzar el clímax solo con contemplarte el tiempo suficiente.

—Me siento impúdica —dijo, estremeciéndose cuando él le acarició la rodilla y empezó a ascender por el muslo.

—¿Y sabes qué me gusta aún más que mirar?

Charlotte abrió los ojos y se quedó mirándolo, un estremecimiento de impotencia delatándola.

—No.

—Esto —dijo, separando con delicadeza los pliegues de su sexo e introduciendo los dedos en su atrayente calidez—. Me gusta más tocar.

De hecho, estaba gustándole más tocarla con aquella intimidad que cualquier otra cosa que pudiera recordar en su historia más reciente. Tal vez en toda su vida. La respuesta de Charlotte era tan natural y espontánea que podría jactarse incluso de ser ella la entendida en el arte de la seducción.

Charlotte volvió la cabeza, un grito rompiéndose en su garganta mientras él seguía probando, incitándola y conduciéndola hacia los extremos que ambos podían alcanzar. Gideon ya no podía confiar más en su autocontrol. Sabía que su cuerpo había llegado al límite y que no podía hacer otra cosa que darle su merecida liberación y obtener placer con ello.

Una oscura tentación le anegó la mente. De excitarla un poco más, podría hacerse con su virginidad y aplacar su pasión en aquel delicioso cuerpo. Desovillar con la boca, con las manos, con su palpitante verga lo que le quedaba de contención a Charlotte. Llenar su tenso calor con toda su longitud. Dios, se movería en su interior con tanta dureza, con tanta rapidez y con tanta pasión, que ella acabaría desvaneciéndose presa de un delirio de sensaciones.

Le dolía el cuerpo cuando ella estalló y palpitó contra sus nudillos, bañándole con la dulce humedad del deseo. Agarró con la mano que tenía libre sus suaves y pálidas nalgas y saboreó todos los temblores que ella fue incapaz de evitar.

Respiró hondo confiando en aplacar la tentación que le impulsaba a saciar su hambre en su interior. Pero tuvo que conformarse con observarla volver en sí lentamente. Y con un suspiro de remordimiento, cubrió con el camisón y el batín la piel que se moría de ganas de poseer.

—Ven —dijo, retirando la mano—. Confío en que te sientas satisfecha porque no creo haber quebrantado las reglas del comportamiento correcto.

Ella sonrió, sus ojos azules seductores.

—¿Has obtenido lo que venías buscando esta noche? —le preguntó en voz baja—. ¿Andas siempre despierto a estas horas?

—¿Te quejas del placer que acabas de experimentar, querida mía?

—En absoluto. Pero ¿era eso en realidad lo que querías?

Él apartó la vista, su mandíbula firme dándole la dura respuesta.

—Gideon —susurró ella con voz preocupada—. ¿Ha sido solo la pasión lo que te ha traído aquí?

Charlotte le inquietaba con una preocupación que ni siquiera se esforzaba en ocultar. Le llenaba de deseo, de culpabilidad y de otras emociones insidiosas que no estaba preparado para afrontar. Pero no estaba dispuesto a caer de nuevo víctima de la debilidad y el dolor. Ya había tenido bastante de aquello. Charlotte estaba feliz por poder compartir con él cama y apellido; no había pedido nada más que él pudiera darle.

—Para responder a tu anterior pregunta —dijo sin mirarla—. Sí, ando despierto a altas horas de la noche, pero nunca solo.

—¿Y te reconforta?

Él sonrió con ironía.

—De acuerdo, voy a ser sincero. Temía que tu antiguo amor cometiera el grave error de visitarte esta noche.

—Dudo que mis hermanos lo permitieran.

—Pero estoy aquí —observó—. Y no he visto que estuvieran precisamente custodiando la puerta.

Gideon notó la mano de ella posarse en su brazo. Ansiaba aquel contacto.

—Es posible —musitó ella—, que después de lo que han visto esta noche en el teatro se hayan quedado convencidos de que tú has asumido ese puesto.

# Capítulo 19

Charlotte se quedó escuchando el sonido de las gotas de lluvia al chocar contra la ventana. El palpitante placer que le había ofrecido Gideon empezaba a desvanecerse y a transformarse en un débil dolor. De no haberse apartado de ella, se habría amadrigado en el fuerte cuerpo de Gideon.

Y de no dar la impresión de sentirse tan satisfecho consigo mismo.

—Eres, sin duda, el hombre más arrogante que he conocido en mi vida.

—Gracias. —Se incorporó y le sonrió como si acabara de hacerle un elogio—. ¿Alguna cosa más? —preguntó, tendiéndole la mano para levantarla del escenario de su poco decorosa rendición.

—Sí. Eres maravilloso y hemos tenido suerte de que nadie te viera entrar en la academia. Dudo que estuvieras tan sonriente si la señorita Peppertree nos hubiera estado escuchando.

—Lo que necesita la señorita Peppertree es un buen...

—Gideon.

Él se acercó al sofá para recoger el abrigo y la chaqueta.

—Mis respetos para con la señorita Peppertree no van más allá de lanzarle un beso de lejos.

—Un recuerdo que ella llevará siempre en el corazón.

Introdujo un brazo en la manga de la chaqueta.

—¿Cuánto tiempo hace que conoces a ese patán?

—¿A quién?

—Ya sabes a quién me refiero. A Moreland. Tu primer amor.

Charlotte se anudó el fajín.

—¿Podrías decirme exactamente hasta dónde leíste de mi diario?

—No tanto como debería.

—Conozco a Phillip de toda la vida. Ahora te toca responder a ti.

—Leí algunas entradas recientes relacionadas conmigo. Y la parte sobre ese patán que pretende ahora sacar fruto de algo que pudo ser en su día.

—¿Solo eso? —preguntó ella con escepticismo.

—Teniendo en cuenta el breve espacio de tiempo que estuvo en mi posesión y las distracciones que competían por mi atención, me parece que es bastante.

Charlotte se quedó inmóvil, su cabeza registrando algún fallo.

—Tenía entendido que habías dejado el diario en el carruaje y que no te lo llevaste a casa.

Él hizo un gesto de preocupación.

—Yo… bueno, leí parte de él en el carruaje.

—¿Y te lo llevaste a…? ¡No es posible! Dime que no entraste con él en ese lugar de mala reputación.

Gideon se giró para introducir el brazo en la otra manga de la chaqueta. Charlotte lo miró con los ojos entrecerrados, consternada.

—No me digas que cometiste actos lascivos con mi diario como involuntario testigo.

—Por supuesto que no —se apresuró Gideon a replicar—. ¿Tan sinvergüenza parezco?

—Sí, lo pareces.

Capturó el rostro de ella entre sus manos.

—Lo que acaba de suceder entre nosotros es lo más parecido a un acto lascivo que he cometido en muchísimo tiempo.

—Y yo en toda mi vida —musitó ella.

—Y así es como debería ser.

La soltó y la besó con delicadeza en la boca. Charlotte se estremeció por instinto.

—No deberías estar aquí.

—¿Dónde si no vamos a conocernos durante nuestro brevísimo noviazgo?

—Sugiero largos paseos juntos por el parque.

—No es lo bastante privado como para…

—Ni tampoco lo es esta casa —dijo, recobrando el sentido—. Tienes que irte.

Él la soltó con un pronunciado suspiro. Y antes de que le diera tiempo a desconcertarla con otro ardid seductor, ella lo había cubierto con el abrigo. Él se giró hacia la puerta.

—No me acompañes —dijo, mirándola de tal modo que ella empezó a temblar de nuevo—. Y mantente alejada de las ventanas. A estas horas de la noche rondan por aquí hombres peligrosos.


Salió en silencio de la casa y echó a correr bajo la llovizna iluminada por la luz de las farolas de gas. No sabía muy bien qué le pasaba, pero tenía la sensación de tener los sentimientos en tanta tensión como su propio cuerpo.

Miró hacia atrás y la sorprendió observándole entre las cortinas. Movió la cabeza en un gesto de advertencia y ella desapareció. Cualquiera podía verla si permanecía escondido entre el follaje de debajo de la ventana. La posibilidad le dejó inquieto. Y, de hecho, cuando se giró, vio a un hombre cubierto con capa larga cruzando a toda prisa la calle.

Forzó la vista entre la neblina.

—¡Sir Daniel! ¿Usted otra vez?

—Dios mío, excelencia. No le había reconocido de entrada. Estaba a punto de apuntarle con el extremo más afilado de mi bastón. Pensaba que en la academia podía haber algún mirón.

Gideon dudó. Era una suerte que sir Daniel no hubiera mirado por la ventana hacía tan solo unos minutos.

—¿Duerme usted alguna vez? —preguntó, indicándole con un gesto a su cochero que acercara el carruaje.

—Duermo durante el día.

—¿Quiere que le acompañe a casa?

—No, gracias. No llueve mucho y tengo una cita con un contacto en la esquina.

Gideon observó la calle.

—No se ve a nadie. ¿Qué tipo de persona es?

—No es de fiar —dijo sir Daniel con voz contrariada—. Debería haberme imaginado que no sería puntual.

—Imagino que este encuentro no tendrá que ver con Charlotte, ¿no?

Sir Daniel negó con la cabeza.

—Lo dudo, pero quiero saber si el rumor sobre este dilema ha llegado ya a las calles. Es más que probable que en vez de compartir conmigo alguna información de utilidad, esta persona confíe en sacar provecho de la situación.

—Supongo que no se tratará de una mujer. ¿Conoce su nombre o dónde vive?

—Se llama Nick Rydell y es el tipo con menos principios que conozco. En cuanto a dónde vive, lo único que sé es que cuando quieres dar con él, es prácticamente imposible. Y cuando no quieres tropezártelo, está en todas partes.

—¿Por qué ha elegido este lugar de encuentro?

—No lo he elegido yo, excelencia, sino él. Y ahora, si me permite el atrevimiento, me gustaría pedirle que se marchara por si acaso ese tipo le ha visto y no quiere acercarse hasta que me quede a solas.

En aquellas circunstancias, poco podía hacer Gideon si no respetar esa solicitud. Era evidente que no podía quedarse montando guardia en el exterior de una academia para damas sin causar con ello otro escándalo. Pero eso tampoco justificaba quedarse sentado sin hacer nada mientras un diario que había estado en su posesión estaba pasando tal vez de unas manos desconocidas a otras. La reputación de su futura esposa estaba en juego.

Tendría que llevar a cabo su propia investigación, y si lo hacía para demostrarse a sí mismo que era un hombre de honor o lo hacía por los Boscastle, era lo que menos le importaba en aquel momento.

Nick caminaba sin prisas por la calle, ignorando el bullicio de una nueva mañana londinense. Calculaba que tendría varios postores deseosos de hacerse con el diario que, en primer lugar había guardado en un lugar de honor bajo la almohada, junto a la pistola, y que después de evaluar de nuevo su valor, había ocultado debajo de una tabla de madera del suelo. Había pasado buena parte de la noche leyendo pasajes del robusto volumen. Y se había quedado sorprendido, excitado e impresionado. De vez en cuando encontraba palabras que no comprendía, pero se había hecho una idea general de las entradas que describían los encuentros de la señorita Boscastle con el duque. Atrevida, atrevidísima. Utilizaba las palabras con la misma habilidad con que él utilizaba el cuchillo. Muy pícara, la chica. Creía incluso que se había enamorado de ella.

Pero el negocio era el negocio. ¿Quién deseaba más el diario? ¿La vieja bruja que le había encargado el robo? ¿El editor de Fleet Street que había tenido la desgracia de hacer antiguamente negocios con él? ¿La elegante cortesana que el duque había rechazado por la dama de la pluma encendida?

Más complicado de predecir era si el duque se dejaría chantajear o se le iría la cabeza y lo estrangularía. Había visto a Wynfield practicando la esgrima en la Escuela de Armas de Fenton. El duque era un luchador natural. Tenía que ser bueno si había sido entrenado por Fenton y tenía que respetarlo, al menos de entrada. Y luego estaba la dama.

No le extrañaba que el duque quisiera casarse con ella. Nick sentía curiosidad por averiguar su aspecto y al final había logrado verla de refilón por la tarde, cuando había estado de compras con sus pupilas por el Strand. Rubia, cara dulce y muselina blanca.

—¿Quién lo habría pensado? —le había comentado al vendedor ambulante que se había apartado para dejar pasar el carruaje de la dama—. A las que hay que vigilar es a las modositas.

—¿Quieres comprar algo o no? —le había preguntado el vendedor con voz vacilante, arrancando una manzana de las ágiles manos de Nick—. No me dedico a ir por ahí empujando este carro por caridad.

—No, viejo. Hoy no te compraré nada. Mañana o pasado, sí. Acabo de encontrar un dineral. En cuanto haya cerrado las negociaciones, volveré a verte con la bolsa llena.

—Pocas posibilidades te veo.

Pero Nick no le hizo ni caso.

Debajo de una tabla de madera de su casa tenía una fortuna.


Gideon se quedó sorprendido cuando Audrey Watson accedió a recibirle a la mañana siguiente. Le había enviado una nota pidiéndole si podían verse en algún lugar que no fuera su casa y ella le había respondido al mensaje sugiriéndole que la recogiera delante de una librería de Bond Street.

El carruaje de Audrey era discreto y pensado para no llamar la atención en las congestionadas calles de la ciudad. Tampoco la llamaba ella, ataviada con un sombrerito de paja y un vestido de diario de color verde salvia abotonado hasta el cuello que la hacía parecer más un ama de casa haciendo sus recados domésticos que la regente de un próspero burdel.

—Excelencia —dijo con una calidez sincera que tampoco él esperaba encontrar—. ¿Es cierto lo que dicen los chismorreos? ¿Debo lamentar la pérdida de otro truhán?

Gideon no pudo evitar reír ante tanto candor. Aunque había de tener en cuenta que Audrey era una popular anfitriona de cuestionable reputación y que podía jactarse de poseer una considerable red de amigos influyentes. Era una mujer experta tanto en el comportamiento social como en las artes amatorias.

—Es cierto —confesó.

—Entonces debo felicitarle, aunque confío en que este repentino compromiso sea el resultado de un romance y no de nada que haya podido pasar en mi casa.

Gideon negó con la cabeza.

—No creo que pueda explicarlo.

—Entiendo —murmuró ella, y él se imaginó que sabía más de lo que estaba dispuesta a revelar—. La inocencia suele resultar más atractiva que la sofisticación. Podría haberle ofrecido otra cortesana, pero dudo que hubiese encontrado alguna con la ascendencia de su prometida.

Dudó. ¿Podía confiar en ella? Decidió que tenía que correr ese riesgo.

—Quería pedirle su ayuda personalmente. Acudí a su casa con el diario de mi prometida. Si Gabrielle, cuando me visitó más tarde, pensó en vengarse de mí robándolo, estoy dispuesto a ofrecerle una suma generosa a cambio de su devolución y de no hablar más del tema.

—Dudo que Gabrielle tenga agudeza como para hacer algo tan complicado como eso. Está buscando ya otro protector. Pero si desea verla, tengo que advertirle que está muy molesta y enojada con usted.

—Ya me lo imaginaba —dijo con una sonrisa sardónica—. Tendré problemas, y no solo con los primos de Charlotte, sino también con los dos hermanos que acaban de llegar a la ciudad.

—¿Hermanos? —Sus ojos cobraron brillo—. ¿Están casados?

—Creo que usted debe de conocer a la familia mejor que yo. —Él se rió de nuevo—. No creo en el romanticismo.

—¿Y cree en el honor?

Gideon asintió.

—¿Qué si no guía los pasos de un caballero?

El carruaje ya estaba de nuevo en Bond Street. Gideon había expuesto su caso y así tenía que dejarlo.

—Volveremos a vernos, excelencia —dijo ella con confianza—. Si no aquí, en alguna fiesta o cualquier otra velada.

Gideon se inclinó hacia la puerta. El leve crujido de un papel en las manos de ella le detuvo.

Volvió la cabeza a regañadientes, confiando en que no fuera una página de las confesiones de Charlotte arrancada aleatoriamente. Audrey acababa de sacar de su bolsito uno de los periódicos satíricos que inundaban los barrios bajos de Londres.

—No sé si lo ha visto —dijo—. En el caso de que no, creo que debería estar preparado para los días que se avecinan.

Gideon cogió el trozo de papel y examinó una caricatura que tardó un momento en comprender: era una grosera imagen de sí mismo en el teatro anoche, representado como un dragón echando fuego, de un acobardado Moreland con un abollado casco de metal y de Charlotte, con el abanico abierto a modo de escudo medieval, situada entre los dos hombres.

También Jane le había alertado de que la prensa más difamatoria había olido el escándalo en el vestíbulo del teatro. Estaba tan enojado que ni la había escuchado.

—Estos asquerosos rumores vienen y van —dijo Audrey, con una sonrisa de consuelo—. No le salpicarán.

—No.

—Pero aún así, cuanto antes se case, mejor.

# Capítulo 20

*P*oco después de llegar de compras con las chicas, Charlotte recibió una nota. El duque quería ir a pasear con ella por el parque en compañía de sus hermanos; la marquesa de Sedgecroft se había ofrecido para hacer de carabina. Charlotte despachó de inmediato al mensajero del duque con su aceptación. Su precipitado noviazgo no engañaría a nadie, pero eso no quería decir que no pudiera disfrutarlo.

El cielo estaba encapotado cuando Gideon acudió a recogerla y con aquel tenebroso telón de fondo, parecía aún más alto, una criatura espléndida capaz de dominar su entorno. Evidentemente, Charlotte no era la única mujer convencida de ello. Todas las criadas de la academia encontraron rápidamente alguna excusa para pulular por el vestíbulo.

El premio añadido de sus hermanos, Caleb y Jack, que estaban charlando apoyados en el carruaje del duque, había llamado incluso la atención de los criados varones. Daba la impresión de que todo el mundo anhelaba, casi tanto como ella, experimentar todos y cada uno de los aspectos de su romance.

Llegaron al parque a la hora que estaba en boga: el carruaje de Gideon deteniéndose en el desfile de elegantes faetones, calesas y cabriolés cuyos propietarios acudían allí para ver y ser vistos. Charlotte comprendió enseguida que Gideon formaba parte del primer grupo y que la llegada a Londres de sus hermanos solteros ya había causado bastante revuelo.

Grayson y Jane, naturalmente, tenían su propio círculo de admiradores, igual que Chloe, la hermana de Grayson. Pero la mayoría de las mujeres presentes a aquella hora del día, desde amas de llaves hasta nobles pasando por busconas a la caza de un duque encantador, le lanzaban a Charlotte miradas de envidia que parecían flechas de Cupido. No lo soltó de la mano en ningún momento, hasta que otro caballero alto y atractivo que estaba dando una demostración de esgrima junto al agua, desafió a gritos a Gideon desde el otro lado del césped.

Era sir Christopher Fenton, comprendió rápidamente Charlotte, el gallardo maestro de esgrima que Grayson y Jane habían contratado para que diera clases a Rowan, su hijo menor. Se decía que Fenton era el mejor amigo de Gideon.

—Lo siento, hoy estoy cortejando a mi dama —le gritó este con una sonrisa ladina a modo de respuesta.

—Un anuncio muy sutil —dijo con ironía Grayson.

Gideon miró a Charlotte.

—¿Le importa si acepto su ofrecimiento?

—En absoluto.

Fue una breve, aunque impresionante, exhibición de esgrima. Empezaron con las cinco posiciones del saludo y se lanzaron de inmediato a una acalorada contienda.

—¿Por qué no utilizan ningún tipo de protección? —se preguntó Jane en voz alta.

Chloe esbozó una sonrisa conocedora.

—Porque se considera poco varonil cuando te enfrentas a un oponente de cualidades similares.

Charlotte observó las evoluciones de Gideon y su amigo en admirado silencio. Y jamás habría apartado la vista de no ser por la conversación que la distrajo.

—No me gustaría encontrarme con esos dos en un callejón oscuro —dijo un caballero situado al lado de Grayson.

—A mí sí —anunció a sus amigos con una carcajada la dama que se encontraba enfrente del hombre—. Podría convertirme en rehén de cualquiera de los dos.

Charlotte se recordó que escuchar a escondidas era de mala educación, aunque no fue hasta que la dama realizó otro comentario desconcertante que cayó en la cuenta de que la protagonista de tan desafortunada discusión no era otra que ella.

—Elegiría al duque antes que al maestro, aun teniendo en cuenta que estuvimos a punto de cerrar negociaciones para un acuerdo antes de que se viera implicado en ese escándalo con una remilgada maestra de escuela hija de papá.

—¿Lo dices en serio? —dijo una de sus acompañantes, dirigiendo la mirada hacia Charlotte e identificándola con claridad—. Estoy segura de que es una persona encantadora.

—Pues yo estoy segura de que es una niña mimada y de que él perderá todo el interés a la semana de casados. Me gustaría poder decírselo a la cara.

—Gabrielle —murmuró la otra mujer, moviendo la cabeza en dirección a Charlotte—. Me parece que ya se lo has dicho.

Jane se giró levantando su elegante nariz.

—Sean tan amables, por favor, de recoger sus amargas uvas en otro viñedo. La prometida de su excelencia está intentando disfrutar de este combate. Y también yo.

En aquel momento apareció Caleb, con Jack pisándole los talones.

—Ah, veo que tenemos un combate en marcha. ¿Quién va ganando?

Jane sonrió.

—Charlotte.

—¿Charlotte? —Grayson, confuso, giró la cabeza y posó la mirada en Gabrielle—. La conozco —dijo—. La vi en medio de un alboroto la semana pasada. ¿No es usted la mujer que Wynfield...?

—¿... no conoce? —dijo Jane, terminando la frase por él—. ¿Es eso lo que pretendías decir, querido?

Grayson se echó hacia atrás el sombrero de copa y observó el combate de esgrima por encima de las cabezas del público.

—Si tú dices que era eso, Jane, es que lo era.

Después de que el combate terminara en tablas, Gabrielle se marchó hacia el otro extremo del parque seguida por su trío de calladas acompañantes.

—Y bien —dijo Charlotte en voz baja cuando Gideon regresó a su lado caminando tranquilamente—. ¿Quieres que te deje solo? Sé que con quien esperabas estar en estos momentos es con ella.

Eso sin mencionar que podía convertir a Gabrielle en su amante después de la boda, y ambos sabían que no solo era una posibilidad, sino una práctica habitual entre los de su clase.

Pero Gideon miró una única vez hacia la mujer en cuestión antes de de negar con determinación con la cabeza.

—Lo que quiero es estar a solas contigo —declaró—. ¿Vamos a dar un paseo para que así tenga de qué la alta sociedad tenga de que hablar?

—No sé si es muy buena idea —dijo ella.

Vio que Jane asentía, dando con ello su consentimiento, animándola incluso a obedecer.

De modo que Charlotte se colgó de su brazo y dejó que la guiara por un camino trillado, el mundo de las amantes y los combates de esgrima retirándose como el oleaje. Era otra primera vez, pensó, pasear en compañía de Gideon en cómodo silencio.

Tal vez se sintiera a gusto porque ya no había secretos entre ellos. Ella había conocido a Gabrielle. Y él había amedrentado a Phillip en el vestíbulo del teatro.

Se sentía bien por haberse enfrentado a la verdad. Los únicos secretos que debían preocuparla eran los que compartirían, tanto en la vida diaria como en el lecho matrimonial. Su corazón cantaba de ilusión.

Y entonces, Gideon se volvió hacia ella con mucha seriedad. Su rostro no mostraba el más mínimo indicio de la satisfacción que ella sentía. Si no que reflejaba un descontento tal, que temió al instante lo que fuera a decirle.

—Charlotte, tengo que decirte una cosa —empezó, mirándola a los ojos—. Debería habértelo dicho antes, pero todo ha ido muy rápido.

Charlotte se armó de valor.

«En realidad ni siquiera le conozco —pensó con consternación—. Me lo he imaginado tal y como me gustaría que fuese.»

—Si has cambiado de idea sobre lo de la boda, Gideon, intentaré convencer a mi familia para que te deje tranquilo. Ya afrontaré yo las consecuencias. Soy la responsable de todo este enredo.

—No lo entiendes. Lo que estoy a punto de decirte, y que debería haberte dicho antes, puede llevarte a ti a reconsiderar la boda. Ven. Podemos alejarnos un poco más y nos seguirán viendo igualmente.

Charlotte tenía un sombrío presagio.

—No puedo cambiar como soy —dijo entonces, poniéndose a la defensiva—. Conozco el tipo de belleza que un hombre busca en una amante.

—¿Cómo podrías saberlo? —replicó él—. Los estándares de belleza no existen. Tu belleza es…

—Tranquila.

Él frunció el entrecejo.

—No estoy de acuerdo. ¿Me permites acabar?

—Sí, por supuesto.

—Necesito ser sincero contigo —dijo él—. Jamás pensé en volver a casarme después del fallecimiento de mi esposa. Pero los dos éramos muy jóvenes. Todo el mundo espera de mí que tenga un heredero varón.

—Siento mucho su pérdida, Gideon. ¿Cómo se llamaba?

—Emily —dijo, sin soltarle la mano a Charlotte—. Murió de cáncer hace cuatro años. —Se detuvieron debajo de una bóveda de ramas entretejidas—. Cuando murió, todo en mi vida se fue a pique. Nuestro matrimonio fue acordado y éramos los dos tremendamente tímidos. No teníamos ni siquiera veinte años. Pero luego, ella cayó enferma y yo no pude hacer nada. Era muy dulce. Le habrías gustado.

—Oh, Gideon.

—No pude hacer nada excepto verla marcharse. Y luego perdí todo el coraje que se precisa para amar de nuevo. Todo el mundo me aconsejaba que volviera a casarme. Pero me parecía mucho esfuerzo ponerme a buscar a alguien. Al fin y al cabo, tampoco yo la busqué a ella. De modo que pasé los dos años posteriores a su muerte borracho y metido en líos.

Charlotte sintió una punzada de tristeza que le resultaba imposible expresar. No quería incomodarlo con un exceso de compasión. Pero quería que supiese que comprendía su situación.

Y entonces Gideon dijo:

—Mi hija ni siquiera la recuerda. Y es posible que aún me recuerde menos a mí. De hecho, nos perdió a los dos al mismo tiempo.

Charlotte le soltó la mano y se quedó mirándolo con incredulidad.

—¿Hija? No estaba segura del todo de si su existencia no era más que un rumor. ¿Tienes una hija y ni siquiera me lo has mencionado?

Gideon asintió.

—Sí, una niña de cinco años.

—No lo entiendo —dijo Charlotte, su voz baja y rebosante de inquietud—. ¿Por qué no está contigo en Londres? ¿Dónde la tienes?

Una cosa es mantener una amante en secreto, pero ¿una hija de tu propia sangre? ¿Acaso alguien ha amenazado con matarla?

—Da mucha guerra —reconoció—. No para nunca quieta y… bueno, lo más seguro es que te quedaras horrorizada la primera vez que la vieras subirse a un árbol.

—No, no me quedaría horrorizada.

—Y escupe. Le gusta escupir a quien menos se lo espera cuando pasa por su lado.

—Parece un caso de falta de supervisión.

Y una niña feliz, pensó Charlotte, recordando su propia infancia. Ella nunca se había quejado cuando sus hermanos la implicaban en sus aventuras o la equipaban con un arco y una flecha para jugar a Robin Hood. Aunque la diferencia estaba en que ellos cuatro tenían la bendición de unos padres amorosos y el don de la compañía fraternal.

Gideon la miró por primera vez en todo aquel rato. Y por primera vez Charlotte lo vio inseguro.

—Me preguntaba si podríamos esperar unos días más a que ella llegue antes de celebrar la boda.

Charlotte creyó derretirse.

—Oh, Gideon, todo este rato temía que desearas a esa mujer grosera cuyo nombre no debe ni mencionarse. No tenía ni idea de que echaras en falta a tu hija.

—Me gustaría pensar en ella como nuestra hija.

Charlotte notó un nudo en la garganta.

—Me encantan las niñas.

—Te aviso de que no tiene pelos en la lengua, para su edad.

—Tendrías que haber conocido a alguna de las chicas que han pasado por la academia. Piensa en Harriet. No pretendo jactarme de nada, pero he entrenado a un ejército formidable de jóvenes damas.

—Desde mi punto de vista, tienes también talento para hacer entrar en vereda a los caballeros.

—Eso todavía está por ver. Hay tentaciones por donde quiera que mires.

—¿Para ti o para mí?

—Para ti, naturalmente.

—¿Y no es Phillip una tentación?

—En lo más mínimo.

—Ven aquí un momento —dijo, con su expresión bondadosa—. Ven detrás del árbol donde nadie nos vea.

—¿Cómo se llama, Gideon?

—Sarah —dijo, y la atrajo lentamente hacia él.

—Sarah —repitió ella con un suspiro, sin resistirse cuando él inclinó la cabeza para acaparar la boca de ella con la suya—. Debe de sentirse muy sola.

—No por mucho tiempo —murmuró él, sin despegarse de sus labios.

—Sí. Tengo ganas de conocerla. Oh, Gideon, estoy un poco enfadada contigo.

—Todo el mundo lo está —replicó él sin darle importancia.

—Parece que no te importe.

—¿Qué quieres que le haga?

—Aceptar cierta responsabilidad como padre, supongo.

—Sí —dijo él, aceptando las críticas—. Pero el hecho es que su abuela me hizo prometerle, antes de la muerte de mi esposa, que no expondría a la niña a la vida que llevo en Londres. Dijo que o cambiaba de modales o pondría a Sarah bajo custodia de personas responsables.

—Es comprensible —dijo ella—. Yo habría hecho lo mismo.

Gideon se apoyó en el árbol y miró entre las ramas durante un breve y reflexivo momento de silencio.

—Consideré que sería mejor dejarla al cargo de criados de confianza y que viviera en el ambiente rural que siempre ha conocido.

Charlotte frunció el entrecejo.

—¿Cuándo fue la última vez que la viste?

—No lo recuerdo —respondió—. Hará cosa de nueve o diez meses, creo. Pasé las Navidades con ella. Todo el día. Jugamos a muñecas y nos hinchamos de pudín.

—De eso hace siglos. —Charlotte movió la cabeza en sentido negativo, compungida—. No sé qué voy a hacer de ti.

—Un buen marido y un mejor padre, espero. Pero no cuentes con ello. He aprendido a vivir para el placer, igual que tú has enseñado a otros a vivir en el mundo de la buena educación. No tengo intención alguna de mejorar.

# Capítulo 21

Jane y Chloe emprendieron un paseo en dirección al camino que habían seguido Gideon y Charlotte.

—¿Adónde habrán ido? —se preguntó Jane.

Chloe se encogió de hombros, en absoluto preocupada.

—Tal vez se la haya llevado al carruaje. Sé de una chica que fue exiliada al campo por haberse besado con un hombre en el parque.

—Y yo sé quién era —dijo Jane.

—Pero ¿cómo se llamaba él?

Chloe reprimió una sonrisa.

—No lo recuerdo.

Jane movió la cabeza hacia uno y otro lado.

—¿Crees que el duque...? No, en el parque no, cualquiera podría interrumpirles. Charlotte nunca lo permitiría.

—¿Te has fijado en cómo lo miraba? —preguntó Chloe—. Estaba radiante. Está enamorada, y nada de lo que podamos decir le importa.

—Sí —dijo Jane con un suspiro de resignación—. Pero Charlotte no es experta en los juegos que él practica tan bien. La que iba a ser su amante no parece muy contenta con el futuro enlace.

Chloe entrecerró los ojos.

—Hablando de la cual...

Se quedaron en silencio al ver aparecer a Gabrielle, un caballero de edad avanzada esforzándose por seguir el ritmo de sus pasos.

—¡Vete con cuidado de no resbalar sobre la hierba húmeda y partirte la espalda, Gabrielle! —le gritó Chloe—. Sería una lástima verte acostada, aunque fuera en el suelo, por un buen motivo.

Gabrielle se quedó boquiabierta.

—Fíjate, si ahí tenemos a la dama que tuvo que encerrar a un hombre en su armario para obligarle a que le propusiera matrimonio.

—Si se te ocurre ir detrás de Gideon una vez que se haya casado, te pondrás en ridículo —dijo con aspereza Jane.

—A lo mejor es él quien me va detrás —replicó Gabrielle con un gesto de indiferencia—. Ya sabe dónde encontrarme.

—También lo sé yo —dijo Chloe.

Gabrielle se echó el cabello hacia atrás.

—El duque necesita un heredero, y en cuanto tenga ya ese panecillo en el horno, habrá cumplido con su deber.

—Lo dudo —dijo Jane en tono cortante.

—Le conozco desde hace más tiempo que tú —respondió Gabrielle—. No es hombre que se prive de ningún placer.

Chloe sonrió.

—El fallo de tu argumento es que el placer que tú puedas darle puede comprarlo en cualquier esquina.

—No —dijo Gabrielle, sin perder la sonrisa—. Tiene gustos caros. Esa directora de escuela no le llega ni a la suela del zapato.

—Más bien no le llegarás tú —replicó Jane—. No te ha mirado ni una sola vez en todo este rato. De hecho, dudo que te mirara ni aunque caminaras sobre las aguas del lago.


A última hora de la tarde, mientras reflexionaba sobre la confesión de Gideon, Charlotte recibió la visita de sus hermanos. Ogden, el mayordomo de la academia, se dignó a sonreír cuando hizo pasar a los dos jóvenes al salón.

Jack se dio cuenta enseguida de la cara enrojecida de Charlotte y detectó también el pañuelo en su regazo. Suspiró.

—Pensaba que estarías feliz con lo de tu compromiso... aunque, según tengo entendido, no todo se ha desarrollado según los cánones establecidos. Santo cielo, Charlotte, ¿cómo te lo has hecho para acabar en este lugar?

—¿Por qué lloras ahora? —preguntó Caleb, dejándose caer en el sofá al lado de Charlotte—. ¿No se supone que las lágrimas tienen que guardarse para la boda?

Jack se instaló al otro lado.

—Aún puedes casarte con Phillip...

—No —dijo ella enseguida—. No podría.

—Dice que ha cambiado por completo, que es un hombre nuevo —afirmó Caleb.

—Antes levantaría una piedra y me casaría con lo que quiera que pudiera encontrar debajo —declaró Charlotte.

Jack tosió.

—¿Acaso Wynfield no le insinuó en el teatro que parecía una babosa?

Charlotte los sorprendió intercambiando miradas por encima de su cabeza.

Caleb dejó pasar unos momentos antes de preguntar:

—¿Te ha hecho alguna cosa Wynfield para que estés llorando así?

No quería quebrantar la confianza que había depositado en ella Gideon explicando ahora a sus hermanos que estaba a punto de convertirse en madre de una niña descarada que escupía a la gente y que se había criado completamente sola. Se le encogía el corazón de pensar en aquella pequeña criada sin sus padres. Sus hermanos no entenderían que ella no derramara sus lágrimas por ella sino por Gideon, por Sarah y por la joven que de un modo tan temprano había desaparecido de su vida. Nadie podía ocupar el lugar de una madre. ¿Acaso no era normal que la niña se portara tan mal?

Se sentó hacia delante, enfada.

—Dejad ya de hostigarme.

—Supongo que deberíamos prepararnos —dijo Caleb.

—¿Para qué? —susurró Charlotte.

—Todo empezó con un diario que tal vez no aparezca nunca más. Será lo que tendremos que aguantar y soportar.

—Eso es muy fácil de decir —murmuró Charlotte.

—El mal ya está hecho —dijo Jack con impotencia—. Nuestra casa ha soportado los lances y las flechas del escándalo desde que nació el primer Boscastle. Y sin duda causaremos, y superaremos, muchísimos escándalos más.

—Me parece que es el discurso más largo que he oído de tu boca en toda mi vida.

Jack respondió con una tensa sonrisa.

—Pues que sea el último, al menos por lo que a tu culpabilidad se refiere. Eres una dama. Cualquier escándalo que pudieras imaginarte nunca llegará a serlo. Es imposible que hayas escrito en tu diario nada que te cause más vergüenza de la que ya acarreamos nosotros.

—Yo no estaría tan seguro —musitó Charlotte.

Jack extrajo de su bolsillo un pañuelo de hilo limpio y se lo ofreció a su hermana.

—Mírame, Charlotte. ¿Ha caído Heath en la desgracia porque su esposa realizara un arriesgado dibujo de sus partes que acabó impreso y distribuido por todo Londres?

Charlotte se acercó el pañuelo a la cara.

—¿Qué me dices? —insistió su hermano, a la espera de su reacción.

Ella se mordió el labio, en vano, y acabó estallando en carcajadas.

—No quisiera ser irrespetuosa con Heath, pero… pero… en un hombre es diferente.

Su hermano asintió.

—Bien. ¿Ves? He conseguido que te olvides de todo por un momento. Y ahora, por lo que se refiere a tu inminente boda, entiendo que no te opones a ella.

—No —replicó ella, su indecorosa risa apaciguándose.

Caleb arqueó una ceja.

—En este caso, no está todo perdido. Y una cosa más, Charlotte.

—¿Sí?

—Que estas sean las últimas lágrimas que derramas en mucho tiempo.

Acompañó a aquel par de pesados a la puerta y regresó a la sala para servirse una copita de jerez y apagar la lámpara. Hacía ya rato que debería haber ido a comprobar que las chicas se hubiesen acostado y haberse retirado ella también. La visita le había subido los ánimos y sabía que no era típico de la naturaleza masculina hacer aquel tipo de visitas.

No habían solucionado nada. Pero se sentía mejor. Gideon la protegería del escándalo y daba toda la impresión de que algún vendedor ambulante había arrojado el diario al Támesis. De todos modos, desconocer su paradero la perseguiría toda la vida como un nubarrón de tormenta.

A pesar de todo...

Un sonido en la ventana interrumpió sus pensamientos. Le recordó enseguida los ligeros golpecitos de Gideon en el cristal. Se giró, vacilando por un instante antes de abrir las cortinas de aquella ventana. Solo logró vislumbrar una parte de la mano presionada contra el vidrio. Estaba mirando hacia la calle y entonces, como si hubiese intuido que ella le había visto, volvió la cabeza. Le chocó a Charlotte que actuara de aquel modo un tanto extraño. ¿Habría estado esperando que sus hermanos se marcharan? La oscuridad le impedía verle bien la cara. ¿O se trataba acaso de alguno de sus hermanos, que había olvidado decirle alguna cosa importante que no podía esperar hasta el día siguiente?

Sir Christopher Fenton, maestro de armas de un popular salón de esgrima, ordenó a su asistente que descorchara una botella de cerveza negra en cuanto llegó a la escuela y vio que Gideon estaba practicando estocadas en la galería.

—¿Qué sucede? —preguntó con alegría—. ¿Ya no se te ocurren más excusas para visitar por la noche a la señorita Boscastle?

Gideon le lanzó una mirada taimada a su amigo.

—No utilicemos el florete esta noche. De ese modo podré hacerte daño y fingir que ha sido un accidente.

—Estaba pensando exactamente lo mismo —dijo Kit—. Con la diferencia de que yo sí te haré daño para que de este modo tengas motivos reales para ganarte la compasión de Charlotte. A las mujeres les encanta cuidar a sinvergüenzas como nosotros.

—No creo que sea necesario llegar tan lejos.

Kit sonrió.

—Te has perdido varias prácticas últimamente. Habría estado preocupado por ti de no haberte visto en el parque. Hay muchachos por aquí que decían que habías abandonado la espada.

—No sé de qué te ríes. —Gideon se enderezó preparándose para embestir—. Después de la boda tendré que dejar un poco de lado las prácticas de esgrima.

—Yo no veo a nadie apuntándote en la cabeza con una pistola —replicó Kit.

—¿Y el hecho de que trabajes para el primo de mi prometida no influye tu opinión?

—Bien...

—Y —continuó Gideon—, ¿el hecho de que Grayson utilizara su influencia para que un plebeyo como tú se haya convertido en «sir» Christopher y haya dejado de ser «Kit» no ha alterado tu punto de vista?

Kit apoyó la espalda en la pared.

—Si así es como te comportas cuando no estás con tu dama, no creo que quiera veros juntos.

Gideon ignoró el comentario. No estaba dispuesto a admitir que habría caído de nuevo en la tentación de ir a visitar a Charlotte de haber encontrado la excusa adecuada.

Kit Fenton era un hombre duro y difícil de engañar. Se había quedado huérfano al nacer y se había criado en un correccional, donde había sobrevivido gracias a su ingenio y sus músculos hasta que fue adoptado por un capitán de caballería jubilado. Fue el capitán Fenton quien aprovechó la habilidad de Kit con la espada para reformar sus modales.

Gideon sospechaba que Kit había visto de todo. Había dado la vuelta por completo a la vida de muchos jóvenes atraídos hacia vidas destructivas. Exigía a sus alumnos entrenar duro y seguir un estricto código de honor.

Y Gideon no estaba seguro de haber llegado a ser el hombre en que se había convertido de no haber sido por la influencia de Kit.

Y su amigo lo conocía perfectamente.

—No tienes la cabeza en la espada, Gideon. Si no puedes prestar la debida atención, mejor que te vayas a dar una vuelta.

—Temo que de hacerlo volvería allí.

—Entonces, por el amor de Dios, ve a verla.

—No. —Gideon negó rotundamente con la cabeza—. No puedo volver a hacerlo. Le parecerá que estoy desesperado. —Y ambos sabían que era así—. ¿Te he contado lo del incidente del teatro?

—Lo he visto en el periódico.

—Se ve que ese hombre fue su primer amor. Y en su momento no le correspondió como ella se merecía.

—¿Y ahora sí?

—Para su desgracia, sí.

—¿Cuánto tiempo ha pasado? ¿Un día? ¿Tres?

—¿Qué crees que podría hacer? —preguntó Gideon con la aristocrática laxitud que parecía definir su carácter.

—¿Desafiarte en duelo?

—Estupendo. Eso me gustaría.

Kit puso mala cara y se arremangó la camisa.

—Un duelo justo antes de la boda resultaría desagradable. La sangre y las novias no se llevan bien.

—Si la memoria no me falla, diría que tú te batiste en duelo justo el día de tu boda.

Kit hizo una mueca.

—No tenía otra elección, ¿no? Y no seas modesto. Dudo que hubiera podido concentrarme de no haber estado tú cuidando de mi prometida.

—¿Qué otra cosa podía hacer? —Gideon se encogió de hombros—. Sé que serías mi segundo en caso de celebrarse un duelo.

—Cualquier alumno del salón se brindaría a serlo. Pero eso no significa que esté animándote a retar a nadie.

Gideon movió la cabeza con preocupación, las risas de los estudiantes y el sonido metálico de los floretes resonando en las salas de la planta inferior.

—Hay momentos en los que el honor se convierte en un mejunje imbebible.

—El amor es mucho peor, Gideon. Al menos, el honor siempre da señales de alarma.

Gideon hizo una reverencia burlona.

—Gracias, oh sabio rey, por vuestro tardío consejo… que no me sirve para nada de nada.

Se enderezó con una sonrisa que se desvaneció en el instante en que reconoció a Devon Boscastle subiendo las escaleras.

—Y aquí llega mi hada madrina. Creo que está esperando que le dé las gracias por renunciar a lo que me queda de vida.

Devon llegó a lo alto de la escalera.

—¿Existe algún modo especial de saludar a un nuevo miembro de la familia?

—Discúlpeme, pero debería haberme referido a usted como el hada mala.

Ofender a Devon era imposible.

—¿Alguien tiene ganas de practicar?

—Sí —dijo Gideon—. Quédese ahí mismo donde está mientras voy a buscar los dardos.

Devon lo miró con aprobación.

—Tiene usted muy buen aspecto últimamente, Gideon. Ha dejado la bebida, ¿verdad?

—Tengo el mismo aspecto que hace dos noches. ¿Qué quiere ahora de mí, granuja?

—En primer lugar, desearía disculparme por haberle calificado de mujeriego sin remedio.

—No sabía que opinase eso de mí —replicó Gideon—. Pensándolo bien, sí que me gustaría ir a buscar esos dardos. O un juego completo de navajas.

Kit se interpuso entre ellos con un gesto de preocupación.

—Caballeros, o airean sus diferencias fuera de aquí o desisto. Si tienen ganas de acción, les sugiero que unan sus tercas cabezas y se concentren en encontrar las epístolas perdidas de cierta dama en lugar de echar más leña al fuego con un nuevo escándalo.

—¿Firmamos las paces? —dijo Devon, dirigiéndose dubitativo a Gideon.

—¿Y por qué demonios no deberíamos hacerlo? —contestó este, extendiendo la mano que tenía libre.

—¿A qué estás esperando? —le preguntó Kit a Gideon mientras descendían las escaleras de la galería que desembocaban en la zona principal del salón—. ¿Por qué no vas a verla? Aquí no vales para nada. He combatido con costureras que manejan la aguja con más amenaza que tú tu espada.

Gideon miró de reojo a Devon, que se encogió de hombros, movió la cabeza en sentido de negación y dijo:

—A mí no me mire. Tiene la licencia que permite una boda. Lo único que sé es que yo no me mantendría alejado de la dama de mis deseos.

—Ve —dijo Kit—. Es inevitable.

—Idiotas —murmuró Gideon, y salió a la calle, donde lo aguardaba su carruaje.

No se atrevía a visitar la academia a aquellas horas de la noche. Aunque tampoco se sentía cómodo presentándose en pleno día. ¿Una solución de compromiso, quizá? Sí. Pasaría por delante de la casa pero no entraría.

Con un poco de suerte, vería a Charlotte de refilón por la ventana y tendría que conformarse con eso hasta que se iniciara la siguiente fase del noviazgo.

El alarido que emitió la dama zarandeó el cuerpo entero de Nick. Le heló la sangre en las venas. Pobre vecindario, vaya pulmones tenía. No le sorprendería que, con aquel chillido histérico, hubiera hecho añicos los cristales de las ventanas. Nick cayó de espaldas sobre el parterre, pensando para sus adentros que era una suerte no haber estado empinando el codo antes, puesto que, de haberlo hecho, se habría orinado encima del susto. Saltó por encima del muro y huyó de allí corriendo a toda velocidad y tratando de quitarse de encima un perro que empezó a seguirle.

—¡Oye, tú, sal de en medio! —vociferó un cochero, o algo por el estilo.

Nick no había oído ni las pisadas de los caballos ni el rechinar de las ruedas de ningún carruaje. Maldijo pensando que sus oídos acababan de sufrir un daño irreparable.

Igual que su corazón, que retumbaba en su interior como los tambores de un desfile militar.

¿Quién se habría imaginado que la bella dama autora de aquellas lascivas páginas sería capaz de emitir aquel atroz y diabólico berrido? No había decidido aún quién podría ofrecerle más pasta por el diario, ni siquiera si pensaba venderlo. Lo único que pretendía era verla de refilón, conocer la cara y el cuerpo que daban vida a tan terrenales confesiones. Y él que pensaba que sería discreta. No se imaginaba siquiera qué haría en el caso de tenerla bajo sus sábanas y oírle proferir un chillido como aquel.

Se detuvo, las manos en las rodillas, respirando a bocanadas para regularizar las pulsaciones. ¿Le habría visto la cara? Lo dudaba. Él ni siquiera había podido ver la de ella antes de que se volviera loca.

Se sumergió en los bajos fondos y siguió caminando, cavilando sobre su futuro. Lo siguiente que recordaba era que una banda de matones le había seguido para preguntarle qué tenía planeado para aquella noche y cómo podían ayudarle. Los miró y la voz de la dama fue acallándose poco a poco. Nick nunca había podido concentrar sus pensamientos por mucho tiempo. Ya iba siendo hora de meterse en una buena pelea a navajazos e impresionar a la banda de pilluelos que lo consideraba un héroe.

# Capítulo 22

*S*eñorita Boscastle! ¡Señorita Boscastle! —exclamó con suma preocupación Daphne Peppertree—. ¡Charlotte, diga algo! ¿Qué ha pasado? ¿Ha entrado en la casa el duque con intención de aprovecharse de…?

—No diga ni una palabra más —dijo Charlotte desde las profundidades del sofá donde la habían depositado Odgen y los criados después de irrumpir en la estancia—. Había una cara en la ventana.

—¿La cara del duque? —preguntó la señorita Peppertree en tono petulante.

—No, no era él —respondió Charlotte, tratando de sentarse—. Era una cara lasciva, una cara con…

—La señorita Peppertree la olisqueó con recelo.

—¿Es posible que esté oliendo a alcohol?

—La verdad es que… —Charlotte bajó la vista hacia su sobrefalda de seda. En aquel momento de pánico, debía de haberse echado por encima la copa de jerez. Y para empeorar las cosas, vio a dos o tres chicas asomando la cabeza por la puerta.

—¿Dónde está? —susurró la señorita Peppertree, dando un paso atrás—. ¿Está escondido por aquí?

Charlotte volvió a desplomarse sobre los cojines y puso mala cara ante tan ridícula pregunta.

—¿Lo ve escondido por algún lado, Daphne? ¿Existe acaso aquí dentro algún mueble detrás del cual pudiera esconderse un hombre adulto?

La señorita Peppertree entrecerró los ojos. Sin las gafas no veía ni a un palmo de distancia y mucho menos podría distinguir a Gideon de una gárgola.

—¿Un hombre? —Sofocó un grito y se llevó la mano al pecho, debajo del cual se suponía que debía de latir un corazón con virginal consternación—. ¿Qué hacía un hombre desconocido mirándola por la ventana?

Charlotte asintió con debilidad, la explicación casi tan agotadora como el mal trago que acababa de pasar.

—¿Un mirón de verdad? ¿Está segura, Charlotte?

—Sí —respondió ella apesadumbrada—. Tenía una cara... Oh, Daphne. Esa expresión... no sé cómo describirla. Si lo hubiese visto, habría sufrido el susto más grande de su vida.

—Creo que ya me lo he llevado con ese grito.

Charlotte tartamudeó.

—Me he sentido violada.

—Así ya somos dos —dijo la señorita Peppertree—. Violada por un hombre que ni siquiera he visto.

La señorita Peppertree siguió mirándola con miope compasión.

—Rankin ha ido a buscar a sir Daniel. Por lo que se ve, esta noche está de patrulla. Lo más probable es que esté en el pub. Hablando de lo cual... —Se acercó de nuevo a Charlotte y volvió a olisquearla—. ¿Es posible que esté oliendo a jerez? ¿Viene de usted ese olor a alcohol?

Charlotte bajó la vista hacia la mancha oscura que resaltaba sobre un pliegue de la falda.

—Me temo que sí.

La infamia.

Había perdido su diario, le había tendido con ello una trampa a un duque y ahora daba la impresión de que se había echado a la bebida y había caído en la histeria tras ver a un desconocido en la ventana.

—Trenton —dijo la señorita Peppertree al criado que permanecía inmóvil junto a la mesita del té—. Busque por toda la casa un garrote.

—Estoy mareada —dijo Charlotte.

—También lo estaría yo de estar bebiendo a estas horas de la noche. No sabía que le gustara el alcohol.

—Tenía muchas cosas en la cabeza.

—Como todo el mundo bien sabe. —La señorita Peppertree levantó la vista—. Acaba de llegar un carruaje. Debe de ser sir Daniel.

—Eso es rapidez —dijo Charlotte, sentándose de nuevo—. Daphne, busque la copa que he tirado sin querer y, por favor, no saque a relucir que estaba bebiendo. Ni siquiera me ha dado tiempo a dar un solo sorbo.

—Tenga. —La señorita Peppertree le pasó un cojín—. Tápese la mancha con esto para que no la vea sir Daniel. No se trata de que piense que se ha dado a la botella.

—Yo no...

Las chicas apiñadas en el umbral de la puerta se retiraron rápidamente al pasillo para dejar pasar al recién llegado. El corazón le dio un vuelco a Charlotte cuando vio a Gideon cruzar el salón en dirección al sofá y avanzar hacia ella con fuerza y determinación. No tenía ni idea de cómo o por qué estaba allí, pero jamás en su vida se había alegrado tanto de recibir una visita.

—He visto luces y acto seguido a Trenton corriendo por la calle —dijo, el tono de su voz bronco y extrañamente balsámico—. ¿Qué sucede?

—Un mirón, excelencia —respondió la señorita Peppertree antes de que Charlotte tuviera tiempo de hacerlo—. Qué casualidad que pasara usted por aquí justo ahora.

—¡Oh, Gideon! —musitó Charlotte, observando su cara de preocupación—. Estoy bien.

Gideon se acercó al sillón y se arrodilló a su lado.

—¿A qué viene todo este alboroto?

—Un hombre... Había un hombre en la ventana mirándome.

—¿Se ha marchado? —preguntó él, incorporándose de nuevo, la idea era tan exasperante que su primer impulso fue presentar batalla.

—Sí. Cuando lo he visto he gritado.

—¿Gritar? —dijo la señorita Peppertree—. Ha sido más bien el alarido de un alma del purgatorio. Debe de haber atravesado las paredes de todas las casas de la calle y llegado incluso a las galerías de Whitehall.

—¿Cómo era ese hombre? —preguntó Gideon.

Charlotte cerró un instante los ojos.

—Horrible, malvado, asqueroso, lascivo.

—Me refiero a los detalles de su cara, Charlotte.

—Estaba pegado a la ventana, Gideon.

—Intente describirlo. ¿De qué color tenía el pelo?

—Llevaba gorra.

—¿Qué tipo de gorra?

—No lo sé. Era oscura. De lana.

—¿Y los ojos?

—Tenía dos.

Hubo alboroto en la puerta y en aquel momento hizo su entrada sir Daniel, que saludó rápidamente a Gideon.

—¿Qué dice?

—Que ha visto a un hombre horrible, malvado, asqueroso y lascivo con una gorra oscura de lana observándola desde el otro lado de la ventana. Aparte de eso, poca información más.

—Oh, Gideon. Lo siento. Me ha dado un susto de muerte.

Gideon se incorporó para sentarse en el sillón al lado de Charlotte, la señorita Peppertree esbozando una mueca de desaprobación.

—Ya ha pasado, Charlotte. Estoy aquí.

La cogió entre sus brazos. Aunque fuera infringir el protocolo, a Charlotte le traía sin cuidado.

—Gideon —dijo, recostada en la calidez de su hombro—. Creí que volvía a ser usted. Fui directa a la ventana y abrí las cortinas como una tonta. Y no era usted, sino ese hombre. No sé cuánto rato llevaría observándome.

—¿Y qué había estado haciendo?

—Iba a apagar la lámpara.

—¿Dijo alguna cosa? —preguntó sir Daniel, acercándose a la ventana para verificar su estado.

—No lo habría oído ni que hubiera dicho «Qué el demonio me lleve». —Frunció el entrecejo—. Me parece que estaba dando golpecitos en la ventana para llamar mi atención.

—¿Y luego? —preguntó sir Daniel.

—Luego me he puesto histérica.

Gideon miró a sir Daniel.

—Me alegro de que esté aquí, Gideon. —Charlotte separó la cara de su hombro—. Ya me siento mejor. No debería haber gritado. Debería haber mantenido la calma y corrido a buscar ayuda. Pero ese hombre me asustó.

—¿No tenía ningún rasgo fuera de lo común, señorita Boscastle?

—Nada. Excepto...

—¿Sí?

Charlotte negó con la cabeza.

—Solo le he visto de refilón.

Sir Daniel levantó la vista de su cuaderno.

—¿Era joven o viejo?

—Oh. Joven, creo.

—¿Alto o bajo?

Charlotte tragó saliva.

—Alto. Aunque también podría estar de pie sobre un ladrillo que hubiera colocado en el parterre. El jardinero se pondrá furioso.

—Piénselo bien. Tómese todo el tiempo que necesite. ¿Cómo era ese hombre?

Charlotte se tapó la cara con las manos.

—Horrible, malvado, asqueroso, lascivo.

Gideon asintió con paciencia, retirando el cojín que seguía en el regazo de Charlotte. Ella lo devolvió de inmediato a su falda.

—Creo que eso ya lo sabemos. Pero en cuanto a sus facciones...

—Gruñó.

—¿Gruñó? ¿Le vio entonces los dientes? ¿Eran grandes? ¿Estaba desdentado? ¿Amarillos, quizá?

—No se me ocurrió mirarle con detenimiento los dientes, Gideon. Me pilló desprevenida, como usted anoche, y no me habría acercado a mirar por la ventana de haber sabido que no era usted.

—Pero yo no le gruñí.

—Cierto. Y tampoco me enseñó los dientes. Ahora que lo pienso, me parece que no estaba gruñendo.

—Y entonces —dijo Gideon en voz baja—, ¿qué le enseñó?

—Nada de lo que creo que está insinuando.

—Sé que se trata de una pregunta provocativa —dijo sir Daniel—, pero es importante: ¿Estaba usted desnudándose aquí, por casualidad?

—Estamos en el salón, sir Daniel.

Gideon sonrió.

Charlotte notó que se ruborizaba.

—Yo no me desnudo en el salón, señor. Sino que repaso las cuentas. Leo y escribo.

Sir Daniel movió la cabeza en un gesto de frustración.

—Mi ayudante está fuera interrogando a gente que podría haber estado por aquí cuando sucedió todo esto. Salgo un momento. Si le viene a la cabeza cualquier detalle que pudiera ser de relevancia, mándeme llamar, por favor.

—¿Y si ese hombre es peligroso? —preguntó Charlotte, alzando la voz—. El año pasado secuestraron a una chica estando aquí, como bien sabrá. Fue una experiencia aterradora.

—Eso puedo corroborarlo —dijo la señorita Peppertree, estremeciéndose—. Hoy en día, en esta casa solo entran hombres admitidos de forma completamente voluntaria. —Miró fijamente a Gideon—. Tal vez deberíamos poner a un criado que montara guardia con una pistola.

Charlotte se quedó blanca ante aquella sugerencia.

—No podemos correr el riesgo de que se produzca un tiroteo con tantas chicas en la casa.

Gideon se levantó con gesto preocupado.

—Mis compañeros del salón de esgrima suelen realizar guardias voluntarias en la escuela de beneficencia. Deberíamos alertar al sereno y montar una patrulla nocturna hasta que demos con ese mirón.

—¿Mirón? —dijo Charlotte, sobresaltada—. ¿Por qué alguien tendría que dedicarse a mirarme?

La señorita Peppertree frunció los labios.

—Creo que la respuesta es evidente. Últimamente ha llamado bastante la atención hacia su persona.

—También podría estar mirándola a usted —dijo indignada Charlotte.

—Lo dudo —replicó la señorita Peppertree, y Charlotte oyó que Gideon murmuraba para sus adentros algo que sonaba como «También yo».

—Podría instalarse con alguno de sus primos —sugirió Gideon, quedándose en silencio al levantar la cortina y mirar hacia fuera.

—¿Qué pasa? —preguntó Charlotte, levantando la voz—. ¿Ha vuelto?

—No. No es más que el ayudante de sir Daniel. Tal vez haría bien saliendo para hablar con él.

Charlotte se levantó. Ahora que la conmoción inicial de ver aquella cara empezaba a diluirse, podía serenarse y pensar.

—Es posible que fuera cualquiera que pasara por la calle —reconoció—. Es solo que...

Gideon cerró las cortinas.

—Podríamos colocar la vitrina delante de la ventana como medida temporal. ¿Qué decía, Charlotte?

—Su mirada... intuí algún tipo de familiaridad.

Gideon se giró de repente.

—¿Está segura de que no era ese hombre de su pasado?

—Segurísima.

—¿Qué hombre? —preguntó la señorita Peppertree—. ¿Está insinuando que hubo otro hombre?

—Jamás habría gritado de tratarse de Phillip —insistió Charlotte.

—¿No? —cuestionó Gideon—. ¿Qué habría hecho?

—Habría esperado hasta la mañana para notificárselo a mis hermanos.

—¿Y?

—Y a usted.

La respuesta no dejó satisfecho a Gideon. Y Charlotte llegó a la conclusión de que fue una suerte que sir Daniel regresara a la sala antes de que Gideon se pusiera nervioso.

—Señorita Boscastle, con la excepción de unas cuantas rosas pisoteadas, no he visto ahí fuera nada que pueda ayudarnos a identificar a ese hombre.

—Hay una cosa más —dijo entonces Charlotte—, aunque tal vez sea una tontería.

—Tal vez piense con mayor claridad después de una buena noche de sueño —dijo Gideon.

—Sé que no tiene sentido —dijo Charlotte, abrazándose al cojín—. Pero ese hombre me miraba como si me conociese.

—Lo encontraremos, Charlotte. Y hasta entonces, no quiero que vuelva a estar sola en esta estancia.

# Capítulo 23

*E*l noviazgo formal entre el duque de Wynfield y la señorita Charlotte Boscastle cautivó con éxito a la alta sociedad. Se convirtieron en la pareja que tenía que ser invitada obligatoriamente a cualquier fiesta, la que aparecía constantemente en los periódicos, la pareja a la que mirar y sobre la que chismorrear cuando el ojo observador captaba su presencia.

Una boda entre dos casas de la nobleza no era un hecho que sucediese a diario. La aristocracia reclamaba su debida atención. Mientras, en otros rincones del mundo, se derrocaban reyes, fracasaban inversiones, rugían las guerras.

Y una boda elegante servía para olvidar durante unas horas acontecimientos tan inquietantes como aquéllos.

Jane se había prestado voluntaria para trazar un itinerario que habría agotado incluso al mismísimo ejército prusiano. Y a medida que sus apariciones se hicieron más exigentes, Charlotte y Gideon empezaron a temer que su compromiso acabara matándolos.

Entre sus obligaciones en la academia, la tensión de tener que contratar otra directora, los preparativos de la boda, las citas con la modista y la elección de los tejidos y los monogramas de las sábanas, había momentos en los que deseaba que Gideon cancelara un par de actos para simplemente dejarse caer en un sillón y dormir un rato.

Una noche, cuando Gideon llegó en su carruaje para recogerla y acudir a una cena, lo encontró hundido en el asiento tan profundamente dormido, que no solo sintió tentaciones de dejar que siguiera durmiendo, sino también de sumarse y de echar ella a su vez una siesta. Pero la presencia de Jane se lo impidió.

—Arriba los dos —dijo Jane—. ¡Vaya noviazgo se presenta con esta cara de muertos!

Gideon se desperezó, sus ojos entreabiertos buscando los de Charlotte, que ocupaba en el carruaje el asiento frente a él. Se despertó de pronto.

—¿Adónde vamos? —preguntó Gideon, estirando los brazos.

—A la cena que ofrece el conde de Stanwood —respondió Jane, moviendo la cabeza en un gesto de preocupación.

—Confío en que no se alargue muchas horas —dijo él—. Mañana pienso dormir hasta el mediodía.

—No, imposible —dijo Jane—. Mañana tenemos que asistir a una subasta benéfica a primera hora. Y después tenemos un concierto al aire libre y una cena en el Pulteney.

En los momentos que le quedaban libres, Charlotte se ocupaba de los asuntos de la academia y de entrevistar a las candidatas para ocupar su puesto.

La imagen de la cara del desconocido en la ventana empezaba a desvanecerse. Le incomodaba haber montado tanto escándalo. Le resultaba más fácil pensar que no era más que un hombre que pasaba por allí, un peatón curioso, antes que aceptar que se trataba de un desconocido que quería hacerle daño, un desconocido cuyos ojos insinuaban... la única palabra que le venía a la cabeza era «intimidad».

Pero aquello era imposible.

No había motivos para pensar que se conociesen de algo. Ella siempre había llevado una vida muy protegida. ¿Qué sería lo que le habría dado la impresión de que aquel hombre la conocía? A no ser que... no. Un hombre como aquel no podía haber encontrado su diario y haberlo leído. Que lo hubiese hecho Gideon había sido terrible. Pero pensar que un desconocido hubiera invadido su universo secreto resultaba tan inquietante que ni siquiera valía la pena considerarlo.

Charlotte empezaba incluso a sentir lástima por aquel hombre. Si volvía a merodear la casa, caería sobre él un ejército de criados. La señorita Peppertree había asumido la responsabilidad de controlar personalmente todas las ventanas de la casa cada noche.

Tal y como Gideon le dijo a Charlotte con mucho tacto y confidencialidad el día que la acompañó a ella, a la señorita Peppertree y a dos jóvenes damas de la academia, a las galerías comerciales:

—El que se pondrá a gritar si espera verte a ti y se encuentra con la cara de la señorita Peppertree, será él.

—Eso que acabas de decir es una grosería.

—Sé que no soy de su agrado —dijo Gideon mientras examinaba un cofrecillo de filigrana de plata que estaba allí expuesto.

—Tonterías. Lo que pasa es que no le gustan los hombres…

—¿Y a tí?

—A mí me tienen que gustar los hombres por obligación, ¿no crees? Tengo tres hermanos e innumerables primos varones.

Charlotte fingió entonces interés por un cuerno de caza fabricado en marfil que se exponía en el interior de una vitrina.

—¿No te parece una pieza interesante?

—Interesante, sí. Necesaria, no. —Apoyó un codo en el mostrador—. Me parece, cazadora mía, que ya tienes acorralada a tu presa.

—Nos están mirando, Gideon.

—Me trae sin cuidado.

—¿Y las chicas?

—Están fingiendo todo el rato no darse cuenta de los jovencitos que quieren flirtear con ellas.

—¿Dónde has visto tú eso?

Estiró el cuello para mirar.

—Tranquila que las chicas están bien. La señorita Peppertree controla la situación.

—Te controla a ti.

—¿Te gusto tanto como cuando escribías sobre mí en tu diario?

—No.

—¿No?

—Me gustas más. ¿Es eso lo que querías que dijera?

—Sí. Y ahora elige lo que tu corazón te dicte.

Sir Godfrey Maitland, el propietario de las galerías comerciales, reconoció de pronto al duque y se acercó con una sonrisa solícita.

—Señorita Boscastle. Excelencia. Qué alegría verlo sin una espada apuntando hacia mí.

Charlotte pestañeó.

—¿Perdón?

—¿No se lo ha contado su prometido? Ambos practicábamos en la misma escuela. El negocio va tan boyante que ni siquiera tengo tiempo que dedicar al deporte.

—Es una lástima —observó Gideon, sabiendo perfectamente bien que Kit había echado del salón al pomposo comerciante por un asunto de carácter personal.

—Sí. He oído decir que está usted muy activo —dijo sir Godfrey con regocijo—. Felicidades a ambos por el compromiso. Confío en que tengan presente estas galerías comerciales en la planificación de su enlace. Disponemos de servicios de boda de plata, tejidos y relojes. Porcelana de Wedgwood y baúles de madera de alcanfor con cierres de latón.

—Mi prometida está interesada en ese cuerno de caza —dijo Gideon.

Charlotte le lanzó una mirada.

—No, en realidad, no.

—Es una pieza exquisita —comentó sir Godfrey—. Pero algo pesada para manos tan delicadas. Tal vez la dama estaría interesada en nuestra colección de cucharas de noviazgo galesas.

Gideon sonrió.

—¿Querida?

—Hoy no, gracias. Buscaba un abanico.

—¿Por qué? —preguntó Gideon—. Tiene usted más abanicos de los que yo pueda haber visto en mi vida.

—Una dama necesita más de un abanico si quiere disfrutar de un guardarropa completo —dijo Charlotte.

—¿Y no son todos iguales? —preguntó Gideon, sin comprender nada.

Sir Godfrey se apresuró a explicárselo.

—Dios mío, excelencia, no lo son ni mucho menos.

—A finales de esta semana tengo intención de impartir una clase sobre el lenguaje del abanico —dijo Charlotte—. Tal vez le gustaría presenciarla, Gideon.

Él hizo una mueca.

—No lo creo.

—Es un verdadero arte —dijo sir Godfrey—. Nunca hace ningún

daño comprender lo que dice una dama con su abanico, no sé si me explico.

Gideon seguía sin estar muy convencido.

—No hay nada que haga perder más la cabeza a un hombre que una dama que domine el lenguaje del abanico —dijo sir Godfrey.

—No sé si es capaz de hacer volver la cabeza a un hombre con su abanico —dijo Gideon—. Pero lo que sí sé con toda seguridad es que sabe utilizarlo para arrearle un golpe y hacerse entender.

Charlotte le regaló una tensa sonrisa.

—Lo de aquella noche fue por una urgencia sin precedentes.

—Manejar un abanico es una habilidad tan complicada como la esgrima —dijo sir Gideon—. El abanico habla por sí solo cuando quien lo maneja es una dama culta.

Gideon lanzó a Charlotte una mirada prolongada y pensativa.

Sir Godfrey pasó a otro mostrador y extrajo dos abanicos distintos.

—Este —dijo, abriendo un abanico negro y llevándose una mano a la cadera, como un torero— es para el luto. —Lo subió a la altura de los ojos—. Me sirve para esconder las lágrimas y, con todo y con eso, poder seguir expresando mi dolor.

—Y este —dijo Charlotte, cogiendo un abanico con varillas de madreperla y tejido de encaje—, es un abanico de boda.

Sir Godfrey agitó el abanico para darle su aprobación.

—¿Ve a Cupido pintado junto al novio y la novia, excelencia?

—Mmm... ¿no será quizás un niño nacido fuera del matrimonio?

—Me gusta este —dijo Charlotte.

—Es indispensable —concedió sir Godfrey.

—Es exactamente igual que su otro abanico —observó Gideon.

—Utilizo un abanico distinto cada día y cada noche, ¿acaso no se ha fijado?

—No es precisamente en lo primero en que me fijo en una mujer.

Charlotte y sir Godfrey intercambiaron miradas sin atreverse a pedirle a Gideon más detalles.

—Una dama no podría enseñar normas de etiqueta sin disponer de un buen surtido —dijo finalmente sir Godfrey—. Para moverse en sociedad es necesario aprender el código secreto del abanico.

—¿Un código? —Gideon sonrió—. ¿Pretende que me crea que las

damas utilizan el abanico para enviarse señales entre ellas, como los indios con las señales de humo?

—Una dama jamás emite ningún tipo de señal a menos que sea estrictamente necesario —dijo Charlotte—. Teniendo en cuenta la vasta experiencia de su excelencia, sospecho que habrá sido objeto de numerosas conversaciones secretas.

Gideon se encogió de hombros.

—Tal vez sí. ¿Cómo saberlo?

Sir Godfrey miró de reojo a Charlotte.

—¿Le hacemos una demostración?

—Oh, por supuesto.

Sir Godfrey abrió hábilmente el abanico negro con un golpe de muñeca.

—Vamos a deletrear la palabra «amor» —dijo, y se acercó el abanico al pecho, sonriendo con timidez—. Eso sería la «a».

—La «eme» —dijo Charlotte, realizando un movimiento similar en dirección a su pecho.

Sir Godfrey levantó el abanico hasta la altura de la frente.

—La «o».

—Y para la «erre» acercaría el abanico con la mano izquierda hacia el brazo contrario —dijo Charlotte—. Y para indicar que la conversación ha terminado, abriría por completo el abanico.

Gideon permaneció entre los dos abanicos abiertos sin decir palabra hasta que Charlotte rompió por fin el silencio.

—Excelencia —susurró—. No hacer comentarios es de mala educación.

Gideon movió la cabeza.

—Discúlpenme. Me había quedado sin habla. Pensaba en la de parlamentos secretos que deben de haberse desarrollado en mi presencia sin que yo tuviera ni idea. Deben de haberse burlado de mí más de una vez bailando el minué y yo sin enterarme.

Charlotte hizo un mohín y dejó con cuidado el abanico encima del mostrador.

—Me gustaría el abanico de boda, sir Godfrey. Y necesitaré al menos seis abanicos para ir a la iglesia. Su excelencia y yo asistiremos juntos a misa cada domingo.

—¿Asistiremos? —preguntó Gideon.

—Y una docena de abanicos ligeros decorados con escenas pastorales.

Gideon le sonrió.

—¿Una docena? Querida, recuerde que solo tiene dos manos y yo un centenar de ideas sobre cómo darles mejor provecho.

Charlotte sonrió a sir Godfrey.

—Los demás abanicos son para la academia.

—Oh, tonto de mí —dijo Gideon.

Charlotte fingió no haberlo oído.

—Y ahora que lo pienso, con una docena no tendré suficiente. Durante las prácticas siempre se rompen varillas. Póngame veinte, por si acaso. Oh, y lady Sarah... quiero un surtido de abanicos de niña.

Sir Godfrey se ruborizó, encantado.

—Una sabia inversión, señorita Boscastle. Su excelencia es muy afortunado por haber encontrado una dama de su criterio. Por cierto, acabo de recibir un nuevo cargamento de diarios de vitela.

—¿Para qué? —preguntó Gideon.

—Una persona del linaje de su excelencia sabrá valorar la importancia de registrar las minucias diarias de la vida elegante en una colección de diarios de calidad.

—¿Una colección?

Sir Godfrey elevó la voz.

—Hay que registrar la historia para la posteridad. Imagínese la emoción que sentirán sus descendientes cuando, de aquí a cien años, lean las reflexiones de antepasados que, de no ser por esto, no serían más que retratos recogiendo polvo y colgados de la pared.

Gideon se quedó mirando a Charlotte. Si la posteridad leía sus reflexiones, ni cien años bastarían para recuperarse de la conmoción.

—Una idea fascinante —dijo Gideon—. Haga el favor de cargar los abanicos en mi cuenta. Los diarios pueden esperar a otro día.

Sir Godfrey estaba radiante.

—Solo de pensar en una boda ducal me echo a temblar.

—¿Verdad que sí? —dijo Gideon, cogiéndole la mano a Charlotte para apartarla del mostrador. Mirando por el rabillo del ojo se había dado cuenta de que la señorita Peppertree y dos de las chicas estaban siguiendo con suma atención la conversación—. Buenos días, sir God-frey...

—Supongo que no les interesará una mesita para jugar al *backgam-mon* durante la luna de miel.

—Tengo otros juegos en mente para la novia, pero gracias de todos modos por la sugerencia.

Sir Godfrey saludó con una reverencia.

—Mis mejores deseos para los dos. Será un honor continuar a su servicio en el futuro.


Cuando Charlotte bajó a la mañana siguiente, descubrió que un men-sajero privado le había traído un paquete. Durante un maravilloso mo-mento albergó la esperanza de que algún desconocido de buen corazón hubiese encontrado y devuelto discretamente el diario.

Pero cuando se instaló en su escritorio para desenvolverlo, descubrió un contenido mucho más escandaloso que cualquier cosa que pudiera haber «confesado» tan desacertadamente en las páginas de su diario. Puesto que en el interior, sujeta con una cinta roja de seda, había una carpeta que contenía dibujos representando distintos actos eróticos.

Y escondida debajo de la cinta, una breve nota que rezaba:

> *GUÍA DE LA ESPOSA BIEN INFORMADA*
> *por*
> *Audrey Watson*
> *Con cariño,*
> *Jane*

—Oh. —Se llevó la mano a la boca viendo una imagen que parecía... ¿un cohete? ¿Y adónde iría?— Oh.

Aquello era mucho peor que cualquier cosa que pudiera haber es-crito ella. ¿O no? Le resultaba extraño, pero en el fondo le consolaba saber que no era la única que luchaba contra deseos prohibidos.

Pero aun así, no pensaba dejar aquellos dibujos al alcance de cual-quiera. Daphne se pondría como una fiera cuando se diera cuenta de lo que eran.

Decidió devolvérselos a Jane aquella misma tarde, aprovechando que Grayson ofrecía una fiesta en su mansión para celebrar oficialmente el compromiso de ellos dos.

Lo que significaba que dispondría de unas cuantas horas para examinar a solas los dibujos en la planta de arriba. Y hasta que llegó ese momento, no se atrevió a perderlos de vista.

Había aprendido la lección, aunque por el contenido de la carpeta de la señora Watson, todavía le quedaban muchas más lecciones que aprender.

# Capítulo 24

Charlotte admiró los frescos griegos con filo dorado que decoraban las paredes de la mansión de Grayson. Un conjunto de espejos añadía resplandecientes dimensiones al salón de recepción. Aunque viviera allí toda la vida, siempre tendría detalles que descubrir, como las representaciones de la Odisea grabadas en las columnas de orden corintio o los rubíes incrustados en las arañas de tres pisos.

La cena se celebraría en torno a una formidable mesa de madera de roble negro colocada sobre mullidas alfombras persas.

Los chefs franceses de Grayson habían preparado un banquete consistente en sopa de guisantes de primavera, codorniz a las hierbas y trucha al horno, con acompañamiento de trufas y judías tiernas con mantequilla. Una cantidad enorme de camareros se encargó de servir gelatina de piña y fresas aderezadas con coñac y bañadas en nata.

Devon comentó que la vajilla dorada le recordaba los platos que se utilizaban en la Antigüedad para presentar las cabezas de los decapitados.

—Pues quiero que sepas que hemos sacado la vajilla de la caja fuerte en honor al duque —replicó Jane—. Preparar la mesa nos ha llevado dos días.

—¿Por qué? —preguntó Devon—. ¿Tan complicado es disponer unos cuantos cuchillos y tenedores?

Charlotte no sabía qué cara poner.

—¿Acaso no ves que la mesa está puesta con las proporciones exactas? El lugar de cada plato y de cada copa se ha medido con una regla para que sea igual para todos los comensales.

—¿Y —añadió Jane—, no te has dado cuenta de que la bebida que estás bebiendo a grandes tragos no es cerveza barata sino vino de reserva?

Gideon estaba de acuerdo con Devon. No le interesaba ni lo que estaba comiendo ni cómo se lo estaban sirviendo. Lo que quería era que terminara la cena para estar con Charlotte.

La miró desde el otro lado de la mesa.

Estudió la gargantilla que envolvía su delicado cuello. Y le pareció un lugar seguro para detener la mirada, entre su rostro y su tentador escote. No. No era seguro. Percibía casi el latido silencioso de su pulso. Y cuando sus miradas se encontraron, deseó no hacer nunca nada que pudiera apagar el brillo soñador de sus ojos.

Esperó a que terminara la breve representación que llevó a cabo en el anfiteatro un grupo de actores de Drury Lane. Esperó a que los invitados se retiraran a las salas de juego o se reunieran en el cenador para tomar champán y entablar conversaciones que giraban en torno al valor decreciente de la libra y la influencia de los mercados extranjeros en la prosperidad de Inglaterra. Por mucho que la guerra hubiera terminado, la deuda contraída había provocado una grave deflación económica. Muchas familias habían perdido su casa, sus ingresos, sus últimas esperanzas. Las calles estaban repletas de soldados sin trabajo. Las fábricas cerraban, dejando cicatrices sobre una tierra completamente abatida.

Pronto dejaron de oír voces a su alrededor.

Era evidente que los invitados no iban a echarlos de menos en absoluto.

—Es una conspiración para dejarnos a solas.

—¿Será por algo que hayamos dicho? —le preguntó él mientras recorrían sin prisa la casa y llegaban a los pies de la escalera de caracol—. ¿Qué hay allá arriba?

—La galería italiana.

—He oído hablar de ella. ¿Subimos a explorarla?

—Sí.

Subió los primeros peldaños, recorriendo la barandilla con los dedos, y él la siguió; naturalmente, un caballero siempre debía subir detrás de la dama por si acaso resbalaba o tropezaba y tenía que sujetarla.

Pero en el instante en que accedieron a la galería iluminada por las velas, Gideon abandonó todo fingimiento y la atrajo hacia él. Le buscó con ansia la boca. Sus manos le acariciaron los hombros y se deslizaron hacia las caderas, su cuerpo se fundió con el de ella.

—Charlotte —musitó, su boca pegada a sus labios—. Llevo toda la noche sin poder pensar en otra cosa que no seas tú.


A cada día que pasaba le consumía más la idea de qué sucedería cuando él se hiciera con su virginidad. A su entender, todo aquello no era más que un preludio de los apasionados actos que aparecían ilustrados en la carpeta de la señora Watson, y que ella había estado examinando hasta devolvérsela a Jane, para que la guardara debidamente. Todas las imágenes mostraban historias de lo más explícito.

Entrelazó los dedos con el cabello de Gideon. «Sé fuego con fuego.» Había decidido seguir el consejo, pero ¿qué sucedería cuando las llamas dieran lugar a un gran incendio? ¿Cuándo él devorara su boca mientras ella descendía a los infiernos de su propia necesidad? Los besos de Gideon humedecían su deseo de otros placeres y la dejaban temblorosa y suplicando en silencio conocer la vertiente más oscura de sus caricias.

—¿Esta noche te veo muy pícara? —le susurró él al oído—. Ojalá lo hubiera sabido antes para planificar en consecuencia.

—Me empiezan a fallar las piernas por tu culpa —le susurró ella—. Y creo que ya lo sabes, pero nos hemos convertido en parte de un plan a gran escala.

Notó la pesada calidez de sus manos, su fuerza, acariciándola y buscando lugares como queriendo reclamar que eran única y exclusivamente suyos.

—Creo que deberíamos tendernos en ese sofá —dijo él con una seductora sonrisa—. Por si acaso sufres un desmayo.

Deslizó el brazo por debajo de sus nalgas y la transportó de ese modo la breve distancia que les separaba del sofá, besándola de nuevo antes de depositarla en él. Aterrizó inmersa en un delicado caos de gasa plateada y seda rosa rubor. Sus pechos se movían al ritmo de una respiración trabajosa, sus ojos azules sin despegarse de él, la inocencia cediendo poco a poco paso a la invitación.

—Una visión encantadora —dijo él, dejándose caer a su lado.

Cuando ella se giró, se encontró atrapada entre su duro torso y el brazo del sofá.

—Mírame.

El corazón de Charlotte dio un brinco al descubrir en sus ojos sus claras intenciones. El roce tentador de la boca de él contra la suya fue una bendición. Suspiró y posó la mano sobre su esbelto torso. Ver aquel hombre vestido de gala le hacía perder la cabeza.

Él le acarició la mejilla, arrullándola para que diera su conformidad. Sus labios sedujeron su alma, prometiéndole devoción y hechos. Una oleada de deseo abrumador recorrió sus venas.

La contempló, recostada como estaba, la falda del vestido dejando un muslo al descubierto.

—Me parece que esta noche necesitas algo más que unos cuantos besos.

Ella le miró a los ojos.

—¿Y tú?

—Yo puedo darte todo lo que necesitas.

—No lo dudo.

—Y te necesito —afirmó.

¿Por qué no se habría dado cuenta enseguida? Durante el día era una compañía deliciosa. En la cama sería un desafío de sensualidad que exigiría habilidad y percepción. No podía haber encontrado mejor candidata a ser su esposa. Charlotte se merecía una introducción muy lenta a los placeres que nadie le había descubierto aún.

Le pasó un brazo por detrás de la espalda. La tenía presa entre sus brazos, lo bastante cerca como para deslizar una mano por debajo del vestido, ascender muslo arriba y acariciar la empapada humedad que anidaba entre sus piernas. Gideon percibió una tremenda tensión en el estómago anticipando lo que estaba por llegar.

Charlotte respiró hondo cuando él empezó a jugar con ella.

—Esto —susurró Gideon, mirándola fascinado— es lo que yo llamo la caza del tesoro.

Deslizó los dedos en el interior de ella y presionó con fuerza. Ella cerró los ojos, temblando, empapada por el deseo, anegada, sin rumbo.

—Y esto es lo que necesitas —le musitó él al oído, su dedo pulgar proyectándose hacia arriba para fustigarla con rapidez—. Deja que te lo enseñe. Separa un poco más las piernas para que pueda disfrutar de tu liberación.

Gideon tenía la espalda tensa. La deseaba. Podía hacerla suya sin que fuera necesario que cualquiera de los dos se desnudase.

Pero no quería que ella tuviera un mal recuerdo de su primera vez. No era ni el momento ni el lugar. Cuando llegara, la descubriría por completo, besaría y lamería hasta el último rincón de su delicioso cuerpo. La excitaría hasta que le suplicara que la hiciese suya. Hasta que el dolor de lo que estaba negándose ahora a sí mismo creciera, le torturara y le tentara más allá de lo que era capaz de soportar. Aunque en aquel momento estaba tan duro que temía acabar explotando.

—Gideon —gimió ella, tapándose la cara con el brazo—. Mi corazón está a punto de estallar.

—También el mío —susurró él, acelerando el ritmo de sus dedos—. Entrégate a mí.

Apoyó la cabeza en la rodilla que ella tenía levantada y contempló el hueco que se abría entre sus muslos.

La respuesta de ella le excitó más si cabe. Sus muestras de pasión aumentaban cada vez que él se hundía más en ella. Ondulaba las caderas como una sirena. Se movía según la guiaba el instinto, su respuesta tan tentadora que Gideon notó que se le hacía un nudo en el estómago y supo que estaba a escasa distancia de enterrarse en lo más hondo de aquel precioso cuerpo.

Con la mano que le quedaba libre, abrió el corpiño y se inclinó sobre sus pechos para chupar sus distendidos pezones. Ella se estremeció y se retorció por la cintura.

—Gideon. No puedo…

Él se sentó y soltó el aire con fuerza al verla estallar, su cuerpo sacudido por involuntarios espasmos. Sus pezones se oscurecieron. Su mirada era vidriosa, las pupilas dilatadas. Se estremeció y se acurrucó contra el brazo de él, musitando:

—Gideon. Eso ha sido… Oh…

Gideon se recostó en el sofá, retirando a regañadientes la mano de aquel calor.

—Lo ha sido, sin lugar a dudas.

Ella le lanzó una mirada inquisitiva.

—Pero yo no te he dado placer.

—Oh, y tanto que lo has hecho. —Inspiró hondo, obligándose a ponerse en movimiento—. Y no tienes ni idea de hasta qué punto. Espero que en muy poco tiempo lo sepas.

Ella fijó la mirada en las manos de él, que le abrochaban de nuevo el vestido.

—¿Se trata de un arte que tendría que estudiar?

—¿Estudiar? Me parece que tienes un talento natural para el deporte de la cama.

—Hay esposas de la ciudad que pagan una fortuna por estudiar con la señora Watson —dijo Charlotte después de un momento de duda.

Gideon le sonrió con ironía. Charlotte estaba despeinada y le parecía deliciosa.

—Eres lo suficiente tentadora sin necesidad de tutelaje profesional. Prefiero disfrutar yo de esa ventaja. Y ahora tenemos que volver abajo antes de que envíen a alguien en nuestra búsqueda.

—Lo siento, Gideon —dijo ella riendo cuando él tiró de sus manos para levantarla.

—¿Qué es lo que sientes?

—Haberte arrastrado al altar.

—¿Ves acaso que esté atado con grilletes y cadenas? ¿Ves acaso un hombre sin valor o medios suficientes para expresarlo? Ten muy claro que no entro en esta unión en contra de mi voluntad, querida mía.

Se quedó mirándolo, pensativa, y entonces levantó la mano para acariciarle el hoyuelo de la barbilla.

—Lo que veo es un hombre con el corazón escondido.

—Tú también escondes cosas que no se ven a simple vista. —Sonrió—. Recuérdame que no confíe nunca más en las primeras impresiones.

# Capítulo 25

*M*illie se acuclilló delante del espejo roto que había en un rincón, peleándose con la espalda del vestido para abrochar todos los botones.

—Ya vuelvo a ir tarde —murmuró—. No hay cosa peor que tener que quedarse con los caballeros que las otras rechazan. No me importaba cuando tenía un matón que me protegía —le dijo al espejo—. Pero ahora podría perder la vida a cambio de medio soberano. ¿Me estás oyendo, Nick? ¿Me has oído patán, que estás ahí sin pegar ni golpe?

Nick levantó la vista del jergón donde estaba tumbado, bocabajo, el diario abierto por una página al azar.

—Entreteje tus dedos entre mis rizos dorados.

—¿Qué? —preguntó Millie, tirando de la media de algodón que se arrugaba por debajo de su rodilla—. No me digas que has vuelto a pillar piojos.

—Dios —dijo él, refunfuñando—. Pretendía ser romántico.

—Sacar liendres no es precisamente lo que entiendo yo como un momento romántico. Tú y tu parloteo con una dama que se desmayaría si la tocaras. Dijiste que ese libro nos haría ricos, y lo único que ha conseguido hasta el momento es volverte más imbécil.

Nunca había leído expresiones como aquellas. ¿Cómo se lo haría? ¿Cómo se lo haría aquella dama para que la lujuria no pareciese un secreto repugnante? Nick siempre había pensado que la gente elegante lo veía así.

Nunca se habría imaginado que una mujer pudiera pensar de aquel modo. Tal vez estuviera chiflada. Pero no le importaba. Jamás en su vida había conocido a una mujer completamente cuerda, empezando por su madre.

Tampoco había aprendido nunca el uso del buen lenguaje. Pero con todo y con eso, dominaba la jerga de los bajos fondos desde la cuna y era capaz de cautivar al público en la esquina de cualquier callejuela mientras la botella iba circulando.

No había otra manera de sobrevivir en las calles donde había nacido sin ser deseado y donde moriría sin que nadie llorara su pérdida.

Se tumbó bocarriba y fijó la mirada en la ventana cubierta con tablones.

—Zafiros. El color de sus ojos es el de los zafiros.

—¿De esos ojos que casi se le salen de las órbitas cuando te sorprendió en la ventana? Estás atontado, Nick. No has hecho más que unos pocos trabajitos desde que robaste ese libro. Jamás me habría imaginado que llegaría un día en que te vería blandengue como un melindro.

Nick resopló.

—¿Acaso no te robé esas medias que llevas puestas?

—Medias. Mi sobrino de cuatro años me ha birlado un chal de cachemira en el mercado.

—Pues métetelo en la boca y no hables más —dijo, mientras ella subía ya los peldaños que daban a la escalera de acceso a la calle—. Déjame en paz de una vez por todas, ¿quieres?

Apretó los dientes y cerró los ojos, a la espera de que diera un portazo. Lo dio. Y al instante cayeron sobre el diario abierto y sobre su cara un montón de fragmentos de escayola. Se incorporó y sacudió las páginas del diario. Justo acababa de esconder el diario bajo la tabla de madera que oyó el ruido de pasos bajando por la escalera que conducía al sótano.

—¿Y ahora qué te has olvidado?

—Había olvidado el olor a rancio de este lugar —dijo una voz áspera desde la puerta, que acababa de abrirse sin ningún miramiento—. ¿Es que nunca vacías el orinal?

Nick abrió los ojos de par en par examinando la esbelta figura que acababa de aparecer en la puerta.

—Vaya, vaya, vaya, si tenemos aquí a la duquesa que viene a tomar el té. ¿Qué te trae por los bajos fondos, querida mía? ¿Echas de menos a tus antiguos colegas?

Su vieja amiga Harriet se llevó a la nariz un pañuelo de encaje.

—¿Acaso has adquirido la costumbre de enterrar a tus víctimas debajo de la cama?

—Ándate con cuidado por dónde pisas —dijo él, apoyándose en un codo.

—Este cuchitril es asqueroso —dijo Harriet sin soltar el pañuelo.

—Pronto me mudaré —dijo Nick—. Tengo una mercancía que vender y después espero poder permitirme una casa elegante.

Harriet arrastró un desvencijado taburete hasta el camastro.

—Estoy buscando un diario perdido —anunció sin más preámbulos.

Nick emitió un silbido.

—No sabía que llevabas un diario. Debe de contener relatos asombrosos. Historias sobre ti y sobre mí.

—Es importante, Nick. El diario aparecerá tarde o temprano. Si lo encuentro antes de que alguien lo lea y difunda su contenido, se pagará una recompensa y no habrá preguntas.

Nick examinó el rostro de Harriet.

—¿Qué recompensa?

—Cinco mil libras de mi bolsillo.

—¿Eso es todo?

—¿A qué te refieres con lo de «eso es todo»? Como si se te presentara a diario la oportunidad de ganar una cantidad como esa.

—Antiguamente sí —replicó en voz baja—. Cuando éramos tú y yo. Vaya pareja más estrafalaria formábamos.

—¿Sabes dónde está?

—Por solo cinco mil libras ni siquiera recuerdo ahora de qué objeto se trata. Tú y yo obteníamos mucho más que esa mísera cantidad cuando desvalijábamos casas. Echo de menos esos tiempos. Nunca olvidaré la noche que...

—No estoy aquí para recordar —dijo Harriet, retirando el tobillo de la mano que acababa de agarrarlo.

—¿Quién desea con tanta ansia recuperar esa cosa?

—La persona que lo escribió —dijo Harriet—. Solo es importante para... para su propietaria.

—Y en ese caso, ¿por qué crees que quien lo tiene no quiere devolverlo?

Harriet entrecerró los ojos.

—Conociendo la cabeza que tienes para los negocios y el corazón que tienes para la maldad, no pienso darte ni una pizca más de información.

Nick se rió con ganas.

—Trato con joyas. Plata. Oro. No con libros.

—La recompensa podría aumentar, Nick.

Él sonrió.

—Entonces, también el precio.

—Mantén los ojos abiertos.

Nick se pasó la mano por el pelo.

—¿Y quién es la autora?

—Una pariente lejana mía.

—Tiempo atrás, tú y yo éramos familia. Jamás pensé que lo abandonarías todo por un título elegante y un castillo en territorio extranjero.

—Es en Gales, Nick. Y mi marido no es extranjero. Conoces perfectamente bien todo lo que sucede en las calles. Si alguien robó ese diario, la noticia acabará saliendo a la luz.

—Un libro. ¿Quién robaría un libro?

—Los libros son bellos, Nick.

—Qué asco. Perdona, pero el vómito me está taponando la garganta.

—Es un diario íntimo. Contiene pensamientos que pueden poner en situación embarazosa a personas que me importan mucho.

—Una tragedia. Una invitación a la infamia. Todos los lores a tu disposición. Otra crisis que el pobre Nick tendrá que solucionar. ¿Te apetece venir conmigo al pub?

Harriet frunció el entrecejo.

—No.

—¿Por qué no? —replicó Nick, ofendido.

—Porque apestas a ginebra, llevas un agujero en la camisa y eres un ignorante, por todo eso.

—Sé leer, que lo sepas.

—Entonces lee los carteles que han aparecido este mañana anunciado una recompensa para quien delate al ladrón. Acabarán colgándote si no cambias de vida. Lo sabes tan bien como yo. A lo mejor, si por una vez lo hicieras bien, las autoridades te darían otra oportunidad.

Nick la miró a los ojos.

—Sabes manejarte bien con la palabra, cariño. Siempre tuviste una lengua privilegiada. En esa mesa que tienes detrás hay una Biblia. Anda, cógela. Y cuidado no tumbes la botella de ginebra que hay al lado.

Harriet dudó un momento y se levantó para coger la Biblia.

—¿Piensas jurar sobre ella? —preguntó, dando un cauteloso paso hacia él.

Nick bajó la vista y negó con la cabeza.

—Qué va. Hoy no. Pero hazme el favor de calzarla en la abertura de la puerta cuando te vayas. Me apetece echar una siesta y no quiero que me venga otra mujer con gimoteos a despertarme.

Levantó la vista entonces y le regaló una de esas sonrisas que derretía a las chicas. Harriet bajó lentamente los brazos y depositó la Biblia sobre el camastro.

—Todo esto me huele a chamusquina, Nick Rydell, tan seguro como que en estos momentos estoy aquí. No sé todavía qué es, pero te juro que estarás de mierda hasta el cuello si descubro que has traicionado mi confianza. Te perseguiré y te despellejaré hasta que esa sonrisa te salga por el culo.

Casi anochecía cuando Gideon salió de su casa. Estaba esperando la visita de sir Daniel cuando cayó en la cuenta de que no había preguntado a los vendedores callejeros habituales si habían recuperado últimamente en los bajos fondos algún artículo de interés.

La mujer de los berros hizo un gesto de negación con la cabeza y se fue corriendo, sin hacer siquiera el intento de vender sus marchitos productos. Después pasó el carnicero a lomos de su viejo caballo pregonando una cesta de pies de cerdo. Gideon levantó la mano para detenerlo, pero el hombre fingió no darse cuenta. La gente de la calle se comportaba como si le tuviera miedo.

¿Se comportaría tal vez con mala educación con los que no eran de su clase? Reflexionó sobre el asunto. A lo mejor gritaba más de lo que debería cundo el vendedor de pan de jengibre llamaba a su puerta.

Pero ¿por qué debía importarle lo que pensasen de él los desconocidos? Excepto que Charlotte no era una desconocida; no se había dado cuenta de que su conducta podía ofender, y no quería saber cómo lo había logrado Charlotte, pero la verdad era que había aprendido a valorar su opinión.

—¡Excelencia! ¡Excelencia!

Se quedó mirando al anciano caballero que le hacía señales con un bastón desde el centro de la calle. Era el viejo mayor Boulton, un viudo que vivía en la casa situada justo enfrente de la residencia de Gideon.

—¿Me concede un momento de su tiempo?

—Sí, pero no en medio de la calle. Acabarán atropellándole. Creí que estaba usted fuera.

El anciano agitó con fuerza el bastón.

—Y es una suerte que lo estuviera porque, de no ser así, es muy probable que hubiera muerto asesinado en mi propia cama. He sido víctima de un robo. Imagino que no habrá visto usted personajes extraños rondando por aquí.

Gideon vio que llegaba sir Daniel. Le indicó con señas que se apresurara.

—No, mayor, yo no sé nada. Pero aquí viene alguien que quizá pueda ayudarle.

—¿Qué sucede? —preguntó sir Daniel al llegar junto a ellos y apartándose del alcance del bastón del hombre.

—¡La semana pasada robaron en mi casa! —dijo el hombre, gritándole casi al oído a sir Daniel—. Sucedió estando yo fuera de la ciudad. Mi mayordomo no se dio cuenta de que habían saqueado la casa hasta esta mañana, cuando las doncellas airearon las estancias de la planta de arriba.

—¿Y qué se han llevado? —preguntó sir Daniel.

—El collar de zafiros de mi esposa. Unos cuantos billetes y mi cajita de rapé de plata. Eso lo sé por seguro. Es posible que el ladrón se haya llevado más cosas. Pero como todo eso lo guardaba yo en el armario de mi vestidor, me aventuraría a suponer que iba con prisas.

—O simplemente que era un profesional. —Sir Daniel miró hacia el otro lado de la calle—. ¿Cómo entraron?

—No lo sé. Las cerraduras están intactas. Supongo que escalaría la pared para entrar por detrás. La yedra de ese lado de la casa está maltrecha, aunque eso también podría haberlo hecho el gato del duque persiguiendo otra vez a las hembras en celo.

—Tendrá que hacer una denuncia formal —dijo sir Daniel—. Y le sugiero, por si no lo ha hecho todavía, que instale una cerradura a prueba de palancas.

—Las cerraduras están bien —insistió el mayor—. Son de latón y acero.

—Lo que indica que se ha utilizado una llave maestra —dijo sir Daniel—. En cuanto a usted, excelencia, es posible que fuera víctima del mismo ladrón que tomó su mansión a oscuras como señal de que no estaba en casa.

Gideon puso mala cara.

—¿Lo cree?

—Es lógico.

—No tenía ni idea de que también le habían robado —dijo el mayor, bajando el bastón—. Aunque para serle totalmente sincero, su excelencia es dado a celebrar fiestas con damas con muy poca luz. Es difícil saber si está o no en casa, o cuánta gente recibe a la vez.

Gideon tosió.

—Mis días, o mis noches, mejor dicho, de celebrar fiestas con poca luz han tocado a su fin. Me caso en breve, señor.

Lo que no quería decir que Gideon no fuera a jugar a oscuras, solo que lo haría con un público limitado a una sola persona.

—Me gustaría haber sido informado de que se había producido otro robo en el lugar —dijo sir Daniel después de una larga pausa—. Haré preguntas. Y, mayor, sugiero que tanto usted como su personal intenten recordar cualquier persona sospechosa que hayan podido ver por el vecindario, incluso hace más de un mes.

—Lo haré ahora mismo. Dudo que cualquiera de nosotros pueda volver a dormir tranquilo hasta que capturen a ese desgraciado.

En cuanto el mayor se hubo ido, Gideon entró en su casa con sir Daniel.

—¿Ha averiguado alguna cosa?

—Sí.

—¿Qué?

—Que la persona que robó el diario era seguramente un ladrón profesional.

Gideon no se mostró impresionado.

—No es un descubrimiento irrelevante, excelencia. Estrecha el número de sospechosos que había estado considerando.

—Entiendo el robo de un collar de zafiros, pero ¿el diario de una dama? ¿Y robarlo de mi carruaje?

—Tal vez el culpable fue interrumpido por alguna cosa y cogió el diario sin saber qué era. Tal vez se escondiera en su carruaje antes o después de cometer el otro robo. Sin duda alguna, el collar de zafiros acabará tarde o temprano en una tienda de artículos de segunda mano.

—¿Y el diario?

—Podemos confiar en que fue destruido.

Gideon suspiró.

—¿Cree que fue así?

—En absoluto.

—Tampoco lo creo yo.

—Me pregunto…

Sir Daniel se interrumpió.

—¿Se pregunta? —inquirió Gideon, gesticulando con la mano para animarlo—. Diga lo que piensa, señor. No tengo paciencia para indirectas.

Sir Daniel parecía sentirse incómodo.

—Bien, me pregunto qué había en ese diario para que alguien se tomara la molestia de robarlo, suponiendo que fuera así.

Gideon se obligó a reaccionar. Ni mucho menos iba a confesarle que era el protagonista de su escandaloso contenido.

—Solo espero recuperarlo antes de que esa pregunta quede respuesta.

—Mmm…

—¿Mmm qué?

—Se lo digo porque la joven dama es su prometida y parece que no existen secretos entre ustedes, pero la señorita Boscastle reconoció que…

Gideon lo miró fijamente.

—Continúe. No hay motivos para andarse con rodeos.

Sir Daniel negó con la cabeza.

—Me hizo creer que lo que había escrito podía ser considerado controvertido. Teniendo en cuenta su reputación, dudo que cualquier cosa que pudiera escribir causase mucho revuelo. ¿No opina igual?

Gideon sonrió para sus adentros.

—¿Excelencia?

—Sí, sí, estoy de acuerdo. Debía de estar muy nerviosa para confesar una cosa así.

—Muy nerviosa, sí —dijo sir Daniel, asintiendo lentamente—. Pero ahora me pregunto...

—¿Qué? —dijo muy tenso Gideon.

—Esa cara en la ventana. ¿Cree que el diario podría contener alguna cosa que atrajera una atención no deseada?

—Sí —respondió Gideon después de una pausa.

¿Qué otra cosa podía decir? Las pocas entradas que había leído le habían cautivado. ¿Por qué no otro hombre, otro indeseable, no podía haber reaccionado de la misma manera que él? Pero eso no pensaba revelárselo a sir Daniel. Conservaría la esperanza de que el diario acabaría siéndole devuelto a Charlotte sin más contratiempos. Y de no ser así, haría todo lo que estuviera en su poder para protegerla de las consecuencias desagradables que pudiera verse obligada a afrontar.

# *Capítulo* 26

*A*udrey se excusó ante sus invitados para escaparse a sus aposentos. Aquella noche había recibido una auténtica multitud de caballeros, destacando entre ellos a un joven y viril conde cuyos ojos la habían seducido de inmediato. Su mirada le había dado a entender que deseaba compartir el lecho con ella. Hacía tanto tiempo, que ni siquiera recordaba la última vez que se había acostado con alguno de sus invitados.

Se quitó las joyas y se acercó a la ventana. Su némesis no había aparecido aquella noche, pero percibía aún su presencia… ¿o estaría quizás esperando su regreso? Sabía que era peligroso. Tenía que poner rápidamente fin a aquel deseo. Sabía que a Daniel le gustaría que fuese una mujer sin pasado, sin voz ni voto. Pero nunca renunciaría por amor a la seguridad que se había construido. En su día se había visto atrapada en un matrimonio ultrajante, destrozada por un hombre que la había traicionado tanto a ella como a su país. Todo aquello le resultaba tan remoto que parecía otra vida. Había amenazado a su marido con delatarlo como traidor a Inglaterra. Y como respuesta, él la había encarcelado en la bodega de su casa de Londres mientras conspiraba en su estudio con otros espías.

Una noche reconoció la voz del amigo íntimo cuya captura y tortura había planificado su esposo.

Era el coronel lord Heath Boscastle.

Honorable, inteligente, sometido a pruebas que jamás osaría revelar, Heath había rescatado a Audrey y acabado con el reino de crueldad y traición de su esposo. Ella respetaba, admiraba y adoraba a Heath, pero él no la amaba y no estaba dispuesta a entregarse a un hombre que nunca podría ser suyo.

Estaba decidida a controlar su propia vida. Disfrutaba de un flujo regular y variado de amistades y dinero y de una profesión que la entretenía y que, sorprendentemente, le había aportado respeto. Cuando una mujer jugaba con los hombres simplemente por placer y para obtener un beneficio de ello, no existía implicación emocional.

Sir Daniel Mallory era la espina que tenía clavada.

—Señora —dijo su criada, entrando por una puerta lateral cargada con un montón de toallas—. ¿Tiene intención de recibir esta noche?

—No, Fanny. Voy a leer en la cama.

—¿Está el caballero otra vez en la esquina?

—No —dijo, pero al girarse vio una figura cubierta con capa saliendo del pub de la esquina—. O espero que no.

—Sir Daniel es insistente. Volverá.

—No sé por qué sigue rondando por aquí. No tengo ninguna información que pueda interesarle. Y odia esta casa, además.

—Lo que odia es verla aquí.

—Cree que mi profesión me pone en situación de riesgo —reflexionó Audrey, reclinándose en su *chaise longue* con una amarga sonrisa—. No tiene ni idea de lo peligroso que era ser la esposa de otro hombre.

—No todos los hombres son unos monstruos, señora —replicó Fanny, acercándose a Audrey por detrás para retirar las horquillas que prendían su cabellera castaña.

—Sí, lo sé. Pero a mi edad, los que no lo son están casados.

—Sir Daniel no lo está.

—¿Sigue el conde en la casa?

—Sí. Aunque no sé dónde.

—Ah. No podía esperar.

Audrey bebió de la copa de vino, sus ojos cerrándose. La pasada primavera había rechazado la proposición de Daniel con la excusa de que no sería una madre adecuada para el sobrino y la sobrina que él tenía acogidos. Ni siquiera había sido capaz de salvar al bebé que llevaba en su vientre. Y cuando Daniel le sugirió que sus decadentes costumbres habían sido la causa del aborto, ella había dado por terminado el romance.

Daniel se había puesto rabioso, acusándola de infidelidad e inmoralidad, sin darle oportunidad de explicarle que jamás en su vida había logrado llevar un embarazo a buen puerto. Él nunca la había perdonado por aquella pérdida. Y ella nunca le había perdonado por no haberse dado cuenta de que también ella estaba afligida. Y por no creerla cuando le había jurado que nunca le había sido infiel.

—Estoy seguro de que un hijo es un inconveniente para una mujer con una influencia social como la tuya —había declarado él.

—Ambos tomamos precauciones, Daniel —había replicado ella, escondiendo su dolor y su rabia—. Yo no busqué este embarazo. Ni tampoco terminar con él.

—Te he propuesto matrimonio y tú me has rechazado —dijo él, su rostro inexpresivo—. No me sorprendería que te doliera estar encinta de un hijo mío con todos los hombres influyentes que pretenden tu cama.

—Sabía que esto nuestro sería un error —dijo con toda la frialdad de la que pudo hacer gala—. Estoy desolada por la pérdida del bebé, pero ahora ya no hay motivos para que vuelvas conmigo.

Heridos, ambos habían buscado refugio, ella en la rentable decadencia de la mujer mundana, Daniel en su campaña para limpiar la ciudad del crimen y castigar a sus principales delincuentes.

—Ese diario no es más que una excusa para acosarme —le dijo a Fanny cuando esta le levantó la cabellera para colocarle una toalla caliente sobre los hombros—. Cuando lo encuentren, se inventará cualquier otra razón para condenarme.

—Creo que aún la quiere.

—¿Quererme? Es todo una pantomima. Me ha amenazado con revelar la identidad de clientes cuya confidencialidad he garantizado. Ha decidido nombrarse mi juez y en parte porque cometí el error de meterlo en mi cama.

Fanny expresó su preocupación.

—¿Y qué le digo si pretende volver a visitarla?

—Ordenaré a los vigilantes que no le dejen entrar. Si insiste, lo notificaré a las autoridades.

—No le arrestarían, señora.

—Cierto —dijo Audrey, esbozando una fina sonrisa—. Pero tampoco me arrestarían a mí, lo que no significa que no pueda causarme montones de problemas. ¿Crees que un hombre que me quiere se comportaría así?

—Podría ser. ¿Quiere cambiarse para acostarse?

—No. Mira, tráeme el vestido granate. Me siento animada. No puedo acostarme tan pronto solo porque un perseguidor de ladrones no apruebe mi profesión.

—¿El de seda o el de raso?

—El de seda. Y, Fanny, si sir Daniel llama esta noche a la puerta, que los vigilantes le expliquen que a partir de ahora solo podrá venir a esta casa con cita previa.

# Capítulo 27

$A$ntes de entrar en el aula, Charlotte se armó de valor para la despedida. Se había negado a desmoronarse delante de las chicas durante sus últimos días en la escuela. No estaba dispuesta a confesarles que, al fin y al cabo, dudaba que el dominio del lenguaje del abanico les ayudara a llegar muy lejos en el mercado matrimonial. Y en cuanto a los pasos que las llevarían a recibir una propuesta de matrimonio… tampoco podía darles consejos útiles al respecto, puesto que su estrategia había sido de lo más casual. Pero estaba dispuesta a dejar en la academia una impresión de dignidad y valía. Por desgracia, sabía que cuando su mundo de decoro se había desmoronado, no se había erigido precisamente en un pilar de dignidad.

Las chicas la respetaban. Y ella las echaría de menos. Era una bendición que sus mentes inocentes no pudieran comprender el alcance del embrollo que había generado con sus pícaras crónicas. Y que el tufillo del escándalo no hubiera llegado todavía a sus padres.

Sus alumnas la tenían por un modelo de corrección y ella estaba dispuesta a proteger sus tiernas ilusiones con su último aliento. Se preparó para ser testigo de expresivas muestras de emoción y para escuchar lastimeras voces suplicándole que se quedara.

Se preparó para la batalla que le aguardaba y abrió la puerta.

No se giró ni una cabeza. Ni se derramó una sola lágrima entre el grupillo de chicas que cuchicheaban junto a la ventana.

—Tiene una amante en casa de la señora Watson.

—Se casa con ella solo porque el marqués le amenazó con matarlo si no lo hacía.

—¿Y por qué iría ella a su casa?

—¿Por qué crees tú, cerebro de mosquito?

—No creo que fuera por lo que estáis pensando.

—Si fue allí fue por algo.

—Para buscar su diario, pero se supone que no sabemos nada.

—Sí, claro. El duque y ella se enamoraron en el acto y por eso se casan. Ella andaba a la caza de un duque.

—En el baile se les vio juntos.

—Ojalá se hubieran liado allí para verlos. ¿Cómo vamos a aprender, si no, de qué va el amor?

La voz de Charlotte adoptó un tono utilizado única y exclusivamente por los demonios de los rincones más profundos del infierno.

—¡Señoritas! No puedo creer lo que estoy oyendo. ¿Acaso no habéis aprendido nada en esta escuela?

Las chicas corrieron a sentarse, sus caras de culpabilidad evitando la fulminante mirada de Charlotte. No es que ella tuviera la conciencia limpia. Pero, tal y como Grayson había observado, una de las principales reglas del mundo de la alta sociedad era que reconocer una indiscreción era peor que cometerla de entrada.

Esperó a no oír más murmullos de seda.

—Mucho mejor. Hoy, señoritas, seguiremos aprendiendo el sutil lenguaje del abanico. Como sabéis, el abanico es un accesorio de moda esencial para una dama. Pero llevar un artículo cuyo funcionamiento se desconoce es chapucero.

Hizo una pausa, repentinamente tentada a confesar que un abanico habría sido un arma inútil para combatir el potente atractivo de Gideon, pero no podía revelarles a las chicas que era ella la que había atraído su atención hacia su persona. En realidad era ella quien le había seducido, aunque lo hubiera hecho sin querer y... y, además, no se arrepentía en absoluto de ello.

—Un día —dijo, con la voz más estable de la que fue capaz—, tal vez sepa lo suficiente sobre el amor como para explicároslo. O tal vez nunca llegue a saber lo que es. Tal vez alguna de vosotras podrá dilucidármelo cuando ya sea vieja. Pero hasta que llegue ese momento, existen artes femeninas susceptibles de ser enseñadas y que nos ayudarán a acelerar nuestro avance por el camino del matrimonio.

Observó las caras angelicales y sonrió, y todas las chicas le devolvieron la mirada con complicidad.

—Abrid los abanicos.

Se produjo un momento de silencio que fue seguido por el preciso «clac» de once abanicos desplegándose, antes de que el último emitiera un chasquido similar al disparo de una pistola. Charlotte hizo una mueca.

—Verity, el abanico solo puedes tratarlo así en una situación de emergencia. ¿Te imaginas el efecto que tu gesto podría tener para los oídos de un pretendiente?

—Siempre se me olvida, señorita.

—Pues ten presente que nadie te olvidará si alteras cualquier acto con ese ruido. Y ahora, recordad que las últimas cinco letras del alfabeto se conocen como el quinto movimiento. Acercaos el abanico a la frente con delicadeza, señoritas.

Observó a las alumnas con satisfacción.

—Muy bien. Ahora, indicadme el mensaje «Baile conmigo» sirviéndoos del movimiento de la mano derecha acercándose al brazo izquierdo para empezar.

—¡Señorita Boscastle, Verity acaba de deletrearme una vulgaridad!

—Verity...

La chica se levantó y señaló hacia la ventana con el abanico.

—¡Está otra vez aquí! —dijo excitada—. El hombre de la ventana, señorita. Acabo de verlo mirándonos. Cojámoslo, chicas.

—¡Ni se os ocurra! —gritó horrorizada Charlotte—. A ninguna de vosotras.

Corrió hacia el cordón de la campana, haciendo un gesto a una de las chicas para decirle:

—Corre a buscar a Ogden y al criado. ¿Estás segura de lo que has visto, Verity?

La chica asintió con energía.

—En fila, chicas, y salid por la puerta lateral.

—¿Y usted, señorita?

—Tranquilas, que no me pasará nada.

Y sabía que así sería. Un mirón no podía ser una amenaza a plena luz del día, con las calles llenas a rebosar de testigos. Y no estaba sola. Esta vez estaba preparada. Y podría obtener una descripción mejor.

Salió al pasillo e interceptó a Ogden, que se dirigía a abrir la puerta.

—Para —dijo—. No permitas que ese fanático entre en la casa.

—¿Qué fanático, señorita? —dijo confuso el mayordomo, mirando al hombre que se veía ahora perfectamente.

—Phillip —dijo asombrada Charlotte—. ¿Qué hacías mirando por la ventana?

Se quitó el sombrero, su pelo rojo agitado por el viento, su expresión seria.

—Confiaba en lograr llamar tu atención.

—Y lo has conseguido, es evidente —replicó ella, sus labios tensos—. Has incomodado a toda la casa.

—¿Intentando llamar tu atención? Lo he hecho sin decir nada.

Charlotte notó a la servidumbre congregándose a sus espaldas.

—¿Fuiste tú el que estaba la otra noche acechando al otro lado de la ventana?

—Dios mío, no. Y, por favor, no se te ocurra utilizar ese abanico contra mí.

—¿Qué haces aquí? —preguntó Charlotte, bajando la voz.

—¿Podríamos hablar a solas?

Charlotte miró a su alrededor.

—Creo que no es un buen momento.

—Por favor.

Esbozó aquella sonrisa tan poco sincera que antiguamente le derretía el corazón, pero que ahora era un insulto para su inteligencia. ¿Qué le habría visto a aquel hombre? Qué desdichada habría sido de haber correspondido su afecto y de haberse casado con él, creyéndose eternamente ser la giganta con dientes grandes en lugar de la diosa irresistible que era para Gideon.

—Tus hermanos me han dicho que no debería venir —añadió—. Estoy poniendo nuestra amistad en peligro por venir a verte.

Charlotte suspiró.

—De acuerdo. Acompáñame al salón. Rankin. —Se volvió hacia el joven criado que la seguía en silencio con un bastón en la mano—. Puedes dejarlo —le dijo en voz baja—. Pero me gustaría que nos acompañaras. Las chicas no necesitan encenderse con más escándalos.

—Preferiría hablar contigo a solas —insistió Phillip, mientras ella le conducía hacia el salón más formal.

—Imposible —replicó ella, ignorando su petición con una confianza nacida de... Gideon. Tal vez él no llegara a amarla nunca, pero respetaba sus sentimientos.

—Bien que has estado a solas con Wynfield.

Ella se giró en redondo levantando el abanico.

—¿Es de eso que querías hablar?

Él se alejó de la amenaza.

—¿Piensas pegarme otra vez en la cabeza?

—No a menos que me des motivos para hacerlo.

—Me sentí como un imbécil paseando por Londres con un chichón del tamaño de un huevo.

—Deberías habértelo pensado mejor antes de abordarme en el teatro.

—¿Abordado? —dijo él con incredulidad—. ¿Cómo es posible que un hombre que intenta salvarte de tu lamentable asunto con el duque se vea acusado de un modo tan cobarde?

—Aquí el que se comporta como un cobarde eres tú —dijo ella—. Y ahora, ven conmigo o márchate.

Phillip suspiró. Y siguió a Charlotte, y el criado lo siguió a él y se situó entre ellos como el murete de un jardín.

—¿Tiene que estar todo el rato ahí en medio? —le preguntó a Charlotte por encima del hombro de Rankin.

—Sí, me temo que sí.

—Charlotte, he venido para ofrecerte la posibilidad de eludir tu sórdido compromiso.

—¿Mi qué?

—Sé que este enlace con Wynfield es el resultado de una inocente indiscreción.

Ella frunció los labios.

—¿Lo sabes?

Tenía claro que había sido indiscreta. Pero los pensamientos que albergaba hacia Gideon no eran en absoluto inocentes.

Phillip tensó la mandíbula.

—Conozco su reputación de libertino. Se ha aprovechado de ti. ¿Cómo si no podría haber pasado esto?

—Oh, Phillip, Phillip. —Se inclinó hacia la derecha del hombro de Rankin para abordar la pregunta—. Fue completamente al revés. Fui yo quién le hizo caer en la trampa. De hecho, he estado meses tendiendo mi trampa. Tejí una red de la que ninguno de los dos podía escapar.

Phillip sonrió con incomodidad.

—No tienes por qué defenderlo ante mí. Pude comprobar en el teatro el tipo de bestia que era. Un acosador arrogante. Un dominante...

—¿Un duque dominante? —Suspiró—. ¿A qué vienen ahora tantas prisas para casarte conmigo, Phillip? ¿Estabas acaso esperando a que me enamorara para poder destrozarme otro sueño?

—¿Otro sueño? —preguntó muy despacio—. ¿Era yo tu sueño?

Ella movió la cabeza con un gesto de preocupación.

—En otros tiempos. Increíble, ¿verdad?

—Creo que te has vuelto demasiado... —Frunció el entrecejo, dejando la frase sin terminar—. Muy bien. Te seré sincero. Mi primo Ardmore no tiene otro heredero varón que no sea yo. Recibiré la totalidad de su herencia cuando fallezca.

—¿Y?

—Y... —Su rostro adquirió un tono rojizo solo algo más suave que el color de su pelo—. Está dispuesto a donarme ahora la mitad de su legado si contraigo matrimonio con una dama de familia aristocrática.

—Debería habérmelo imaginado —dijo Charlotte, desilusionada—. En Inglaterra hay más familias a las que puedes explotar. —Le indicó con un gesto la puerta—. Qué te vaya muy bien la caza.

Él cambió de postura.

—Eres cándida, Charlotte. Se está aprovechando de ti.

—Soy cándida como un pecado. Es la pura realidad. Acéptalo.

—Deja que me case contigo. Podríamos fugarnos esta misma noche.

—¿Fugarnos? Gideon te habría roto en mil pedazos antes de que nos hubiera dado tiempo a salir de Londres.

La miró con lástima.

—No, me daría las gracias por haberle librado de un matrimonio que nunca buscó. No eres del tipo de mujer que atrae a hombres como él.

Charlotte se giró.

Sabía que no debía permitir que la opinión de Phillip la hiriese. Habría sido perfecto que Gideon la hubiera elegido por voluntad propia. Siendo honesta consigo misma, estaba obligada a reconocer que Gideon había pretendido ser su esposo solo de cara a la galería. Conocía sus gustos por sensuales prostitutas expertas en el arte de la seducción.

Pero no estaba dispuesta a renunciar a él sin presentar batalla. Podía ser a la vez la dama más educada del baile y una compañera apasionada en la alcoba. Si Gabrielle y las de su clase se proponían robarle a Gideon, ella se despojaría de aquellos guantes que le llegaban hasta la altura del codo y pelearía con todo el fuego del que habían hecho gala sus antepasados Boscastle. Y si Phillip creía que podía recuperarla... pues no, de ninguna manera. No quería pasar el resto de su vida con un hombre al que había superado con creces tanto académica como románticamente. Phillip no era más que la noticia de ayer. El duque era el escándalo de mañana.

—Charlotte —dijo Phillip, apremiándola—. Tienes que decidir. Nos conocemos desde hace años. Te perdí como consecuencia de mis propios errores. Pero he cambiado.

—También yo —dijo ella—. Déjame en paz, porque aun en el caso de que él no me ame, yo sí le amo a él.

Antes se haría vieja al lado de la señorita Peppertree que casarse con Phillip: dos solteronas andando con paso inseguro de un lado a otro y metiéndose con la vida de la gente. Porque si Charlotte no se casaba con Gideon, jamás se casaría con nadie.

—Entra en razón —dijo Phillip, alzando la voz con rabia—. El duque te romperá el corazón.

# *Capítulo* 28

Gideon había pasado la mañana con Devon, asistiendo a una exhibición de esgrima que Kit había protagonizado en Knightsbridge. Normalmente, habría regresado al salón con Kit para celebrarlo. Pero no podía dejar de pensar en Charlotte. Le gustaría creer, como ella creía, que no existía conexión alguna entre el diario perdido y la cara que había visto en la ventana. Pero era demasiada coincidencia que el diario se hubiera perdido la misma noche que habían entrado a robar en casa del mayor. Intentaba, sin cesar y sin éxito, unir las piezas de aquel rompecabezas.

Y todos sus amigos se dieron cuenta de que no estaba concentrado.

—¿Quieres que te dejemos en la academia de Charlotte? —le preguntó Kit con malicia, repantingado en el carruaje con la espada descansando en el regazo.

—No. Hoy necesito entrenar.

Kit acercó la espada a la ventana.

—¿No estamos cerca?

—Muy cerca —dijo Devon, serio por una vez—. Quizá deberíamos pasar un momento, Gideon. Por si acaso ese hombre sigue por aquí.

—No sé —dijo Gideon, mirando cómo Kit cubría la espada con un paño—. Seguramente estará dando clase.

—Me da la impresión de que te mueres por verla —dijo Kit—. Creo que significa para ti más de lo que te gustaría reconocer.

Gideon se recostó en los cojines.

—¿Tanto se nota?

Kit se echó a reír.

—Pretendes convencernos de que te casas con ella solo porque es lo que hay que hacer.

Gideon se encogió de hombros.

—Es encantadora, lo reconozco, y tiene algo que... que me vuelve loco. Debéis ayudarme. No sé qué ha pasado, pero me muero de ganas de acostarme con ella. Discúlpeme, Devon. Estaba hablando con franqueza y por un momento he olvidado que se trata de su prima.

—No pasa nada —replicó Devon—. Yo también disfruto acostándome con mi esposa, y Charlotte será suya en cuestión de pocos días.

Gideon movió la cabeza de un lado a otro.

—Me hace reír cuando no tengo ganas de reír. Pongo por ejemplo esa tontería del diario, las cosas que escribió sobre mí. Debería estar furioso. Estaba furioso. Pero ahora no entiendo muy bien lo que siento.

Ella le había considerado merecedor de su amor. Como resultado de ello, se descubría intentando dar la talla para no defraudarla. Sin siquiera darse cuenta de ello, había dejado de representar un papel. Y se casaría con ella entregándole su corazón.

Debería haberse resistido. Pero ya era demasiado tarde. La llevaba en la sangre, bajo la piel. Nunca sería capaz de llevar la vida paralela que en principio se había planteado.

—Cuando me mira... es como si me hubieran dado unas fiebres extrañas.

Kit le miró de reojo.

—Tal vez estés enfermo. ¿Quieres que te vea un médico?

—No. Mejor que le mire la cabeza a Devon.

—Ya lo hizo en su día —comentó Devon—. Cogió un instrumento, me lo metió por la oreja y miró.

—¿Y? —preguntó Gideon.

Devon hizo un gesto de indiferencia.

—Dijo que todo estaba perfecto.

Kit enarcó una ceja.

—No. Dijo que podía ver perfectamente hasta el otro lado.

Gideon sonrió y volvió a sumirse en sus pensamientos mientras sus acompañantes se mofaban el uno del otro.

Tal vez tendría que aprender a sentirse feliz. Tal vez se sentía feliz en aquel momento. Y eso que lo creía imposible.

Charlotte le necesitaba. Y en un sentido que iba más allá de lo físico.

Aunque quizás él la necesitara más, igual que su desatendida hija. Se había perdido gran parte de la vida de Sarah. Jamás podría recuperar lo que habían perdido. Pero no repetiría ese error. No con ella ni con los hijos que esperaba que pronto le diera. Pensó que Emily se sentiría satisfecha con todo ello.

No podía haber elegido a nadie mejor que Charlotte ni que se hubiese pasado la vida entera buscando a una mujer para sustituir a la madre que su hija había perdido. Ahora, y aunque cogiera una borrachera de muerte, habría alguien que se ocupara de ella, además de aquel mayordomo y aquella repugnante institutriz. Con su matrimonio con Charlotte ganaba algo más que una esposa. Tendría una familia.

—Muy bien —dijo, incorporándose en el asiento—. Me habéis convencido. Dejadme en la esquina. Iré caminando desde ahí hasta la academia. Lo más probable es que a Charlotte no le gusta que vaya a visitarla, pero es su último día. Solo me quedaré unos minutos. Y esperaré en una de las salas para no distraerla.


La señorita Peppertree lo arrastró literalmente para hacerlo entrar en la casa y lo condujo por el pasillo hasta el salón principal.

—¡Gracias a Dios que ha venido! —exclamó, sus gafas deslizándose por la nariz—. ¡Corra! Están a solas. Bueno, también está Rankin, pero él no tiene la fuerza que tiene usted. He estado escuchando detrás de la puerta, para protegerla, ya me entiende, y he oído la palabra «fuga». Eso sería su fin. Y el fin de la academia. Y el mío.

—Cálmese, señorita Peppertree —dijo Gideon, mientras una neblina de rabia le ofuscaba la mente—. Debe de haberlo entendido mal. ¿Quién está con Charlotte? ¿Sir Daniel? ¿Su hermano o alguno de sus primos? Deben de haber dicho «boda».

Gideon pensó en Phillip, pero llegó a la conclusión de que estaría jugando con la muerte de habérsele ocurrido presentarse ante Charlotte después de que él le alertara de que se mantuviera alejado de ella. No podía tratarse de ese patán.

—Venga, excelencia —dijo la señorita Peppertree, abriendo la puerta—. Compruébelo usted mismo.

Se quedó helado cuando captó la frase de la que debía de ser una conversación muy incómoda, a juzgar por la mirada de alivio de Charlotte al descubrir su presencia.

—El duque te romperá el corazón.

—No. —Gideon abrió la puerta de golpe con un palmetazo, provocando un grito en la señorita Peppertree, que se había hecho a un lado y había escapado por los pelos de acabar aplastada contra la pared—. Se equivoca. Lo único que piensa hacer este duque es partirle todos los huesos del cuerpo.

—¡No aquí en la academia! —exclamó la señorita Peppertree, horrorizada—. ¡No lo permitiré!

Phillip se giró, su sonrisa temeraria, despreocupada.

—En el teatro me pilló desprevenido. Pero ahora estoy preparado para enfrentarme a usted.

—Perfecto.

Gideon se despojó del guante y se lo arrojó a Phillip en la cara con todas sus fuerzas. Phillip ni se encogió, pero sus ojos se oscurecieron hasta volverse negros y su mandíbula se tensó cuando volvió la cabeza para mirar directamente a Gideon.

Charlotte se quedó blanca.

—Oh, no. No haga eso.

—Ya lo ha hecho —dijo Phillip, palpándose el verdugón que le había quedado en la cara.

Gideon la miró con preocupación.

—Abandone la estancia, por favor. No es asunto que deba solucionarse en presencia de damas.

—Yo...

—Ahora mismo.

Charlotte dudó, y acto seguido recogió la falda del vestido para salir corriendo y cruzar una mirada de espanto con la señorita Peppertree. Rankin se situó junto al duque, adoptando un porte confiado ahora que Gideon había asumido el control de la situación.

Gideon miró furibundo a Phillip, que empezaba a encogerse de miedo al darse cuenta por fin del tipo de enemigo con que se había enfrentado.

—Nos veremos mañana, señor, para solucionar este asunto de una vez por todas. ¿Elige usted las armas?

Phillip tragó saliva.

—Sería un estúpido de proponer a un alumno de Fenton cualquier cosa que no fueran pistolas.

—Lo que ha sido es un estúpido por poner los pies en esta casa después de haberle dado yo la oportunidad de escapar de esta con vida.

—Gideon miró a su alrededor al escuchar sonido de pasos y se quedó pasmado al ver que Kit y Devon acababan de entrar en el salón—. ¿Qué hacéis aquí?

—Devon reconoció al criado de Phillip ahí fuera —dijo Kit, moviendo la cabeza con un gesto de preocupación—. Pensó que tal vez pasaba algo. Y así es, por lo que veo.

Gideon asintió.

—Nos hemos citado mañana para despejar por completo este asunto. Me pondré en contacto con usted, señor, para concretar los detalles.

—Estúpido —le dijo Devon a Phillip, su voz cargada de antipatía—. Se merece lo que quiera que el duque le ofrezca. Tengo incluso tentaciones de solventar yo mismo este asunto. Se trata de mi prima.

Phillip no respondió y salió de la habitación sumido en un tenso silencio. Si estaba arrepentido de haber hecho enojar a Gideon, lo disimulaba muy bien. Y si aún no lo sentía, pensó Gideon, ya lo sentiría, y mucho, mañana.


Charlotte se detuvo en medio del pasillo, la señorita Peppertree tropezando casi con ella.

—Las chicas no deben oír nada de esto. No puedo permitir que suceda. Tengo que impedirlo.

—Estoy completamente de acuerdo —dijo la señorita Peppertree—. Si no lo haces, será la ruina para nosotras. Habrá testigos y saldrá en los periódicos. Y si el duelo acaba mal para cualquiera de los dos... Me entran escalofríos solo de pensarlo.

—Tendré que impedir que se enfrenten —dijo Charlotte, temiendo cada vez más no conseguirlo.

—¿Cómo?

—¿Qué me sugiere? —preguntó Charlotte—. Soy incapaz de pensar. ¿Por qué actuarán los hombres de esta manera? Por favor, Daphne, aconséjeme. ¿Qué puedo hacer para intervenir?

La señorita Peppertree entrecerró los ojos detrás de los cristales de las gafas.

—Podría invitar al duque a cenar y echarle un somnífero en el vino.

—¿Ya ha estado leyendo otra vez ese libro sobre los Borgia? ¿Por qué le atraen esos temas tan morbosos?

—No lo sé —dijo Daphne, frunciendo la frente—. ¿Por qué le atraen a usted los hombres peligrosos?

Charlotte no tenía respuesta a esa pregunta.

Enamorarse del hombre que había creado en su diario había sido peligroso. Pero era un hombre que podía manipular como le apeteciera. Pero el duque de Wynfield no era ni el amante de sus sueños ni un rematado sinvergüenza. Era real.

Había soñado con muchos finales felices. Había soñado con que un duque de oscuro cabello se fijaría en ella entre toda una multitud y jamás volvería a mirar a otra mujer. Había tenido que mantenerlo en secreto. Y ahora que lo había encontrado, comprendía por fin por qué nadie de su familia actuaba sin ninguna lógica en cuanto aparecía en su vida la persona adecuada y lo hacía descarrilar todo.

—A lo mejor podría hacer entrar en razón a su excelencia —sugirió Daphne.

—Eso me gustaría a mí, pero me temo que no está de humor para entrar en razón. ¿No ha percibido su cólera? ¿Cree que un hombre de su carácter valoraría recibir un sermón en este momento? Jamás me lo perdonaría.

Y como para confirmar sus palabras, Gideon salió en aquel momento del salón y se abrió paso entre las dos mujeres limitándose a saludarlas con un breve gesto para reconocer su presencia. Kit y Devon le siguieron instantes después, manteniendo una distancia prudencial.

—Ya se ve —murmuró la señorita Peppertree—. Cuando está excitado es un hombre formidable. —Se llevó la mano a la boca—. Quiero decir cuando sus pasiones están… Bueno, no ese tipo de pasión.

—Ya entiendo qué quiere decir —dijo Charlotte—. Pero tengo que intentar detenerle.

La señorita Peppertree parpadeó como una lechuza.

—Ya sé qué haría yo de encontrarme en sus circunstancias.

—Usted... —Charlotte la estudió con renovado interés—. ¿Haría?

Su interlocutora movió el gesto en claro sentido afirmativo.

—Una dama debe utilizar todos los medios que tenga a su disposición para evitar un desenlace desagradable. Y diría que un duelo a muerte se califica como tal.

—A muerte —repitió Charlotte mordiéndose el labio—. Y yo soy la causa.

—Y también debería ser la solución.

—Oh, Daphne. No sabía que usted entendía de estos asuntos.

—Entenderlos y aprobarlos son dos cosas muy distintas. Está atrapada en medio de todo esto. Tal vez pueda impedir que suceda lo peor.

Charlotte inspiró hondo.

—Lo único que puedo hacer es intentarlo.

# *Capítulo* 29

*E*ra casi medianoche. Gideon se había instalado en su estudio con una copa de coñac. A primera hora había recibido una carta de la institutriz de su hija. La señora Stearns deseaba informarle de que su hija y ella habían salido ya de Wynfield House, pero que no esperaban poder llegar a Londres antes de la boda debido a retrasos en el viaje. Suponiendo que el tiempo se mantuviera estable, confiaban en poder hacerlo poco después.

> *Lady Sarah está fuera de sí de emoción, excelencia. Naturalmente, tiene ganas de volver a verle. Pero más que nada está impaciente por conocer a su nueva madre, que doy por sentado será una dama refinada...*

Gideon suspiró. Aquella mujer chapada a la antigua nunca le permitiría olvidar que le había sorprendido en la cama con una de sus vecinas, una viuda que le superaba en lujuria y aversión por volver a contraer matrimonio. Se reiría de ella cuando le presentara a Charlotte. La señora Stearns no podría creer lo que verían sus ojos. Y tal vez sería ella la que se reiría de él. Tal vez ni siquiera le reconocería. Últimamente, ni siquiera él se reconocía a sí mismo.

Charlotte lo había cambiado todo.

Dejó la carta sobre la mesa.

Charlotte le había cambiado.

Por desgracia, no había cambiado ni su naturaleza posesiva ni su tendencia a actuar guiado por su rabia. De hecho, era como si Charlotte sacara a relucir lo mejor y lo peor de él, y, a veces, ambas cosas a la vez.

Por lo visto, provocaba también aquel efecto en otros hombres. Bastaba con ver aquel palurdo rural a quien tenía que bajarle los humos al día siguiente. Gideon tendría que reconocer su valor si tenía narices suficientes como para presentarse.

—¿Excelencia?

—Sí, Shelby —dijo con mal humor, sin girarse hacia la puerta.

—¿Querrá alguna cosa más esta noche?

—¿Está todo listo para mañana?

—Por supuesto —respondió Shelby con un entusiasmo del que rara vez hacía gala—. Sus pistolas de duelo están comprobadas y las botas relucientes. El carruaje recogerá a sir Christopher de camino. Imagino que acompañaré también a su excelencia.

Gideon rió entre dientes.

—No es necesario anticiparse a los acontecimientos con tanto deleite, Shelby. Ha pasado mucho tiempo desde el último duelo.

—Siento respeto por la tradición, excelencia. No debemos permitir que los tiempos modernos nos hagan perder de vista dónde empezó todo.

Gideon sonrió, sin dejar de mirar el fuego que ardía en la chimenea.

—Reconócelo. Estás feliz de verme otra vez atado con grilletes.

—Será un alivio verle asentado, excelencia. Y, si se me permite añadirlo, el personal le agradece que esté haciendo lo correcto tanto por la señorita Boscastle como por lady Sarah. Ya iba siendo hora, si me permite añadirlo también.

—Dios, eres un impertinente...

Gideon se interrumpió al darse cuenta de que Shelby había lanzando el último comentario como una granada y desaparecido inteligentemente a continuación. ¿Y qué podía decir él ante todo aquello? También estaba ansioso por reparar todo el daño que pudiera haberle hecho a Sarah. Se quitó la chaqueta y el chaleco. Aflojó el corbatín y empezó a desabrocharse la camisa.

Se pasó la mano por la cara. Se había mostrado seco con Charlotte. Había pasado por su lado como una tromba sin decirle nada, porque las únicas palabras que habrían salido de él en aquel momento habrían sido obscenas. Aunque, por otro lado, Charlotte tampoco podía esperar de él que se comportase con la debida etiqueta cuando acababa de sorprenderla con otro hombre convenciéndola para que se fugase con él. Y cuando pensaba en cómo la había insultado aquel hombre y en el dolor que le había causado antes de que él entrara en su vida para protegerla...

Tenía que apartarla de su cabeza hasta después del duelo o acabaría teniendo tentaciones de asesinar a su oponente, cuando su intención era tan solo herirlo a modo de advertencia. Necesitaba relajarse. Pero evitar que sus pensamientos divagaran requería mucho esfuerzo.

Era como si Charlotte se hubiera convertido en parte de él, como si la tuviera justo a su lado, como si estuviera susurrándole al oído...

—Gideon.

—¿Qué demonios?

Se levantó de repente, golpeándose la rodilla contra la mesa que había junto al sillón. Era una suerte que hubiera apurado ya la copa, puesto que cayó sobre la alfombra y empezó a rodar.

—¡Maldición! ¿Qué demonios haces aquí otra vez a estas horas de la noche? ¿Estoy soñando? ¿Estoy perdiendo la cabeza? ¿La estás perdiendo tú?

Hizo un gesto de negación. No había cambiado nada. Era ella, de carne y hueso, no un producto de su imaginación. Era su prometida, envuelta del cuello a los pies en su capa azul de noche, sus ojos abiertos con consternación... como si ella fuese la que se había llevado un susto de muerte, no al revés. Gideon volvió a maldecir, levantó los brazos y la rodeó.

—Gideon, contrólate un momento —dijo, encarcelada literalmente por los círculos que él seguía trazando a su alrededor—. No toleraré un lenguaje tan vergonzoso en mi presencia.

—¡En tu presencia! —vociferó él. Apretó los dientes—. ¿Qué me controle? —La persiguió casi, dando vueltas al sillón—. La que necesitas control eres tú. Confío en que no hayas venido sola. Porque si lo has hecho, tendré que plantearme muy en serio construir una torre de piedra donde tenerte protegida cuando estemos separados.

Charlotte parpadeó, su mirada alejándose y regresando al instante al rostro de Gideon.

—Estás medio desnudo.

—No me digas. —Tiró del corbatín y lo arrojó por los aires—. A estas horas de la noche no ando por casa con sombrero de copa y frac a la espera de que aparezca una dama sin previo aviso.

—Oh, ¿de verdad?

—No me vengas con «ohs». Sí, voy medio desnudo. Y cuando me acuesto, me desnudo del todo. A veces duermo en pelotas. ¿Qué esperas encontrarte irrumpiendo en el castillo de un hombre a estas horas de la noche?

Ella parpadeó de nuevo.

—¿Cómo has llegado aquí? —preguntó él, dando un paso al frente.

—Me ha traído Devon. Harriet está también con él.

—¿Y dónde está? Ya estoy harto de sus intromisiones.

—No sé dónde está —replicó ella, sintiéndose insultada—. Le he pedido que venga a recogerme en dos horas. De todos modos, no puedes salir así de casa.

—¿Cómo has entrado?

—Tu…

Se llevó la mano a la cabeza.

—No me digas más. Deja que lo adivine. Ha sido Shelby.

—Sí, pero…

—Dos horas, dices. ¿Para qué? Deja que adivine de nuevo. Crees que con dos horas tendrás suficiente para convencerme de que me olvide del duelo de mañana.

—Si existe alguna manera de…

—Inténtalo. Pruébalo. —Le desabrochó la capa—. Convénceme. Pero ten en cuenta que mi mayordomo se enfadará mucho si mañana no hay duelo.

Ella le miró a los ojos.

—No quiero que se derrame sangre por mi culpa. ¿Te parece razonable?

Él la miró también.

—Queridísima mía, ¿te sentirías mejor si te prometo dispararle en una parte de su cuerpo donde no se vea la herida?

—Yo…

Unió las manos por detrás de su nuca y atrajo la cabeza de él hacia la de ella.

A pesar de estar enfadado por los motivos que la habían llevado hasta allí, su inexperto intento de seducción le excitó sobremanera. La verga le tensaba incómodamente el pantalón. Le hervía la sangre en las venas. El macho dominante que habitaba en él era capaz de tomar cualquier cosa que ella le ofreciera, dejando la conciencia para otro día. Lo que imperaba en aquel momento eran los placeres de la noche.

—Gideon, por favor —susurró ella junto a su boca—. Por el bien de la decencia...

—La decencia es lo último que me pasa por la cabeza. Y por la tuya, por lo que parece.

—Es muy peligroso que te batas en duelo.

—No tan peligroso como lo es para ti estar donde estás ahora mismo.

—Entonces...

—No. Tú te quedas.

La boca de él absorbió el grito involuntario que emitió ella cuando Gideon la arrastró hacia la alfombra. Abrigó contra su cuerpo las suaves curvas de sus pechos y su vientre. Se deleitó por un instante teniéndola cautiva, disfrutó con el calor salado que emitía su piel. Charlotte intentó empujarlo con el hombro. Pero él se agarró a las nalgas de ella y su cuerpo se endureció. Cambió entonces de posición y subió la rodilla para acomodarla contra su grueso miembro.

—Gideon —musitó ella, la boca abandonando la de él por un instante.

Ella ni siquiera había levantado la cabeza cuando él la puso de espaldas y en un gesto indolentemente deliberado le desabrochó la capa y luego la parte superior del vestido. Rápidamente detuvo la mano que ella levantaba para protegerse los pechos de su escrutinio. Bajó entonces la cabeza y atrapó entre sus dientes primero un pezón y luego el otro. Ella emitió un sonido gutural que hizo trizas el control de Gideon y desató sus instintos más salvajes.

—Has venido aquí para darme argumentos, Charlotte. —Alargó el brazo para subir el ondulado bajo del vestido—. Creo que antes de decidir qué hacer, debería escuchar tus alegatos. Si es que de aquí a un rato soy capaz de seguir pensando, claro está.

Charlotte esbozó aquella sonrisa soñadora que le desarmaba sin remedio.

—Has estado bebiendo coñac —murmuró mientras la mano de Gideon ascendía a partir del tobillo y superaba la rodilla—. Lo saboreo en tus labios.

—Me muero por devorarte —dijo él, levantando la falda hasta más arriba de su redondeado vientre para dejar al descubierto el sedoso triángulo de vello. La mano ascendió por los muslos y separó su carne madura. Y en cuanto se dispuso a jugar con desvergonzado placer, la humedad de ella empezó a brillar entre sus dedos.

—Oh.

Se mordió el labio inferior, reprimiendo un sollozo. Gideon sonrió. Charlotte giró la cabeza y cerró los ojos, su espalda arqueándose hasta adquirir una posición que le aceleró a él el pulso.

—Levanta las rodillas —le ordenó en voz baja—. Y ábrete de piernas para mí. ¿Qué era eso que querías decirme?

—No... no consigo recordarlo.

Viendo que obedecía, el cuerpo de Gideon se comprimió, sus músculos tensos, el resplandor del fuego de la chimenea iluminando el cálido orificio que atraía su fascinante mirada.

—Deberías avergonzarte de lo que estás haciendo —susurró ella, sus caderas rotando lentamente con una sensualidad que le aceleró a él el pulso.

—Pero no me avergüenzo —replicó Gideon, posicionándose en un ángulo perfecto entre ambas piernas. Desde allí podía estudiar hasta la más leve respuesta. Introdujo los dedos muy despacio en su húmedo calor, uno a uno, y su sangre empezó a hervir, un río de fuego recorriéndole las venas.

Charlotte se puso tensa. Unió las rodillas en un intento de combatir aquella invasión, pero poco a poco acabó sucumbiendo a sus exigencias.

—Delicioso —dijo él, sus ojos entrecerrados en una expresión carente de todo disimulo mientras empezaba a saborearla, concentrando todos sus sentidos en forzar su más completa rendición.

—Decadente —dijo ella, moviendo la cintura en un intento más de interrumpir el juego.

Gideon hizo un gesto de negación con la cabeza y ella se destensó, sus ojos clavados en los de él en una pequeña guerra que él no le permitiría vencer. Inspiró hondo. El perfume del deseo de Charlotte resultaba embriagador. Acarició con el pulgar sus finos rizos para estimularla allí donde se mostraba más sensible y receptiva al contacto.

La observó fijamente. Notó aumentar la presión en ella. Vio sus caderas agitarse, su vientre contraerse. Las puntas rosadas de sus pezones se oscurecieron hasta alcanzar un tono rosa oscuro, tentándolo a más no poder. Alargó entonces el otro brazo para pellizcar y retorcerle los pezones, intensificando deliberadamente el caos de sensaciones que estaba provocándole.

Charlotte se estremeció, separó más las piernas para cabalgarle la mano, jadeando ante el incremento de velocidad del pulgar.

—No puedo —musitó con voz quebrada—. Es demasiado, Gideon.

—Lo sé —dijo, tranquilizándola. Pero no era aún suficiente para él.

—Quiero… quiero… —dijo ella, moviendo las caderas al ritmo de la caricia implacable de aquel pulgar.

—Lo sé —murmuró él de nuevo—. Sé lo que quieres.

Notaba la tensión en su verga, su exigente palpitación. Invocó toda su fuerza de voluntad para concentrarse en desatar los sentidos de ella. La tenía tan cerca que podía percibir la tensión de sus músculos tensándose en aquel tormento silencioso que presagiaba la liberación final.

Qué Dios acudiera en su ayuda. Los sollozos salpicaron unas exhalaciones completamente rotas. Charlotte levantó las caderas y un deseo poderoso oscureció por completo la conciencia de él. Pronto. Ya. Ahora. Aceleró el movimiento del pulgar. Ella había perdido el control; él no. Penetró los pliegues con los dedos, se sumergió con tanta intensidad en su calor que percibió el placer de la cumbre del clímax como si fuera suyo.

Gideon cerró los ojos y acercó la frente a la rodilla de ella. La parte de su cerebro que aún era capaz de pensar tomó nota de que llevaba medias de algodón sencillas, una prueba más del hecho de que Charlotte no necesitaba ningún tipo de adorno para reducirlo a su estado más primitivo.

Se incorporó, respirando con dificultad, exigiéndole a su cuerpo que se sosegara. Temía volver a tocarla. Dudaba incluso mirarla. Fijó la vista en el fuego. La idea de hacerse con su virginidad le mantendría en vela toda la noche. A lo mejor ni siquiera intentaría dormir. Fuera lo que fuera lo que pretendiera conseguir viniendo a su casa, no había funcionado.

Charlotte se sentó. Gideon la miró por instinto y vio que ni había cubierto con la camisola su generoso pecho ni se había abrochado el corpiño. Estaba despeinada y... resultaba tan irresistiblemente tentadora como hacía tan solo unos instantes.

—¿En qué piensas? —susurró Charlotte, su mirada ascendiendo desde las botas hasta su cara.

—En que debería darme un baño de asiento en agua fría hasta que mi... hasta que el cuerpo se me quede azul.

—Si te bañas en agua fría a estas horas de la noche lo único que conseguirás es estimular más si cabe tu riego sanguíneo.

La mirada de Gideon descansó en el pecho de Charlotte.

—Dudo que un baño pudiera ser más estimulante que tú.

—¿Has reconsiderado lo del duelo? —preguntó ella.

Le mataría si tenía pensado seguir provocándole sin ni siquiera protegerse del escrutinio de su mirada.

Gideon se echó a reír.

—No. Lo único que has conseguido es convencerme de que no quiero ver a otro hombre cerca de ti.

La expresión de Charlotte fue de disgusto.

—Bueno, pues tendré que poner a prueba otra táctica. Una táctica más convincente.

—Estoy más convencido que nunca de que necesitas protección ante hombres como Phillip, no conmigo.

—¿Te refieres a que me has permitido comportarme como una fulana y no tienes ni la más mínima intención de cambiar de idea?

—Básicamente sí.

—Esto es desmesurado.

—Probablemente.

—Me has hecho creer que si te distraía podía acabar influyendo en tu decisión.

—En ningún momento he dicho tal cosa, querida. Esa era tu intención, no la mía.

—Pues lo que sí has conseguido es que me creyera que estabas disfrutando.

—Y lo estaba. Inmensamente. Podría haber seguido disfrutando así todo lo que queda de noche. Pero ya ves, a pesar de tus encantos, mañana por la mañana voy a retarme en duelo. Y si ahora me siento como una bestia voraz, dudo que mi estado de ánimo haya mejorado al amanecer.

—Siéntate en el sofá, Gideon.

Se quedó mirándola, el entrecejo fruncido al oír el tono profundo de su voz. Permaneció inmóvil. Y entonces ella deslizó la mano hacia sus pechos, sus finos dedos acariciando un pezón.

—Por favor —dijo, con una sonrisa de sirena.

—¿Por qué? —preguntó él, cayéndose casi de rodillas al suelo para suplicarle piedad.

Charlotte se encogió de hombros. Si había decidido echarle un sermón, él se vengaría fingiendo que se quedaba dormido.

—De acuerdo —dijo muy tenso—. Me sentaré. Pero no creo que pueda prestarte mucha atención.

Eso creía.

Charlotte se había mentalizado para la seducción. Pero después de lo que él acababa de hacerle, era algo más que una mujer en una misión altruista. Era una mujer entregándose a sus deseos.

Era muy atrevido realizar, con un hombre de la experiencia de Gideon, un acto que solo había visto en un dibujo. Tal vez acabara burlándose de sus inexpertos esfuerzos.

Confiaba en hacerle cambiar de idea con respecto al duelo.

Pero si le gustaba, habría dado un paso más en su intención de demostrarle que no iba a casarse con la virgen recatada que era cuando se conocieron. Estaba dispuesta a entrar en aquel matrimonio completamente preparada para satisfacer las necesidades de su esposo. Y también las suyas.

Se colocó de rodillas en el suelo, sus manos resbalando por el torso de él hasta alcanzar su vientre. Gideon echó la cabeza hacia atrás. No sabía muy bien cómo desabrocharle el pantalón y, al ver su dubitativo intento, el rostro de él se oscureció en un gesto de incrédula comprensión y decidió ocuparse personalmente de la tarea.

Charlotte le observó con avidez deslizar el pantalón por sus estrechas caderas hasta dejarlo a la altura de las botas. Era duro, bello y bien esculpido.

Su falo sobresalía grueso y erecto entre el vello oscuro que poblaba su liso vientre.

—Adelante —dijo él, su voz ronca provocándole un estremecimiento a ella—. Tócame.

Lo enlazó por la base. Él se adelantó en el asiento, mirándola, su expresión de incredulidad, inundada por un deseo primigenio.

—¿Vas a tomarme en tu boca? —le preguntó casi sin voz.

—Mmm... —Suspiró, y muy despacio se inclinó para lamerle en toda su longitud, desde la base de su gruesa verga hasta la punta.

—Por Dios bendito —dijo él, sus caderas combándose ante la exquisita sensación que le inundaba. Jamás en su vida había sentido o visto algo tan erótico como su suave boca rosada cerrándose en torno a la cresta de su miembro y chupándole con aquella ansia. Se deslizó hasta el borde del sillón, sacudiéndose de forma involuntaria cuando ella le tomó aún más profundamente. Cerró los ojos; los abrió acto seguido. Quería verla chupando, lamiendo en círculos la pulsante punta de su erección.

Era preciosa. Contempló su cabeza inclinada, su cabello derramándose por encima de sus pechos redondeados y sus hinchados pezones.

—Mejor que pares —le advirtió, tentado a empujarla para que lo engullera entero. ¿Dónde habría aprendido aquello? ¿Sería lujuriosa por naturaleza? Confiaba en que fuera así. ¿Qué más podía querer que una esposa que era tan sensualmente aventurera como cariñosa, pura y... dulce?

—¿Lo estoy haciendo como te gusta? —susurró Charlotte, sin darle oportunidad alguna de responder antes de retomar su bienvenido ataque y conducir a Gideon hasta el límite.

—Me gusta tanto que voy a correrme en tu boca si no paras —respondió él, su vientre tensándose.

Pero no paró. Y él le permitió continuar, perdiendo por completo la sensación del tiempo.

Continuó ella con su bendita agonía y la tensión en él siguió creciendo, intensificándose. Charlotte debió de intuirlo, puesto que cerró la boca con más fuerza, le azotó con la lengua y lo chupó con más intensidad, a mayor velocidad. Y entonces llegó el momento en que Gideon comprendió que ya era demasiado tarde para detenerse.

Abrió las piernas y cerró los ojos, alcanzando un clímax que llegó acompañado por unos espasmos de liberación tan incontrolables que temió que no fueran a acabar nunca.

Pero acabaron. Aquello le había dejado agotado. Y también le había revitalizado. Su cuerpo y su alma estaban inundados por una satisfacción, una sensación de justicia, que desconocía que pudiera llegar a sentir.

Una sensación que iba más allá del agradecimiento por aquel acto sexual. Era la señal que le indicaba que ella haría cualquier cosa por satisfacerle.

—Gracias —dijo, echando la cabeza hacia atrás y emitiendo un suspiro—. Esta noche dormiré bien. —Buscó a tientas con la mano y encontró un pañuelo limpio en el bolsillo del chaleco. Lo desplegó y se obligó a moverse.

Sin decir nada, Charlotte intentó ponerse presentable y se echó el cabello hacia atrás.

—Me alegro —dijo—. Puedes dormir hasta bien entrada la mañana. Le diré a Devon que...

Se inclinó hacia ella. Le limpió con cuidado la boca y la barbilla, mirándola a los ojos.

—No harás nada de eso. Voy a batirme en duelo y nada me lo impedirá.

—Podríais quedar para tomar un café y solventar de este modo vuestras diferencias como...

—Charlotte, cariño, ¿te digo yo cómo debes llevar a cabo tus clases de etiqueta? ¿Te sugiero que enseñes el lenguaje del abanico para que todos los caballeros, además de sir Godfrey, puedan entenderlo?

—Los verdaderos caballeros lo entienden.

—En este caso, es posible que en el fondo no sea muy refinado.

—El refinamiento es un arte que exige práctica.

—Enséñamelo más adelante —dijo en voz baja, incapaz de dejar de mirarla.

—Entonces, mi visita de esta noche ha sido una burla de tu respeto hacia mí.

—Te aseguro que nada de lo que he hecho ha sido una burla hacia ti.

—Mis encantos femeninos no han servido para convencerte.

—Todo lo contrario, tus encantos femeninos son la razón por la que voy a batirme en duelo.

—¿Y no puedo hacer nada para impedirlo?

—No… —Se interrumpió, volviendo la cabeza—. Calla un momento. ¿No has oído un ruido en la ventana?

Charlotte permaneció a la escucha.

—Será que llueve. El cristal está un poco empañado.

—No me extraña. —Se subió los pantalones y se acercó a la ventana para mirar entre las cortinas—. Juraría que lo que he oído no es lluvia. Pero no veo el carruaje de Devon en la calle. Pienso entregarte a ese sinvergüenza entrometido y alertarle de que si vuelve a sacarte a la calle a estas horas, se arrepentirá de haberlo hecho.

Se vistieron rápidamente. Charlotte fue con él hasta la puerta, lanzando una mirada de resignación a su perfil.

—Bueno, al menos dormirás toda la noche. Yo no podré pegar ojo. No había caído en la cuenta de que no era tu cuerpo lo que exige satisfacción. Si no tu peligroso orgullo. ¿Me prometes que irás con cuidado?

—Solo si tú me prometes lo mismo, Charlotte. Por lo que se ve, o te dedicas a visitar a granujas o andan persiguiéndote.

—No tienes por qué preocuparte. Hay uno que me tiene ya atrapada.

—Un hecho que no desanima a los demás a seguir acosándote.

—Nadie me acosaba hasta que tú me has hecho famosa —reflexionó.

Gideon negó con la cabeza.

—Lo dudo. Conociéndote como ahora te conozco, lo más probable es que te fueran detrás y tú no te dieras ni cuenta.

Charlotte le acarició la mejilla con el dorso de la mano.

—No me importa. Yo solo te quiero a ti. Por favor.

Gideon le cogió la mano.

—Te acompañaré hasta el carruaje. Y mañana nos enfrentaremos a todas las demás crisis que intenten interponerse en nuestro camino.

# Capítulo 30

*N*ick tenía la mirada fija en las gritas del techo y escuchaba las carcajadas beodas procedentes de la habitación de arriba. La vela se había consumido por completo y el olor a sebo barato se combinaba con el tufo de las cloacas desbordadas que se filtraba por la puerta entreabierta. Se había criado en aquel hedor. Igual que Millie, por mucho que le hubieran dado arcadas al levantarse para ir a trabajar. Casi habría sentido lástima por ella de no ser porque antes, aquella misma noche, había desbaratado la oportunidad de ayudarle a entrar en la casa del duque. Dios, la de ruido que llegaban a hacer las mujeres.

No tenía ningún sentido levantarse para ir a cerrar la puerta. Ella volvería pronto a casa y la apalancaría poniéndole unos trapos. Llegaría quejándose de los malos modos de algún cliente y echándole en cara que no la protegía tal y como le había prometido cuando tomó la decisión de irse a vivir con él. La verdad era que ya se había ocupado de uno antes del alba. Pero tampoco podía dedicarse a matar a todos los hombres que se acostaban con ella, pues acabaría reduciendo la población a la mitad.

—Hola, Nick, ¿te has muerto? —gritó una voz juvenil desde el pasadizo que corría por encima del sótano y daba a la calle.

—¿Quién quiere saberlo?

—Tu madre. Dice que está muriéndose y que tienes que llevarle algo de beber para aliviarle el dolor.

—Siempre está muriéndose —murmuró Nick.

—El médico ha jurado que esta vez va en serio. —El propietario de la voz se materializó en la estancada oscuridad, un joven matón callejero con gorra y pantalones apedazados. Se llamaba Barney y era un auténtico pelmazo—. ¿También estás enfermo? Tendrías que beber un poco de ginebra.

—¿Dónde está Millie? —preguntó Nick sin modular en absoluto la voz.

—Ha subido a un carruaje con un cliente y todavía no ha vuelto. Andaba maldiciéndote por no sé qué enfermedad que le has provocado. —Se instaló de un salto en el baúl que hacía las veces de mesa de comedor y mesita de noche—. ¿Un libro? ¿Lo utilizas como leña?

Nick se levantó de un salto y le dio un palmetazo a la mugrienta mano que intentaba hacerse con el diario.

—Eso no es para jovencitos. Además, no sabes leer.

—Y creía que tú tampoco —replicó Barney con una insolencia que había aprendido de Nick, que bien podría inaugurar una academia de otra índole—. ¿Piensas venir con nosotros a Picadilly o no?

—Luego. Y ahora, lárgate.

—¿Y tu madre?

—¿Qué le pasa a mi madre?

—Nada, Nick. Te esperaré en el pub por si acaso cambias de idea.

Nick se rascó la barriga.

—Espera un momento. ¿De qué enfermedad se quejaba Millie? Si ha pillado...

—De que tendrás que aprender a cantar nanas —dijo Barney, saliendo del cuartucho.

—¿Un bebé?

—Eso.

Nick cerró la puerta de un puntapié y maldijo cuando volvió a abrirse. Pensó un momento en su madre, pensó en Millie y en lo distintas que eran ella y su madre de la dama que había escrito tan elegantes palabras en su diario. Se imaginaba perfectamente a Millie explicando a cualquier Tom, Dick y Harry que se pusiera a su alcance que Nick le había metido un bollo en el horno. Maldita la gracia. Aquella mujer era un colchón andante. Lo más seguro era que ni siquiera fuera de él. Todas las probabilidades jugaban en su contra. ¿Qué demonios haría ahora con ella?

Le pegó un puñetazo a la pared y el espejo roto que había en un rincón reflejó un rostro tan contorsionado por la rabia que le dio incluso miedo.

Recordó la cara de horror de aquella dama cuando le vio en la ventana. Se echó a reír a carcajadas: nadie podía negar que su cara impactaba. La dama tardaría mucho tiempo en olvidarle. ¿Debería ir a visitarla y contarle lo de aquella bruja que le tenía ojeriza? ¿Le daría a cambio una recompensa?

Se abrochó la camisa y buscó la chaqueta entre la ropa tirada por el suelo. Levantó una de las tablas de madera del suelo y envolvió el diario con una blusa de Millie para protegerlo de manos curiosas. Tampoco quería correr el riesgo de que se mojara.

—¡Barney! —gritó, abriendo la puerta. Vio tres figuras merodeando por la escalera—. Ve a buscar a la hermana pequeña de Millie. Esta noche le enseñaré alguna cosa.


Lloviznaba cuando Gideon escoltó a Charlotte hasta el carruaje estacionado en la calle. Ella seguía acalorada por el encuentro y la sensación del aire fresco en la cara le resultó tremendamente agradable.

Igual que la mano de Gideon en el trasero cuando, mirando con mala cara a Devon y a Harriet, la ayudó a subir al carruaje.

—Buenas noches, Gideon —susurró Charlotte—. Mis mejores deseos para mañana. Yo...

—Nos veremos luego —replicó él con confianza, y dio media vuelta para dejar que el criado plegara la escalerilla y cerrara la puerta.

—¿Y bien? —preguntó Devon en cuanto el carruaje se puso en marcha para adentrarse en la lluviosa noche—. ¿Has conseguido convencerle?

—Está convencido de que yo soy una desvergonzada y tú un hombre de actitud censurable. Y estoy de acuerdo.

Harriet ladeó la cabeza.

—Sabía que no funcionaría. A los hombres como él les encanta el riesgo.

Devon unió las manos por detrás de la cabeza.

—Aquí no corre ningún riesgo. Es Moreland el que acabará muerto.

—No digas eso —musitó Charlotte—. No quiero a nadie muerto por mi culpa.

—A lo mejor mañana por la mañana llueve —dijo Harriet—. No se enfrentarán a menos que esté despejado.

—¿Crees que podría llover? —preguntó Charlotte, esperanzada.

—Como si nieva —dijo Devon con completa certidumbre—. Se limitarán a posponerlo para otro día. El que lo ha buscado ha sido Phillips. A Gideon no le quedó otra elección que acceder al desafío que le propuso.

Gideon no regresó directamente a su casa. Sabía que lo que había oído en la ventana no tenía nada que ver con la lluvia. Pero no había querido alarmar a Charlotte. Ni detenerla en la exhibición de sus encantos. Cruzó la calle y se pegó a la pared de casa del mayor Boulton, sin sacar nada de provecho y sí una camisa empapada por la humedad del ambiente.

De pronto parpadeó una luz detrás del aplique que coronaba la puerta de entrada y apareció una figura en las escaleras. Era un hombre con gorra y camisón, y Gideon se encontró con una vieja escopeta de chispa apuntándole al pecho.

—¡Alto ahí, truhán, o te mandaré al otro barrio!

—No, por favor, mayor. Soy yo, Wynfield.

—¿Wynfield? —El mayor bajó el arma de fuego—. ¿Y qué hace aquí fuera a estas horas de la noche? ¿Bajo la lluvia y sin abrigo?

Gideon subió corriendo el corto tramo de escaleras hasta llegar a la puerta y ambos se cobijaron en el vestíbulo iluminado por las velas, donde un mayordomo aguardaba blandiendo un atizador.

—Hace menos de una hora me ha parecido oír a alguien rondando cerca de mi ventana —dijo Gideon—. ¿Ha notado usted algo fuera de lo común?

El mayor se rió con ganas.

—Sin que pueda considerarse una falta de respeto, la verdad es que se hace difícil evaluar qué puede considerarse fuera de lo común con el tráfico de entrada y salida que suele haber en su casa por las noches.

Gideon contuvo una sonrisa.

—Le pido disculpas por ello.

—¿Por qué? Yo no las pediría de tener su edad. —El mayor Boulton se volvió hacia el mayordomo—. No es más que el duque. Tranquiliza al personal e informa a todo el mundo de que puede volver sin problemas a la cama.

En aquel momento se presentó en el vestíbulo una mujer de cara redonda vestida con bata.

—Padre, ¿qué hacías en la calle en camisón? La verdad es que no paras de hablar sobre la moral de los vecinos y tú eres igual que ellos.

—Déjame en paz —le espetó el mayor.

—No pienso hacerlo —replicó ella—. Solo hay que verlos. Tú en camisón. Él sin chaqueta. Gente que entra en las casas y se dedica a robar las joyas de la familia. Si esto es la vida de Londres, prefiero quedarme en el campo con las vacas.

—Buena idea —murmuró el mayor.

—Te he oído —dijo la mujer, proyectando la luz de la linterna hacia su cara—. Eres demasiado viejo para saber lo que te conviene. Pronto vendrán contándome que te han matado en plena calle e imagínate lo que pensará la gente si no vas debidamente vestido.

Gideon tosió para aclararse la garganta, recordándose que por la mañana tenía una cita a la que no podía faltar.

—Siento haberle molestado, mayor. Y a su hija. No sabía que aún estaba aquí.

—No pasa nada. Es una suerte tener un vecino que se preocupa por mi bienestar.

—No tiene importancia —dijo Gideon, armándose de valor para cruzar la calle a toda velocidad.

En cuanto llegó a la acera, oyó al mayor Boulton gritándole, antes de que cerrara la puerta:

—¡Dos en una noche! ¡Aguante el ritmo y manténgalas separadas si no quiere que se declare una guerra.

# Capítulo 31

Los adversarios se reunieron al amanecer en Hyde Park. Gideon se había vestido para la ocasión con sombrero de copa, corbatín nuevo de color blanco y chaqueta gris de mañana, con la intención de ir con la indumentaria adecuada vestido para asistir posteriormente a un desayuno. Sus botas pisaron la hierba húmeda en dirección al punto de encuentro, donde le aguardaban... santo Dios, el marqués y su altísimo lacayo, sir Daniel, Drake, además de Devon y Kit, que iban a ser sus segundos y habían sido invitados. Una hilera de elegantes carruajes se había estacionado ya a lo lejos para disfrutar de una espléndida panorámica del duelo.

Miró a Grayson enarcando una ceja.

—¿Supongo que no habrá pensado en traer también una orquesta?

—No —dijo Grayson—. Pero lo tendré en cuenta para la próxima vez.

Sir Daniel lanzó una mirada de reproche a Gideon.

—Me gustaría recordarle que batirse en duelo es ilegal.

—Tomo nota. Recuérdeme, señor, que me gustaría hablar con usted después del duelo.

Gideon no miró a Phillip. Aunque sí vio de refilón a Gabrielle, justo detrás del hermano de Charlotte. Por lo visto, la que había estado a punto de convertirse en su amante confiaba en ser testigo de su muerte. Era una lástima, porque se llevaría otra decepción. No tenía ni la más mínima intención de perder.

Los segundos verificaron por última vez las armas de fuego. Los médicos estaban ya preparados con su botiquín de instrumental. Gideon disimuló un bostezo tapándose la boca con el puño.

—Tenga —dijo Devon, entregándole la pistola—. Ha sido un auténtico placer conocerle.

—No puedo decir lo mismo.

Había llegado el momento de que los duelistas dieran sus doce pasos y esperaran la señal. Gideon miró por fin a Phillip y le dio la impresión de que tenía muy mala cara.

—¡Disparen!

Gideon levantó el brazo, apuntó y... Sonó un disparo. Por increíble que fuera, Phillip había descargado la pistola antes incluso de levantar la mano. Gideon pestañeó y disparó al aire en el instante en que su rival emitía un escalofriante alarido de dolor y se tambaleaba sobre sí mismo para acabar derrumbándose en el suelo.

—Santo Dios —dijo Grayson, consternado—. Ese cretino no solo ha quebrantado el protocolo, sino que se ha disparado en el pie.

Devon hizo una mueca.

—Debe de hacer un daño de mil demonios. Yo, con solo clavarme una espina en el pie me vuelvo loco.

Los médicos corrieron hacia donde había caído Moreland. Gideon suspiró, devolvió la pistola a Devon y se dispuso a evaluar la situación. Cuando Moreland vio que se acercaba, intentó sentarse, lanzando a Gideon una dolorida mirada de rencor.

—Confío en que... —Se llevó la mano a la boca—. Voy a vomitar.

—No sobre mis botas, por favor —dijo Gideon con una mueca, apartándose con rapidez—. Mi mayordomo está muy orgulloso de su lustre. —Miró al grupo de hombres que se había congregado a su alrededor—. Que alguien le dé a este desgraciado una dosis de láudano, le haga la cura que corresponda en el pie y lo meta luego en una diligencia que lo lleve a su pueblo.

—Ya le dije que pasada la medianoche no bebiera más —dijo Caleb con escasa simpatía.

—¡El duelo ha terminado! —gritó un testigo entre la multitud—. ¡La cuestión de honor ha quedado zanjada!

Gideon hizo un gesto negativo.

—Eso es cuestión de opiniones.

Caleb saltó por encima del sombrero de copa de Phillip y se acercó a Gideon con expresión avergonzada. Era una pena que sus ojos azules le recordaran tanto a Charlotte y, por lo tanto, predispusieran a Gideon a sentir cierta simpatía por él a pesar de las compañías que frecuentaba.

—He tenido que ser su segundo, excelencia. Espero que lo comprenda. Ese exaltado no tiene otros amigos en Londres.

—No puedo decir que me sorprenda. —Gideon pensó de nuevo en Charlotte y parte de su enfado se deshizo al instante—. Lo entiendo. Es una virtud admirable permanecer al lado de un amigo aun sabiendo que este amigo se equivoca.

—Confío en que este hecho no empañe de ningún modo nuestra relación, excelencia.

—En absoluto. Tengo la sensación de que, una vez que me haya casado con su hermana, necesitaré todo el apoyo masculino que pueda obtener.

Caleb asintió agradecido.

—Es un consuelo saber que Charlotte ha encontrado un protector tan incondicional como usted. Siempre ha sido más bien tímida en compañía de caballeros.

Pues anoche no había sido nada tímida. De hecho, Gideon empezaba a preguntarse si todo el mundo habría interpretado erróneamente el carácter de su prometida. Sí, él la había infravalorado… y se había equivocado, y había infravalorado asimismo el placer que podía proporcionarle. Pensar que durante toda su vida siempre había intentado evitar a las modositas.

Pero no era tema a discutir con su futuro cuñado.

—La familia temía que pudiera ser vulnerable al acoso de un bergante —añadió Caleb.

—Dios mío, eso habría sido una tragedia.

Miró de reojo a los hombres que transportaban la camilla. Y entonces buscó con la vista a sir Daniel, pero el agente había desaparecido antes de que tuviera oportunidad de hablar con él largo y tendido sobre su investigación.


Charlotte había estado ansiosa y deambulando de un lado a otro de la habitación de Jane hasta que los primeros rayos de luz habían iluminado el cielo y los campanarios de la ciudad habían recuperado su conocido perfil en el horizonte. Al final, el peso de la fatiga y la preocupación había podido con ella. De modo que había acercado una silla a la ventana y se había sentado a esperar. Había decidido estar acompañada por su familia por si acaso le sucedía algo malo a Gideon.

Chloe se desperezó sobre los almohadones y abrió lentamente los ojos para observar la habitación iluminada. Miró a Jane, que dormitaba en la cama a su lado y al incorporarse vio la figura con expresión desolada sentada junto a la ventana.

—¿Llueve? —preguntó, pasándose la mano entre sus rizos negros para peinarse.

Charlotte suspiró.

—No hay ni una nube. Nada que no sea humo de carbón.

Chloe puso los pies en el suelo, la cama crujiendo levemente.

—Pronto se habrá acabado.

—¿El qué se ha acabado? —murmuró medio dormida Jane.

—El duelo. —Charlotte se levantó del taburete de un salto—. Es Weed —dijo—. Debe de haber terminado. Está haciéndome señas con la mano desde la trasera del carruaje.

—¿Y es una señal de alivio o de inquietud? —preguntó Jane, mirando con ansiedad a Charlotte.

—¿Cómo quieres que lo sepa?

Charlotte se calzó las chinelas. No eran suyas, y tuvo que forzar el pie para que le entraran.

Jane se arrastró para colocarse al lado de Chloe y corrió de la cama a la ventana, su cabello de color miel derramándose sobre la espalda.

—Es de alivio. Gideon debe de haber ganado el duelo. Lo que no me sorprende.

—Oh, gracias a… —Charlotte se enderezó—. Supongo que por el gesto de Weed no podré adivinar si Phillip ha sobrevivido o no.

—No creo. Pero mirad, Grayson está bajando del carruaje.— Jane abrió la ventana—. ¡Grayson! ¿Qué ha pasado? ¡Nos morimos de ganas de saberlo!

—Ese idiota se ha disparado en el pie.

Jane se mordió el labio, acercándose a Charlotte.

—Imagino que podemos dar por sentado que no se refiere al duque.

Gideon le había pedido a Grayson que tranquilizara a Charlotte diciéndole que ambos combatientes habían sobrevivido al duelo. Se lo habría dicho él personalmente, pero mientras regresaba se le había ocurrido de pronto que las palabras con que le había despedido el mayor la noche anterior eran de lo más extrañas.

«¡Dos en una noche! ¡Aguante el ritmo y... »

¿Dos damas? ¿A qué estaría refiriéndose Boulton? Sí, era evidente que había visto llegar a Charlotte, que era una dama atractiva cuya entrada en casa de él debió de despertar la curiosidad del mayor. Estaba seguro de que anoche había alguien en la ventana. ¿Sería tal vez una dama?

¿Habría visto el mayor Boulton la persona que Gideon no había logrado vislumbrar? No sería Harriet, ¿verdad?

Aunque era posible que hubiera mirado por la ventana para asegurarse de que Charlotte seguía sana y salva. Alarmante, pero posible. Pero lo que más le inquietaba era que alguien pudiera haberla seguido... y que se tratara de la misma persona que la había asustado en la academia. ¿Coincidencia? Tendría que haberle preguntado a Devon si había visto a alguien mientras esperaba fuera.

También era posible que el ladrón confiara en dar de nuevo el golpe. Dicha posibilidad se le habría ocurrido de no haber estado tan distraído con la visita de Charlotte. Pero ¿hasta qué punto podía distinguir el mayor quién andaba al otro lado de la calle? El muy pillín debía de tener la costumbre de observar su casa como pasatiempo nocturno.

En cuanto el carruaje se detuvo, se apeó y cruzó la calle para llamar a la puerta de la casa del mayor. Le abrió una criada, que le miró estupefacta.

—Excelencia —dijo, remetiendo en la cofia un mechón de pelo suelto—. ¿A qué debemos este honor?

Gideon le ofreció una tensa sonrisa.

—Disculpe la interrupción, pero si no le importa, me gustaría hablar con el mayor un momento.

—Oh, no me importa en absoluto. —Abrazó con manos agrietadas el palo de la fregona y suspiró—. Puede interrumpir mis tareas siempre que le apetezca. Hoy toca fregar suelos.

—Lo recordaré. ¿Está indispuesto?

—¿Quién?

—El mayor. El caballero para el que friega.

—Oh. —La criada y la fregona se enderezaron a la vez—. Se ha marchado con su hija al campo justo después de desayunar. ¿Si puedo hacer cualquier cosa por su excelencia?

Apareció otra criada cargada con un cubo.

«¡Maldición!», pensó Gideon. No podía perseguir a Boulton por un camino rural solo para formularle una sencilla pregunta.

—Mis necesidades domésticas están satisfechas por el momento —dijo, empezando a bajar la escalera.

—Oh, estoy segura que sí —dijo la mujer, arrullando casi, y estallando en una tormenta de carcajadas que siguieron a Gideon de camino a la calle.

# Capítulo 32

*A*ntes de que se iniciara su acelerado noviazgo, Gideon había llegado a la conclusión de que era capaz de asesinar a alguien. Y menos de quince horas después de aquella lamentable excusa para batirse en duelo, algo le recordaba que un protector, por mucho que fuera quizás un protector solo de cara a la galería, no podía permitirse bajar la guardia.

De hecho, tan solo una semana antes, cuando Shelby le entregó la invitación para el baile de disfraces que iba a tener lugar esta noche en la Ópera, intuyó que aceptarla sería un error. Pero Charlotte le había insinuado que asistirían varios miembros de su familia y que le encantaban los bailes de disfraces. Al final, había accedido a acompañarla. Pero se sentía como un idiota por haber dejado que Kit le convenciera de que tanto él como el resto de compañeros de entrenamiento del salón de esgrima se disfrazaran de bucaneros. Cuando le había preguntado por qué, Kit le había respondido:

—Es una de las pocas oportunidades que se te presentarán de poder llevar un machete de verdad y ser admirado en público por ello.

Refunfuñando por dentro, Gideon se había vestido con pantalones ceñidos de cuero negro, vaporosa camisa blanca con encaje holandés y chaleco guateado de color granate. Había rematado el atuendo con una chaqueta larga con botones de latón y sombrero de plumas. Finalmente, se había ceñido un cinto y acomodado en él el machete.

Pero se había negado a ennegrecerse los dientes y a ponerse el pendiente de oro que Kit le había enviado.

Lo más curioso del caso fue que tanto Jane, como Harriet y Charlotte, le lanzaron una evidente mirada de aprobación cuando subió a su carruaje. Grayson, refunfuñó, disimulando la risa.

—¿Le gustaría que lo lanzáramos al Támesis? —preguntó con voz taimada.

Jane llevaba un disfraz en honor a su tocaya, Jane Seymour: vestido de terciopelo azul y cuello blanco rizado. Se bajó la máscara para dedicarle a su esposo una grave mirada.

—Grayson, un hombre disfrazado de Robinson Crusoe no tiene derecho a hablar. Esa barba es repugnante. Así a simple vista, parece que podrían vivir en ella un par de ratones. Me pregunto qué habréis estado bebiendo el ayuda de cámara y tú. Es una suerte que Weed no te haya visto.

—A lo mejor es que no le apetecía afeitarse —comentó Harriet, ajustándose el corpiño de encaje.

Con su cara de pilluela y su cabello rojo dorado, estaba tremendamente atractiva disfrazada de tabernera.

—Gracias, Harriet —dijo Grayson, con un gesto de afirmación.

Gideon miró finalmente a Charlotte con la única intención de realizar un cortés intercambio de miradas. Pero el disfraz que había elegido le dejó sin palabras. Jamás en su vida había visto una Cleopatra rubia, con corona, esclavas y ropajes transparentes. Parecía más bien Ofelia y estaba tan seductora que no habría hombre que se le resistiera.

La fría sonrisa de Charlotte le dio a entender que comprendía por qué el disfraz no era de su agrado.

—Gracias, excelencia. En los cuadros renacentistas, Cleopatra aparece representada con pelo rubio, por mucho que sus orígenes fueran griegos.

—Fascinante —dijo Gideon, y volvió la cabeza en el mismo instante en que otra sonrisa iluminaba una chispa en los ojos de ella.

—¿Excelencia? —dijo Jane, inclinándose hacia delante.

Él la miró a regañadientes.

—¿Sí?

Sujetaba… una cesta bajo su barbilla.

—¿Le apetecería un higo? Son buenos para la circulación.

Harriet estalló en carcajadas. Grayson emitió un sonido grosero y cuando Gideon cruzó la mirada con la de Charlotte, notó que algo se liberaba en su corazón.

Dolía. Como cuando una pala excava y tropieza con una piedra.

Intentó combatirlo, luchar contra la crudeza de aquella emoción, contra aquella fulminante oscuridad que intentaba apagar la luz.

—No me apetecen los higos —dijo, frunciendo el entrecejo con seriedad para no echarse a reír como las chicas.

Entonces, por suerte, el carruaje se detuvo detrás del desfile de vehículos que ya habían llegado a la fiesta.

Casi inesperadamente, cuando bajó de él para cogerle la mano a Charlotte y ayudarla a bajar, a su vez, se descubrió con ganas de disfrutar de la velada.

Sentía por ella algo que iba más allá del deseo, seguramente el inicio del amor. Tenía la impresión de que estaba llena de sorpresas. Nadie habría imaginado hasta dónde llegaba su sensualidad con solo conocerla someramente. O el tremendo efecto que podía llegar a tener sobre él.

Tal vez bailaría con ella. A Gideon no le gustaba mucho bailar, pero sería una excusa perfecta para tenerla cerca. Y, además, la complacería.

Deseaba también no perderla de vista. Pero apenas había pasado un cuarto de hora cuando el flujo de invitados que no cesaba de entrar en el salón de baile acabó separándolos.

—Parece usted un malvado bucanero —comentó una juguetona voz femenina.

Gideon se encontró con una cara medio cubierta con una máscara de terciopelo negro. Se trataba, pensó distraídamente, de Chloe, la prima de Charlotte. La reconoció por la sonrisa.

—Me siento como un imbécil —replicó él de mala gana.

—¿Bailamos?

Gideon miró por encima de la cabeza de ella, casi sin escucharla.

—¿Dónde ha ido?

—Seguramente estará por algún rincón del salón de baile —respondió ella.

Se pegó a su brazo. Gideon no tenía ni idea de qué pretendía emular aquel disfraz. Iba vestida con pantalones ceñidos hasta la rodilla y un frac que le recordaba el que llevaba su mayordomo, Shelby.

—¿Cómo va vestida, de pirata?

Gideon se giró para estudiarla con más atención. Le parecía una pregunta peculiar, aunque la verdad era que Charlotte y Chloe habían llegado por separado y era posible que no hubieran comentado de qué pensaban disfrazarse. Las mujeres y su vestimenta eran un mundo aparte.

—De Cleopatra —respondió.

—Muy intrigante —susurró ella con otra seductora sonrisa—. He visto al menos veinte.

Y tenía razón. Había muchas Cleopatras. Algunas con exuberantes melenas oscuras y monstruosos tocados. Una vestida con pieles de leopardo. Una mujer mayor que parecía una momia envuelta en seda blanca y abalorios de perlas.

Pero solo había una Cleopatra con ojos soñadores que destacaba en altura por encima de las demás y que parecía... Sus ojos se cruzaron con los de él. Levantó el abanico de plumas para saludarle. Observó su entorno, fastidiado por la mucha atención que estaba atrayendo. No creía que se diera siquiera cuenta de que un joven galán vestido con capa estaba mirándola como si fuese su siguiente presa. No se trataba de su antiguo amor. Aquel tarugo sería incapaz de moverse entre aquella muchedumbre, y mucho menos de bailar.

—Tendrá que perdonarme, Chloe —le dijo a su olvidada acompañante—. Los lobos están a punto de abalanzarse de nuevo.

Se negó a soltarle el brazo.

—No me llamo Chloe —dijo, su rostro adquiriendo un claro gesto de flirteo—. Soy Florence. Y estoy disponible.

—Santo cielo. Suélteme.

Se abrió paso a codazos, pidiendo disculpas, hasta cruzar todo el salón. Y no fue tarea fácil, con un machete en la cadera y un sombrero con plumas que le tapaba la visión. Tampoco resultaba muy útil que, intuyendo que podía haber problemas, tres de sus compañeros de esgrima decidieran seguir su estela.

El joven galán se había colocado junto a Charlotte, pero ella estaba tan absorta saludando a Gideon que ni siquiera se había dado cuenta.

Y el hombre de la capa tampoco se había dado cuenta de que Gideon se acercaba.

Dio una veloz mirada a Gideon, vio los tres bucaneros que le seguían, y desapareció rápidamente entre la multitud.

—Charlotte. —Gideon exhaló un suspiro de frustración—. ¿Por qué te has ido?

—No lo he hecho expresamente. Estaba hablando con la madre de la señorita Martout y de repente nos separaron a empujones.

Gideon lanzó una mirada furiosa a un caballero que giró la cabeza para mirar de arriba abajo a Charlotte.

—¿Qué mira? —le dijo con desdén.

—Yo... nada, señor. Yo... buenas noches. Disfrute de la fiesta.

Charlotte se vio empujada hacia Gideon.

—No empieces otra vez, por favor —le susurró.

—Excelencia —dijo uno de los compañeros de esgrima—, ¿necesita nuestros servicios? ¿Desea que le escoltemos fuera?

—No. Lo que necesito... —dijo y tragó saliva.

Necesitaba a Charlotte.

—Pueden irse —respondió sin girarse—. Gracias por el ofrecimiento. —Bajó la vista hacia el collar de oro que relucía sobre el escote de Charlotte. Hasta entonces no se había fijado en los rubíes de color rojo sangre que llevaba engarzados—. ¿Son auténticas esas piedras preciosas?

—Sí.

Separó el collar del escote con el dedo índice.

—Lo son —dijo sorprendido.

—Gideon, hay centenares de personas. Y nos están mirando.

—De eso ya me he dado cuenta. ¿Quién te lo ha dado?

—Me lo ha dejado prestado Jane. ¿No te has dado cuenta, mientras estábamos en el carruaje?

—No —dijo él—. Intentaba no mirarte. —Levantó la mirada hacia los ojos de ella, soltando el collar—. ¿Te gustan las joyas?

—En la academia he tenido escasas ocasiones de lucirlas.

La mirada de Gideon volvió a deslizarse desde la garganta hasta el borde de sus ropajes, obviando por completo que estuvieran observándolos. Se obligó a mirarla de nuevo a los ojos.

—¿Qué te inspiró a vestirte de Cleopatra?

La sonrisa cohibida de Charlotte era mucho más seductora de lo que ella se imaginaba.

—Es uno de los disfraces que utilizamos en la academia para las representaciones.

—Me gusta disfrazarme.

—Gideon.

—A ti también. Lo veo con mis propios ojos.

—Lo que reflejan tus ojos en este momento son tus demonios internos —replicó ella, girando la cabeza y exponiendo la tentadora curva de su nuca.

—Querida mía, mis ojos no podrían llegar a revelar la de cosas diabólicas que pretendo hacerte.

—Pero no aquí. Y mucho menos vestidos así.

—Desnudémonos entonces. —Le cogió la mano y la arrastró alejándola de la pista de baile—. Mucho mejor.

—Está empezando el baile —dijo ella.

—Sí, lo sé.

—¿Por qué nos vamos?

—Porque no quiero hacerte mía en medio de una pista de baile.

La deseaba sobre la tarima, una mujer de maliciosa leyenda que invitaba a hombres poderosos a dominarla.

—Gideon —dijo ella, resistiéndose—. Te comportas como un...

—¿Cómo un bucanero?

—Ahora que lo dices —replicó ella, sin aliento y llevándose la mano a la corona antes de que le cayera al suelo—. Sí. Mira, acabas de aplastar casi a uno de tus amigos.

—Si es un amigo, lo entenderá.

Charlotte murmuró unas palabras de disculpa por encima del hombro.

—Pues pronto te quedarás sin amigos si cargas contra ellos como una fragata.

—Tengo muchos amigos —le espetó, saludando con un gesto a Kit y a su esposa, Violet, que se echaron simultáneamente hacia atrás para cederle paso.

—¿Dónde vamos? —preguntó Charlotte, saludando con la mano a Harriet y a una dama anciana que no conocía, pero que había saludado a su vez al duque.

—Donde no tenga que erigir una fortaleza a tu alrededor.


Charlotte le habría seguido a cualquier parte. A pesar de que le habría horrorizado que se hubiese metido en otro duelo, se había emocionado secretamente al verlo ahuyentar aquel caballero impúdico cuyas lascivas intenciones le habían pasado por alto. Había sentido un alivio inmenso viendo que Gideon no recurría a la fuerza bruta.

Su conciencia no habría soportado dos duelos en un mismo día. O en cualquier día. Gideon estaba superando sus sueños a un ritmo mareante. ¿Debería intentar pararlo? Era impredecible, protector y... suyo. El vínculo entre ellos se hacía más fuerte a pasos agigantados. Deseaba mantenerlo alejado de las demás mujeres con una pasión tan intensa como la de él, aunque mucho mejor controlada.

La alejó del abarrotado e iluminado salón de baile hacia un pasillo oscuro donde se tropezaron con otra pareja haciendo... Charlotte apartó la vista.

—Discúlpennos —dijo en voz alta Gideon.

—Discúlpese usted —murmuró el hombre, deslizando los dedos sobre los hombros desnudos de su pareja—. Aquí estamos ocupados. Búsquese otro pasillo, amigo.

Charlotte sofocó un grito cuando vio que Gideon le soltaba la mano y desenfundaba el machete con eficiencia y sin dudarlo un instante.

El hombre, su máscara enrollada en su muñeca, levantó la vista con incredulidad.

—No se atreverá a utilizar eso.

—Sí que se atrevería —intervino Charlotte—. Créame.

—Es el duque de Wynfield —dijo encantada la pareja del hombre.

—Wyfield —repitió lentamente el hombre.

—Eso parece —dijo la mujer, sonriéndole a Gideon.

La pareja desapareció en cuestión de minutos, dejando a Cleopatra y al arrogante bucanero a solas en la oscuridad.

La condujo hacia un rincón y bajó la cabeza. Charlotte suspiró, sin ofrecer resistencia. Gideon levantó un brazo y apoyó la palma de la mano en la pared, no solo para impedirle que escapara, sino también para protegerla de miradas ajenas. La cubrió con un intenso beso que la dominó, la devastó y encendió en ella peligrosos impulsos.

Era como un relámpago que le hizo cobrar vida. La devoró con la boca. Recorrió con la mano los costados hasta abarcar con delicadeza su pecho. Charlotte echó la cabeza hacia atrás. ¿Cómo era posible que le deseara y le necesitara de aquella manera? ¿Qué le pasaba?

—Suéltame —le susurró, insensible, incoherente.

—¿Por qué tendría que hacerlo? —dijo él, sin apenas separar la boca de ella—. Esta noche no somos nosotros. Tú eres una reina legendaria que dedicó la vida a atormentar a sus amantes.

—Eres tú el que me atormenta.

Gideon sonrió, el ala del sombrero dejando su rostro en la sombra.

—Soy un bucanero y ahora me toca a mí jugar a la caza del tesoro.

Recorrió con la mano la hendedura entre sus pechos hasta alcanzarle el cuello.

—Coge mi collar. Pero recuerda que es de Jane y que no es mujer que ignore una ofensa.

La sonrisa de Gideon se intensificó. Recorrió con los dedos la línea de su clavícula.

—Para empezar, no quiero el collar. Te quiero a ti, y eres mi prometida.

Charlotte se estremeció ante la sensualidad tan primitiva de su mirada.

—Pero...

—Una promesa es una promesa. Cuanto más espere, más te desearé.

Ella cerró los ojos.

—Me siento extraña.

—Si te desmayas te cargaré al hombro y te llevaré a un sofá. La gente hablará.

—Yo...

Volvió a capturarla con la boca. Charlotte percibió el calor masculino y el acero del machete en contacto con su cuerpo. La fuerza de él le impidió caer al suelo. La besó como un pecador. La besó hasta que a ella dejó de importarle que los sorprendieran de cualquier manera.

Ya no importaba quién de los dos había instigado aquella ardiente atracción. Tal vez ella hubiera vertido en su diario toda su pasión. Pero él la había desatado para pasarla de las páginas a lo físico.

—Tendremos que conformarnos con esto por ahora —dijo Gideon, separándose.

La huella que el cuerpo de él le había dejado permanecería fija en ella toda la noche.

Charlotte abrió lentamente los ojos; vio el deseo grabado en sus facciones.

—Deberíamos volver a entrar —susurró ella.

Gideon se echó el sombrero hacia atrás.

—Sí, pero preferiría no hacerlo.

—Siento haberte obligado a aceptar la invitación.

Su mirada se iluminó cálidamente.

—Ha merecido la pena. Aunque solo pienso devolverte al salón de baile si me juras que no permitirás que te miren más hombres.

—Lo mismo te pido. Te he visto bailar con la dama en pantalones.

—Lo creas o no —dijo él, cogiéndole la mano—, la he confundido con tu prima Chloe.

No se apartó de su lado el resto de la noche. La siguió como si fuera una de las criadas de Cleopatra. Pensó en lo que le había dicho. Tal vez no fuera muy experta en cuestiones mundanas, pero...

Era cierto. Tenía muchos amigos. Pero llevaba demasiado tiempo sin vivir con una familia, sin hermanos que ofender o hermanas que defender. En caso de crisis, no tenía a nadie en quien confiar, con la excepción de Kit, que había fundado ya su propia familia.

Más tarde, de regreso a su casa, Gideon cayó en la cuenta de que sus criados eran las únicas personas pertenecientes a su pasado, las únicas con quien podía compartir recuerdos.

Podía confiar en ellos.

Y cayó en la cuenta de que su único familiar con vida, Sarah, la hija a quien apenas veía, podría haber confiado en él y él le había fallado.

Cuando su esposa y su padre murieron, se había refugiado en una oscura neblina. Se había convertido en un muerto viviente. Un día de borrachera se encadenaba con el siguiente.

Se había mostrado de acuerdo cuando la abuela de Sarah, en su lecho de muerte, había insistido en que sería un abuso por su parte exponer a la pequeña a su estilo de vida hedonista. Ni siquiera se le había pasado por la cabeza cambiar sus maneras. No conseguía armarse del valor suficiente como para evaluar si aquello era vida o no. Estaba tan sumido en la autocompasión que si hubiera podido borrar el pasado e impedir que llegara el futuro habría sido un alivio. Pero no podía pasarse la vida echándole a su dolor la culpa de todo.

¿Le echaría de menos su hija? ¿Cómo iba a echarle de menos si jamás había jugado un papel importante en su vida?

Deseaba tenerla de nuevo a su lado.

Deseaba compensarle el tiempo perdido en el pasado.

Deseaba que su hija volviera a tener una familia de verdad.

Y, por encima de todo, deseaba convertir en su esposa a una mujer que ni siquiera había tenido la sabiduría suficiente como para elegirla.

# Capítulo 33

*E*l espléndido carruaje volaba por Windsor Road. Una de sus pasajeras, la duquesa de Scarfield, había estado espoleando al pobre cochero con la promesa de un ascenso si llegaba a Londres a tiempo para la boda. De hecho, según decía su marido, la climatología tenía incluso miedo de desobedecer a su esposa.

—Cálmate, Emma —dijo Adrian, su cabeza cómodamente instalada en el regazo de ella, por encima del cual el vientre que albergaba su heredero parecía estar creciendo por minutos—. La familia jamás se atrevería a celebrar una boda sin ti.

—No intentes apaciguarme diciendo esa tontería. Mi familia se atrevería a cualquier cosa. Esto es lo que ocurre cuando no estoy presente para ofrecer mis consejos.

—Llegaremos enseguida, amor mío.

—No, no llegaremos. Ya es demasiado tarde. ¿Cuántas veces le habré dicho a Charlotte que no plasme sus pensamientos en papel? ¿Por qué esperar otra cosa mejor? Mi familia está destinada a la desgracia.

Sonrió él para sus adentros. Cuanto más avanzaba el embarazo de Emma, más le recordaba a Adrian una delicada tetera de porcelana cuya función no era otra que soltar vapor de vez en cuando.

—Te preocupas sin razón, Emma —le dijo para aplacarla—. Dudo que Charlotte tenga secretos que contar.

—No quiero llegar justo un minuto antes de que se celebre la boda.

—Por supuesto que no.

—Quiero estar presente para los preparativos.

—Es comprensible.

—¿Intentas apaciguarme? —preguntó.

—Bien, no…

—Con lo bien que conozco a Jane y a Chloe, estoy segura de que habrán recomendado a Charlotte un vestido de esa escandalosa *madame* Devine. Imagino que no la recuerdas. Confecciona atuendos provocativos para amantes y fulanas del West End.

Adrian se esforzó por poner expresión de inocencia.

Ella le miró con mala cara, como si por un segundo la hubiera decepcionado.

—No respondas. Ya tengo suficientes cosas en la cabeza. ¿Y qué me dices de la academia? —Se movió inquieta en el asiento, inclinándose para levantar la cortinilla—. No podría ir más rápido este carruaje.

—No se trata de hacerle daño a nuestro pequeño heredero, ¿no crees? —dijo él, incorporándose con resignación—. La academia sobrevivirá, no te preocupes.

—Por supuesto que me preocupo. Nadie estará dispuesto a quitarme esa carga de encima.

—¿Y para qué sirve, de hecho?

—Los hombres no entendéis nada.

La que de soltera fuera Emma Boscastle, vizcondesa viuda de Lyons o, como se la conocía en la familia, la delicada dictadora o la señora Mataalegrías, estaba considerada como la anomalía de la rama londinense. Batalladora acérrima en su lucha por reformar a los escasamente refinados y a los aficionados al escándalo, había tenido la vocación de poner en marcha una academia para damas para sentar ejemplo entre los miembros de su propia familia, que no cesaban de ponerla en situaciones embarazosas con sus incesantes intrigas amorosas.

—Creía haber encontrado en Charlotte un alma gemela —reflexionó—. Era casi tan equilibrada como…

—…como tú.

Emma asintió.

—Bajo mi tutela realizó grandes avances. Era admirable. Pero tal vez fui un mal ejemplo para ella. En el fondo, siempre fui una hipócrita.

—Emma, de no haber sido un mal ejemplo, ahora no estaríamos casados y esperando un hijo.

—Cierto.

Y un instante después estaba dando golpecitos con la punta del pie contra la puerta, su rostro ofendido enmarcado por una corona de rizos de color albaricoque dorado.

—Esto es justo lo que lady Clipstone está esperando: la caída final. Tengo que estar allí para impedirla.

—¿Qué caída? Si he entendido correctamente la situación, Charlotte se ha visto implicada en un asunto de escasa importancia con un hombre que va a casarse con ella. Una boda, Emma, final de la historia.

—Hay un diario desaparecido, Adrian. El principio del fin. Es muy posible que Charlotte haya publicado una enciclopedia de la vergüenza.

—Pues muy pronto estarás allí para solucionarlo todo.

Emma se dejó caer con un suspiro en brazos de Adrian, que se acurrucó contra ella.

—Para —dijo Emma con escaso entusiasmo, recostando la cabeza sobre el torso de él.

—No. —Enlazó las manos por debajo del pecho de ella—. No puedes hacerme esto.

—Podría, lo sabes.

—Pues inténtalo.

—A lo mejor no quiero intentarlo —replicó ella con una sonrisa.

—Cuatro años de matrimonio —reflexionó él—. No te olvides que en su momento nosotros mismos fuimos también un escándalo. Siempre me he preguntado, y tal vez sea mejor no saberlo, qué fue lo que os convirtió en rivales a lady Clipstone y a ti. ¿No habíais sido amigas?

—Íbamos a inaugurar una escuela de etiqueta juntas.

—¿Y?

—Y tengo que guardar ciertos secretos, Adrian, a menos que Charlotte los haya difundido con su indiscreta pluma.

Se detuvieron por fin en una posada en las afueras de Camberly. Adrian, que en su día fuera mercenario y soldado de fortuna, rara vez tenía que utilizar su rango para conseguir un alojamiento decente cuando visitaba una taberna. Para el espectador, era tan duro como Emma podía ser refinada.

Con ella estaba mostrándose especialmente protector durante su primer embarazo. Subió las escaleras detrás de ella, preparado para coger en volandas a su pequeña tetera en caso de que resbalase, algo que a punto estuvo de suceder cuando una niña se escapó de la vigilancia de su institutriz y bajó corriendo como una fiera.

—¡Madre mía! —exclamó Emma, dirigiéndose a la hostigada institutriz, que apareció a continuación persiguiendo a su pupila—. ¿Es que no aprenden modales los niños últimamente? Esa pequeña necesita mano dura.

—Lo que necesita es un par de carceleros, señora —replicó la institutriz—. Y en cuanto la entregue a sus padres, estaré encantada de retirar mi mano para siempre.

Emma miró de reojo a su esposo, moviendo la cabeza con preocupación.

—Una niña tan revoltosa no causa más que problemas; recuerda lo que te digo. Reconozco un niño indisciplinado en cuanto lo veo.

—Escandaloso —dijo, pensando en las torturas que había llevado a cabo a esa edad—. ¿Dónde iremos a parar?

Emma se recogió las faldas y resopló.

—Veo una sonrisa en tu atractiva cara. Tú no me engañas ni por un momento. Nuestro hijo no tendrá permiso para andar corriendo de aquí para allá como un loco en lugares públicos. Y tampoco en privado.

—Lo que tú digas, mi pequeña tetera.

—¿Qué me has llamado?

Adrian se echó a reír.

—Nada, cariño mío. No te enfades, piensa en ti y en el bebé.


Grayson rara vez dejaba pasar quince días sin celebrar una fiesta por el motivo que fuera. Recibir una invitación con filo dorado para asistir a uno de sus lujosos eventos era un honor entre la aristocracia. Su mansión de Park Lane nunca dormía. Centinelas y criados patrullaban los terrenos las veinticuatro horas, vigorizados con humeantes tazones de chocolate caliente preparado con la leche fresca que las lecheras entregaban a diario. Los panaderos abastecían la casa con pan caliente, pasteles y sabrosos pasteles de carne que entraban por la puerta de servicio que daba acceso a las cocinas del sótano.

Y ahora iba a celebrarse una boda. La casa zumbaba con el ajetreo de una colmena. El personal de la cocina daba órdenes a los demás criados, y los demás criados obedecían. Había que sacar del almacén la mejor cubertería. Había que planchar mantelerías con hierros calientes. Había que crear espacio para los invitados y para los montones de regalos que se recibirían. El menú para el desayuno de la boda necesitaba la aprobación de la marquesa. Los criados necesitaban calzado nuevo de suela blanda para deambular por la casa silenciosos como fantasmas. Conseguir que una boda celebrada en Mayfair pareciera una escena de cuento de hadas exigía mucho trabajo.

# Capítulo 34

$S$ir Daniel tenía por delante un día de lo más desagradable. Su primera tarea consistió en visitar al duque y a la señorita Boscastle en la mansión de Park Lane, donde ella estaba residiendo hasta que se celebrase la boda. Harriet estuvo presente en el encuentro, un detalle que no sorprendió a Daniel. Le costaba todavía verla tan elegantemente vestida sin recordar la pilluela barriobajera y despeinada que era cuando la arrestó por primera vez y la pataleta que tuvo cuando la confió a los cuidados de Emma Boscastle. Su vida se transformó por completo a partir de aquel momento. Cómo le gustaría poder alejar de aquel modo de las calles de Londres a todos los jóvenes vulnerables.

—Excelencia —dijo con una respetuosa sonrisa, inclinándose para saludarla.

—No es necesario —susurró ella—. Solo dígame que ha encontrado el diario.

Sir Daniel negó con la cabeza y se enderezó.

—Ojalá pudiera hacerlo. Si alguien sabe dónde está, lo ha convertido en un secreto muy bien guardado. He interrogado a todas mis fuentes de información y no he obtenido ni una sola pista acerca del paradero del diario.

—Oh, Dios mío —dijo Charlotte con voz débil—. Creo que voy a necesitar algo más fuerte que el té.

Sir Daniel apartó la vista, aunque no sin antes percatarse de la mirada de preocupación que el duque lanzó a su discreta prometida. ¿Sería posible que aquel acuerdo estuviera transformándose en cariño sincero? A lo mejor, al final, resultaba que todo aquel asunto del diario había tenido consecuencias positivas. Daniel creía en el amor y el matrimonio, por mucho que ambos le hubieran eludido.

Gideon se revolvió.

—¿Y tampoco se sabe nada del collar de zafiros?

—No se ha visto en los establecimientos más habituales —dijo sir Daniel—. Lo que también es poco habitual de por sí. Es posible que los ladrones hayan huido de la ciudad.

Charlotte suspiró.

—Deseaba tanto que todo esto se aclarara antes de la boda.

—Quedan aún cuatro días —dijo Gideon, su mirada volviéndose introspectiva.

Harriet levantó la barbilla.

—Tiene razón.

—Tengo la terrible sensación —dijo en voz baja Charlotte— de que ha caído en manos muy malvadas.


Gideon cruzó lentamente la calle, levantando la mano para detener el abundante tráfico del mediodía. Era una puñalada para su honor no poder cumplir la promesa que había hecho a la familia de Charlotte. No había logrado recuperar el diario antes de la boda.

—Maldita sea —dijo cuando un pequeño carruaje pasó a toda velocidad por su lado, obligándolo a saltar a la acera—. ¿Quién demonios conduce como si fuera el dueño de la calle?

—¡Wynfield! —exclamó Devon desde el asiento de su faetón—. ¿Le apetece acompañarme un rato a las galerías comerciales? Necesito un sombrero nuevo.

Gideon estaba a punto de rechazar la oferta, pero luego se encogió de hombros.

—¿Por qué no? —murmuró, y subió al carruaje para instalarse junto a su futuro primo político. Devon ya no podía hacer nada peor, a menos que acabara provocando un accidente con su conducción temeraria.

—De todos modos, tengo que comprarle un regalo de bodas a Charlotte —se dijo.

—No le compre otro de esos diarios.

—Tengo otra cosa pensada.

Devon y él siguieron rumbos diferentes en cuanto llegaron a las galerías. Sir Godfrey se percató al instante de la presencia de Gideon y abandonó a otro cliente en plena compra para atenderle.

—¡Excelencia! ¡Excelencia! —gritó, por si acaso nadie se había dado cuenta de que acababa de entrar un par del reino—. ¡Qué alegría volver a verle tan pronto! ¿En qué puedo ayudarle?

Miró con turbación la cara expectante de aquel hombre. No le extrañaba que Kit le hubiese robado la novia. El patán no sabía de nada excepto de negocios.

—¿Le gustaría a su excelencia examinar con más detalle el cuerno de caza? Tengo un cuchillo que lo complementa.

—Estoy buscando un regalo de bodas, señor. Las armas tendrán que esperar hasta nuestro aniversario.

Sir Godfrey abrió los ojos de par en par.

—Oh, felicidades, excelencia.

Gideon asintió para saludar a un grupo de jóvenes damas que se había detenido a mirarle.

—Me gustaría un abanico...

—¿De marfil, laminado en oro o de plumas?

—¿Hay alguna diferencia?

—¿Diferencia? —Sir Godfrey se estremeció—. Diría que sí. Tenemos también de carey, de madreperla...

—Yo...

—¿De seda o de piel de pollo?

—¿Piel de pollo? Eso sí que no.

—¿Un abanico con mirilla para transmitir sentimientos o con montura completa, para las más recatadas?

—No tengo ni idea. Uno de cada, supongo. Me gustaría darle una sorpresa a mi prometida antes de la boda.

Sir Godfrey llamó a su ayudante con el abanico que acababa de sacar de un mostrador.

—Trae, por favor, todos los abanicos que haya en la tienda para enseñárselos a su excelencia.

El ayudante movió la cabeza en un gesto compungido.

—Solo hay el que tiene en la mano.

—¿Qué? —dijo sir Godfrey, cerrando el abanico de golpe—. Si anteayer teníamos tres docenas.

—Efectivamente, señor. Pero ayer vino una dama y adquirió todo el lote.

—¿Quién era? —preguntó sir Godfrey.

—La directora de esa academia, señor. Lo cargó todo en su cuenta.

Sir Godfrey le entregó el abanico a Gideon.

—Tráeme los libros de cuentas.

Gideon se cruzó de brazos, dando golpecitos con el abanico, sumamente molesto. En aquel momento cruzó una mirada con Devon, que estaba en el otro extremo del establecimiento, y en un abrir y cerrar de ojos lo tuvo a su lado.

—¿Qué quiere que haga? —preguntó Devon, girando la cabeza.

—¿De qué me habla?

—De su señal de inquietud. —Devon bajó la vista hacia la mano de Gideon—. Acaba de llamarme con el abanico.

—No he hecho nada de eso. ¿Está diciéndome que sabe cómo mantener una conversación con un abanico?

—Por el amor de Dios, Gideon, no hay caballero en Londres que no conozca como mínimo el lenguaje rudimentario del aleteo. No se trata solo de una cuestión de seducción. Sino de supervivencia.

El ayudante reapareció con el voluminoso libro de cuentas abierto. Sir Godfrey echó un vistazo a los nombres de la lista de compradores del día anterior.

—Lady Alice Clipstone —dijo, moviendo la cabeza al recordar el hecho—. Es la propietaria de una academia que lucha por hacerse con la reputación de la que regentaba la prometida de su excelencia. Y ha vuelto a comprar otra vez a crédito.

—¿Está sugiriendo que existe una rivalidad entre ambas academias? —preguntó Gideon, señalando las cuentas con el abanico.

—Oh, por supuesto. Diría, de hecho, que no encontraría competencia más férrea que esa entre las diversas escuelas de esgrima de la ciudad.

Gideon reflexionó sobre aquellas palabras. Se lo mencionaría a Charlotte y a sir Daniel.

—Gracias, sir Godfrey. Una conversación muy esclarecedora. Me gustaría comprar el diario y el tintero de plata que tanto le gustaron a la señorita Boscastle.

—Sí, excelencia. Le serán entregados en…

—La residencia de la marquesa de Sedgecroft.

—Una residencia espléndida, excelencia.

# Capítulo 35

*E*l duelo ya era cosa del pasado para Gideon. La enérgica directora que Charlotte había contratado como sustituta se había instalado en la academia. Charlotte se sentía por fin libre para disfrutar del acontecimiento que estaba por llegar. Era imposible, de hecho, sentir otra cosa que no fuera alegría en compañía de Jane y su séquito femenino, que celebraban aquel matrimonio como si no hubiera sido resultado de circunstancias en absoluto convencionales.

Desde el punto de vista de los Boscastle, todo estaba bien si acababa con un paseo hacia el altar. Todos los miembros de la familia sabían que un verdadero romance nunca seguía las reglas establecidas. De un modo u otro, todos los ingredientes —una dosis de pasión, una pizca de secretos, una medida de honor y dos corazones atraídos por una fuerza intangible— acababan combinándose para forjar una unión que no solo sobreviviría, sino que además prosperaría con el paso del tiempo.

Charlotte había perdido las esperanzas de recuperar el diario. Su único consuelo era que ninguno de sus escritos había aparecido en la prensa amarilla. Gideon le había mencionado el comentario de sir Godfrey acerca de la rivalidad con lady Clipstone. Charlotte le había explicado que tenía alguna cosa que ver con su prima Emma, pero que no sabía de qué se trataba y que, además, en aquel momento tenía asuntos más importantes en la cabeza.

Un esforzado ejército de costureras, cuyas agujas habían volado y cosido mañana y noche como por arte de magia, había confeccionado el vestido de novia. Lo único que le faltaba ahora era el corsé, la camisola y adquirir algunos objetos de viaje esenciales. El zapatero italiano de Jane le había confeccionado los zapatos de boda más perfectos del mundo: piel de color borgoña adornada con hebillas con diamantes incrustados que brillaban como estrellas.

Jane iba a acompañarla a su controvertida modista aquella tarde. *Madame* Devine tenía un talento enorme para el diseño de atuendos que volvían tan locos a los hombres, que acababan vaciándose literalmente los bolsillos en su taller.

Charlotte se quedó pasmada al ver tantos curiosos pululando por los alrededores del establecimiento, que estaba situado en una casa de ladrillo marrón de estilo georgiano.

—¿A qué esperan todos esos caballeros? —le preguntó a Jane.

—Confían en poder ver a alguna clienta, muchas de las cuales son rameras y cortesanas.

—¿Y qué hacemos entonces aquí?

Jane se apeó del carruaje y levantó la cabeza ante los silbidos de admiración que la siguieron hasta la puerta.

Cuando Charlotte corrió para alcanzarla y la animó un coro de vítores, Jane rompió a reír y tiró de ella para ponerla bajo la protección de dos criados que escoltaban a las clientas hasta la tienda.

—La primera vez que Grayson me trajo aquí me quería morir —le susurró Jane mientras subían las escaleras que conducían a los probadores—. La verdad es que *madame* crea sus modelos con un único propósito: que el caballero tenga el placer de quitarlos.

Para sorpresa de Charlotte, *madame* Devine ya había seleccionado un corsé de seda de color marfil con varillas de acero para resaltar el busto y ceñido en la cintura para destacar la curva de sus caderas. Charlotte tenía la impresión de estar vistiéndose para una justa medieval más que para una boda, pero el resultado era tan provocativo que estaba segura de que Gideon la liberaría de aquel artefacto en un abrir y cerrar de ojos. La señorita Peppertree habría dado su aprobación.

—El duque estará encantado —anunció *madame* Devine cuando tocó a su fin una sesión de pruebas que había sido agotadora para todo el mundo.

En aquel momento, salió de detrás de un biombo una mujer de pelo castaño tocada con un sombrerito de paja y con un vestido de seda a rayas en granate y dorado.

—Audrey —dijo con cariño Jane—. ¿Conoce a la señorita Bos-castle?

—No he tenido el honor. —Bajó la voz—. Pero me alegro de reconocer que no he vuelto a ver a su excelencia desde que se conoció la noticia de su enlace.

Charlotte sonrió, sabiendo que su familia consideraba una amiga a la señora Watson.

—Confío en que no vuelva a verlo nunca por su casa —dijo con sinceridad.

Audrey evaluó el rostro y la figura de Charlotte.

—Tengo la sensación de que no volverá.

Charlotte se lo haría sentir si se le ocurría hacerlo, sobre todo teniendo en cuenta que estaba encargando vestidos de noche y conjuntos de gasa que solo una cortesana se pondría. Tal vez no lograra convencerle de que se olvidara del duelo, pero estaba decidida a seguir practicando sus artes de seducción. Al fin y al cabo, había estudiado un montón de años para ser una dama. Y no pensaba poner menos esfuerzo en convertirse en la esposa perfecta.

—Señora Watson —dijo, mirando a su alrededor para asegurarse de que nadie la oyera—. Le agradezco la información que Jane me pasó de su parte.

—Oh, espero que haga un buen uso de ella.

Charlotte sonrió.

—Ya he empezado a hacerlo.


Millie se despertó gritando en el instante en que Nick le puso las manos en la garganta. Él se echó atrás, se tapó los oídos y murmuró:

—Oh, Dios mío, también tú, no.

Y se dejó caer sobre el camastro.

Millie se quedó mirando el corpiño del vestido que ni siquiera se había tomado la molestia de sacarse para ir a dormir.

—¿Qué intentabas hacerme, Nick Rydell? Ya lo pasé bastante mal anoche. ¿No ves mis moratones?

—Míralo. —Nick se sentó y rescató el collar de zafiros del escote de Millie—. Intentaba abrochártelo. He visto los moratones. Dame su nombre y me encargaré de ese desgraciado esta noche. ¿Acaso no puedes encontrar mejor clientela?

Millie lo miró con recelo.

—¿Cuánta ginebra has bebido?

—No he bebido nada.

—¿Qué tendremos que hacer para conseguir dinero si me quedo esta cosa?

Nick hurgó en la parte trasera del pantalón.

—No he dicho que puedas quedártelo. Solo quería ver cómo te quedaba.

—¿Y me has despertado para eso?

Se dejó caer sobre el jergón, tapándose la cara con el brazo.

Él le retiró el brazo.

—No dejes que nadie lo vea. Volveré.

Millie lo miró con curiosidad.

—¿Vas a librarte de una vez por todas de ese libro?

—Sí.

—Gracias a Dios. No era normal verte leyendo cada noche.

—Pues ya se ha acabado. —Se dirigió a la puerta—. Esta noche no vayas a trabajar. Te llevaré al Vauxhall.

—No tengo ningún vestido limpio.

—Ya te encontraré alguno. —Su mirada se desvió hacia los moratones que Millie tenía en el cuello—. Vete a dormir. Tienes pinta de... no sé qué.

—Oye —dijo, incorporándose de nuevo y cogiendo el collar—. Olvidé decírtelo. Tu viejo amigo, sir Daniel, andaba buscándote anoche. Le dije que te habías muerto.

—Buena chica.

—Me amenazó con echarme de la ciudad si volvía a verme haciendo esquinas.

—Lo que quiere decir que ha llegado la hora de que te tomes un descanso.

—¿Descanso? —Volvió a dejarse caer en el camastro—. No tendrías que leer. Me parece que ese libro te ha vuelto majara.

Nick dudó un instante. A punto estuvo de preguntarle si lo que había dicho Barney era verdad. Tal vez prefiriera no saberlo todavía.

Lo que tenía muy claro era que no podía permitirse perder un día más tonteando con aquel condenado diario. Millie tenía razón. No era natural. Desde que había empezado a leer aquella cosa, había descuidado el trabajo. Quería quitárselo de encima. Quería recuperar su rabia, porque sin ella alguien más duro que él pasaría a ocupar su lugar en las calles.

# Capítulo 36

Charlotte contempló el vestido de novia que colgaba de la puerta del armario. Era tan bello, que la noche anterior se había quedado dormida mirándolo. Se moría de ganas de que llegara el día siguiente para que Gideon la viera. Y luego, la noche, para que la liberara de las múltiples capas de seda ornamentada y espumoso encaje.

Al pasar junto al armario para entrar en el vestidor, acarició la falda como si de un talismán se tratara. Acababa de oír a una de las criadas entrando por la puerta contigua, seguramente para poner orden en el caos que Chloe y Jane habían generado probando medias de distintos tonos hasta encontrar las que mejor casaran con el rosa intenso del vestido.

Abrió la puerta; una sonrisa en sus labios que se esfumó en cuanto vio a un desconocido hurgando entre las joyas que guardaba en la cajonera. El hombre se giró de repente al oírla entrar.

Y Charlotte sofocó un grito al reconocerlo.

—Usted. Usted es el hombre que vi en la ventana.

El hombre juntó las manos.

—No vuelva a gritar, por favor. No voy a hacer ningún daño a nadie. Solo escúcheme. Se lo suplico. ¿Me ha entendido?

Charlotte movió afirmativamente la cabeza, las palpitaciones del corazón en la garganta.

—¿Qué quiere?

—Le he traído el diario. Mire. Está en el escritorio, detrás de usted. Allí está. No falta ni una página.

Charlotte le miró con incredulidad.

—¿Usted se llevó mi diario? Usted es el hombre de la ventana. Pero

¿por qué? No le conozco de nada. ¿Quién es usted? ¿Qué le pasó por la cabeza?

—Tiene una rival. Me pagó para hacer este trabajo, pero esa mujer no me gusta. Me gusta usted.

Charlotte cerró los ojos un instante para tranquilizarse.

—No puedo gustarle. He provocado más problemas de los que se imagina.

El hombre se echó a reír.

—También yo. Nunca conocí a una dama que pensara como usted. Nunca me planteé el amor tal y como usted se lo plantea, no sé si me explico. Todas esas cosas que hacen los hombres y las mujeres cuando están juntos… bueno, el hecho es que usted hace que parezcan bonitas.

—No. —Una sensación de debilidad se apoderó de ella—. Sí, lo sé, la verdad. ¿Y no tiene intención de hacerme nada espantoso? Estoy a punto de casarme con el duque de mis sueños y, aunque él no me ama, yo le he amado desde el primer día que le vi.

—El duque es un hombre afortunado.

—No lo será si me encuentra muerta.

—¿Muerta? Oh, cariño, no entiende nada. Lo único que quiero es que me dé un vestido y un recuerdo que aprecie sin más jaleo.

—¿Un recuerdo? ¿Qué tipo de recuerdo? Espere, no es necesario que me lo diga. ¿Acaba de decirme que una dama le pagó para que me robase el diario?

—Así es. No puedo darle el nombre. Pero empecé a leerlo y sus apasionadas confesiones me conmovieron.

Charlotte intuyó que estaba omitiendo una parte importante de la historia, pero mientras le entregara el diario y no le hiciera ningún daño, le seguiría la corriente y ya le daría sentido a todo lo sucedido después.

—¿Le… le conmovieron? —Bajó el abanico que había extraído de un cajón entreabierto sin que el hombre se diera cuenta. Le serviría para protegerse si se le ocurría ponerle la mano encima—. ¿Está diciéndome que alguien le pagó para que me robase el diario y que ha decidido devolvérmelo porque…?

—Sí. Con esta transacción pierdo dinero. Si en la calle se enteran de lo que he hecho, seré objeto de sorna en todo St. Giles.

Charlotte se obligó a mirar con más atención aquella cara marcada con cicatrices, el pelo largo, el abrigo color gris rata. Si se lavara, se peinara y se vistiera con un traje de su talla, podía quedar presentable. Aquel hombre... En el umbral de la puerta que daba acceso a otra habitación estaba la nueva criada que acababa de superar la inspección de Weed. Sus miradas se cruzaron. Le indicó con señas a la chica que se mantuviera escondida.

—Hizo usted lo correcto —dijo Charlotte, apartando la vista de la puerta.

El hombre no había visto a la criada. Charlotte temía que su presencia le violentara. ¿Quién sabía cómo podía reaccionar? Estaba tan nerviosa que se le quedó la boca seca. Tal vez, si se mostraba amable, el hombre acabara marchándose.

—Me llena de orgullo que haya escuchado la voz de su conciencia.

—Sí, lo que sea. Pero tengo que irme. Lo único que quiero es un vestido para mi chica. Algo bonito, con volantes, ligero.

—No sé qué talla tiene —dijo Charlotte, bajando el abanico—. Acompáñeme al guardarropa y elija, pero, por favor, no toque mi vestido de boda.

Pasaron juntos a la habitación que contenía un gran armario francés ornamentado en dorado y Charlotte consiguió convencerle de que eligiera un vestido de seda de color turquesa con mangas con cintas y bajo bordado.

—Ni siquiera me lo he puesto. Puede adaptárselo a su talla. Basta con que ajuste bien los cordones, y un buen corsé siempre ayuda. ¿Tiene algo que la sustente?

El hombre frunció el entrecejo.

—Acude de vez en cuando a la Sociedad de la Penitenciaría de Mujeres y allí le dan algo de manduca. Pero, aparte de eso, yo pago sus necesidades.

—No, me refiero a si tiene un buen corsé. Una prenda especialmente diseñada para dar forma a sus partes no mencionables y... Oh, da lo mismo. ¿Es eso todo lo que quiere?

—Cogeré ese collar de rubíes de su tocador para compensar el tiempo perdido.

—No es...

Asintió. Valía una fortuna. Pero Jane tendría que entenderlo.

—¿De modo que incluso las damas jóvenes como usted quieren que el hombre les susurre palabras groseras cuando se aparean como dos bestias? —le preguntó Nick a Charlotte, sonriéndole.

—Desapruebo por completo esta conversación.

—Fue usted quien escribió sobre el tema.

—Y mire la de problemas que me he buscado, tanto para mí como para mis seres queridos. Además, escribir sobre asuntos privados no es lo mismo que hablar de ellos. ¿No comprende la diferencia?

—Sí. —Rió entre dientes—. Tampoco es lo mismo hacerlo. Pero eso ya lo sabe.

—No lo sé, de hecho.

El hombre le guiñó el ojo, mirándola.

—Le guardaré el secreto.

—Se lo agradecería. —Respiró hondo—. ¿Responde usted por algún nombre?

—Nick. Estará guapa con esto —dijo, acercándose al pecho el vestido que Charlotte había elegido—. Aunque no tanto como usted.

Charlotte asintió. Le habría ofrecido todos sus vestidos y hacer cualquier cambio en ellos con tal de que no le hiciese ningún daño.

—Parecerá una dama.

—Qué va. Se necesita algo más que un vestido, pero tal vez sí se sentirá como una dama.

Charlotte levantó la vista. La criada no se había apartado de la puerta. Era evidente que se había dado cuenta de que Nick había entrado furtivamente y de que no era de la casa. Estaba petrificada. Charlotte rezó para que mantuviera la calma y no hiciera ni dijera nada que pudiera alterar al ladrón.

Aquello era todo lo que podía hacer para animar a aquel alarmante personaje a salir de la casa sin darle a entender que era una compañía deplorable. Solo entonces podría respirar tranquila y dedicar tiempo a examinar el diario y averiguar si faltaban páginas.

—¿Cómo se irá? —preguntó, intentando no mostrarse ansiosa.

—Por la ventana, la que está más próxima al árbol —respondió.

—Pues buena suerte —dijo ella, tragando saliva.

—Sí. Lo mismo le digo. Más le vale al duque portarse bien con usted.

—Sí. Más le vale.

—Mande llamar a Nick si no lo hace.

Charlotte no tenía ni idea de cómo logró asentir con elegancia ante tan desconcertante oferta. No le cabía la menor duda de que Gideon le habría desafiado allí mismo.

—¿Dónde está Charlotte? —le preguntó Jane a Weed, que se había presentado antes incluso de que ella tocara la campanilla—. Teníamos que repasar juntas la lista de invitados para que me ayudara a recordar todos los títulos.

Chloe irrumpió en la estancia, espléndida en su vestido de raso azul.

—Acabo de ver a un criado subiendo a su habitación. O podría dirigirse a la de Emma. Que, por cierto, tendría que estar también repasando la lista con Charlotte.

Gideon se apartó de la ventana desde donde observaba, en compañía de Grayson, a sir Christopher, que estaba en el jardín dando instrucciones al joven lord Rowan sobre cómo debía arremeter con la espada.

—No me importa subir a buscarla —dijo, confiando en aprovechar el hecho de que nadie le estaba prestando atención—. ¿Alguna objeción?

—La mía —dijo con malicia Jane—. Le tengo puesto el ojo. Estamos justo en el momento en que más debemos ejercitar la contención y seguir las reglas.

Weed frunció el entrecejo.

—No hay ningún criado en su habitación. Acabo de realizar la inspección de último minuto de las libreas de los criados de cara a la boda. Todo el personal ha recibido instrucciones de empolvar de nuevo las pelucas y cepillar las chaquetas.

Chloe arrugó la frente.

—El criado iba vestido con ropa de calle, ahora que lo dices. Llevaba algo en la mano. Me dio la impresión de que iba con prisas. Di por sentado que alguien le había ordenado subir.

Gideon miró a todos los presentes.

—¿De quién se trata, pues?

—¿No le había hecho llegar un regalo? —preguntó Chloe.

—Sí. Pero Weed lo ha reservado. Tengo intención de entregárselo a Charlotte la noche de bodas.

—Gracias por devolverme el diario —susurró Charlotte, los nervios a flor de piel.

—Gracias a usted por haberlo escrito… y por el vestido.

Se quitó la gorra.

Y corrió por fin dispuesto a salir, el vestido de color turquesa brillando como un parasol cuando saltó a la rama del árbol que crecía bajo la ventana.

—¡Santo cielo! —exclamó Charlotte, girándose hacia la criada—. ¿Tiene que pasar por delante de las ventanas del salón para escapar?

—Iré a avisarlos —se ofreció la criada, y salió corriendo antes de que Charlotte pudiera explicarle que alertar a la gente de la casa haría más mal que bien.

—¡Diles que le dejen marchar! Oh, no te preocupes. Mejor será que baje yo a decírselo.


La criada ya había corrido hasta el descansillo y agarrado al ayuda de cámara, que iba de camino a dejar una muda en los aposentos de lord Rowan.

—¡Corra! —le dijo—. ¡En la habitación de la señorita Boscastle había un desconocido que acaba de marcharse por la ventana con uno de sus vestidos!

—¡Dios mío

El ayuda de cámara bajó corriendo y a punto estuvo de tropezar con un criado, que entraba en el salón cargado con la bandeja del té.

—¡Rápido! ¡Traiga ayuda! Ha entrado un ladrón en la habitación de la señorita Boscastle. ¡Le ha robado el vestido que llevaba y ha huido por la ventana!

El criado se quedó boquiabierto.

—¡El muy cabrón! Informaré enseguida a Weed.

Y el criado irrumpió en el salón, donde todo el mundo estaba esperando la llegada del té, y le gritó a Weed:

—¡Señor! ¡Señor! ¡Ha entrado un ladrón en la habitación de la señorita Boscastle y saltado por la ventana ataviado con su vestido de novia!

—¿Qué? —dijo Gideon, corriendo hacia la puerta—. ¿Qué ventana? ¿Adónde ha ido?

Jane le agarró por el brazo.

—Mejor salga al jardín para cogerlo.

—¿Y Charlotte? Tengo que ir a mirar cómo está.

—De eso ya me encargo yo —dijo Jane—. Grayson, deja esa galleta y ve con Gideon.

Pero cuando Gideon y Grayson salieron al jardín con Weed y tres criados más, el ladrón ya había saltado del árbol, se había encaramado al muro y había echado a correr atropelladamente hacia una ruta secreta que le conduciría hasta los bajos fondos. Lo único que pudieron ver de él desde la verja del jardín fue una falda brillante de un encantador tono azul turquesa.

—Voy a perseguirle —dijo Gideon, desabrochándose la chaqueta—. Quiero estrangularle.

Grayson negó con la cabeza.

—Tendrá que esperar hasta después de la boda, a menos que desee perturbar a todas las mujeres de la casa. Si se enzarza en una pelea con un matón de los barrios bajos, es posible incluso que se quede sin boda. Ya le daremos caza en otro momento.

—Pero si lleva encima el vestido de boda, ¿cómo vamos a celebrarla?

—No lleva el vestido de boda —dijo Grayson—. Lo que lleva es un vestido de paseo, y lo lleva bajo el brazo, por cierto.

—Tiene razón —dijo Gideon, impresionado por los conocimientos de Grayson sobre la vestimenta femenina—. Mire, el protocolo me trae sin cuidado. Necesito ver a Charlotte con mis propios ojos. Será solo un momento y juro que seré bueno.

Una voz firme pero gentil se incorporó entonces a la conversación.

—Ahora no puede verla —dijo Emma—. Pero acabo de cruzarme con ella en el vestíbulo. Iba a prepararse un baño para calmar los nervios. Está conmocionada, pero en perfecto estado y de buen humor.

Gideon frunció el entrecejo.

—En ese caso, debería haber seguido mis instintos y correr a por él. ¿Qué quería de ella, para empezar?

—Le ha devuelto el diario —dijo Emma con un suspiro de alivio—. Ahora todo marcha viento en popa hacia la boda y rogaremos al cielo para que nada más amenace la celebración.

Gideon se quedó mirando el muro del jardín.

—¿Qué ese hombre que ha salido huyendo con el vestido ha devuelto el diario? Aquí hay gato encerrado. Me pregunto, aunque lo más seguro es que no tenga nada que ver, si conoce por casualidad a una tal lady Clipstone.

Emma arrugó la frente.

—Ha jurado arruinar la academia. ¿Por qué la menciona?

—¿Cree que sería capaz de robar?

—Lo dudo…

—¿O de contratar a un ladrón?

—Sí —respondió muy despacio Emma—. Lleva años teniéndome ojeriza, pero jamás me imaginé que se atreviera a cumplir con lo que dice. —Movió la cabeza en un gesto de preocupación al caer en la cuenta de lo sucedido—. Ella hizo robar el diario. Es una mala bruja odiosa. Oh… debería ir a pegarle cuatro gritos.

—¿Ir a gritarle? —dijo Grayson—. Me parece la forma de venganza más siniestra que he oído en mi vida. Esa mujer nos ha acarreado graves infortunios. No creo que cuatro gritos sean el castigo adecuado.

Emma se llevó la mano a su redondeado vientre.

—Una dama nunca debe buscar venganza. Está por encima de ella y si es persona de carácter fuerte, perdona.

—¿Perdona? —repitió Grayson con incredulidad—. ¿Por qué?

—Tal vez sus planes nos hayan acarreado infortunios —replicó Emma una vez recuperada la calma—. Pero también ha unido a la familia para celebrar otra boda. Hemos de tener en cuenta que el principal objetivo de la academia es que sus alumnas hagan un buen matrimonio. Es posible que de vez en cuando suframos algún escándalo lamentable. Pero al final, seguimos estando considerados por encima de los demás. A pesar de los infames esfuerzos de lady Clipstone, ni ha arruinado la reputación de Charlotte ni la de la academia.

# Capítulo 37

Charlotte llevaba años soñando con el día de su boda. Lo había descrito hasta el último detalle en su viejo diario. Y en cuanto tuviera un momento para ello, anotaría todo lo concerniente a la jornada en el nuevo diario que Gideon le había regalado, junto con el tintero de plata y un voluminoso anillo de zafiros y diamantes que, según él, le recordaba sus ojos azules y las estrellas que brillaban en las profundidades de los mismos. La primera página del diario estaría señalada con una de las rosas rojas que le había hecho llegar antes de reunirse con ella en la capilla.

El sueño se había hecho realidad; un marido y una mujer, tan abrumados que no habían podido hacer más que sonreír ante el caos que había estallado en los bancos ocupados por los miembros de la familia Boscastle, habían jurado por fin sus votos. Charlotte se vio de repente apartada del lado de su esposo, abrazada y felicitada por amigos y familiares. Buscó con la mirada a Gideon entre el gentío, y sus ojos conectaron. Ninguno de los dos tuvo necesidad de pronunciar palabra.

Aquella tarde, un pequeño artículo en los periódicos mencionaba que un intruso misterioso había irrumpido en la mansión de la marquesa de Sedgecroft. No había testigos, aunque un peatón que pasaba junto a las verjas de la mansión había visto antes un joven de aspecto sospechoso con un paquete en la mano. Las especulaciones sobre su contenido corrían sin cesar por Londres.

Pero los detalles de la boda, la discreta selección de invitados y los regalos recibidos eclipsaron enseguida aquel chismorreo de menor importancia. Una semilla lanzada al aire que no había logrado brotar.

La casa estaba en silencio cuando Gideon llevó en brazos a Charlotte hasta la alcoba y la liberó de las cintas y los cordones de su vestido de boda. El provocativo corsé que llevaba debajo le sorprendió.

—Una prenda perversa —murmuró, dando su aprobación—. Presiona tus preciosos pechos de un modo bastante indecente. Veo incluso los pezones.

Charlotte se ruborizó, sin mirarle a la cara.

—Sabía que no debería haberlo elegido.

—Oh, por supuesto que sí —dijo él rápidamente, inclinando la cabeza para lamer las puntas rosadas que asomaban por encima de los confines de la prenda—. Con la excepción de que eso te da ventaja y no puedo permitir que la situación siga así.

Pasó horas besándola y acariciándola, descubriendo los secretos de su cuerpo con la misma facilidad con que había descubierto su corazón. Charlotte le permitió reducirla a una sensación de jadeante necesidad en las sombras del lecho. No se habría separado de él ni que se hubiera incendiado la casa. El calor húmedo que sentía entre los muslos era placentero. Un deseo ansioso se había apoderado de ella.

No la había tocado allí, y Charlotte sabía que aquel ardid era un acto deliberado de seducción por parte de él... y que había alcanzado su objetivo sin que a ella le diese tiempo de tomar represalias.

—Ya llegará tu momento —dijo, mirando sus facciones duras e implacables.

Él le sonrió, su mirada sensual atrayéndola para que cumpliera su amenaza.

—Pero, entretanto, yo juego con ventaja.

Ella enlazó las manos por detrás de la nuca de él.

—¿De verdad?

Charlotte le besó antes de que Gideon pudiera responder, su lengua rozando la de él en un ademán de flirteo e invitación. Se arqueó hacia delante, ofreciéndose, y él aceptó la oferta, necesitado de hacerla suya.

Gideon notó que su respiración se aceleraba. La besó en los hombros, en los pechos, sus manos deslizándose por su espalda para sacarla de la cama y ponerla en pie. Se quedaron el uno frente al otro, unidos por un juramento, unidos para una eternidad de momentos y secretos del corazón.

—Te quiero en el suelo.

Ella separó los labios, hinchados y seductores. Y Gideon la atrajo hacia él sin que ella opusiera resistencia.

—Y te quiero de rodillas.

Gideon retrocedió poco a poco, el cabello de ella derramándose sobre sus pechos, escondiéndola de la mirada abrasadora de él.

—Ahora, Charlotte.

Aguardó, cautivado al verla obedecer esbozando una sonrisa. Gideon se dejó caer detrás de ella, sus manos amasando sus nalgas firmes, situándola en un ángulo tentador. Él flexionó la espalda.

Recorrió con los dedos la línea que separaba su nuca de la base de la espalda. La piel de Charlotte era como seda aguada.

—Nos veo reflejados en el espejo —dijo Gideon—. Levanta la cabeza. Mírate.

Charlotte levantó la vista hasta encontrarse con el reflejo de los ojos de él, la luz de la lámpara destacando la imagen decadente capturada por el espejo. El cabello le caía en rizos sobre los brazos y alrededor de la cara.

Presionó su potente erección contra ella, que exhaló un gemido. Se quedó mirando, hipnotizada, al hombre y la mujer del espejo.

—Eres una duquesa lujuriosa —dijo él—. ¿Sabe alguien lo perversa que puedes llegar a ser?

—Se supone que es un secreto.

—Entonces, no lo revelaré a nadie.

El cuerpo de Charlotte se tensó en el instante en que él guió la corona de su miembro hacia la hendedura que se abría entre sus muslos dispuesto a penetrarla.

Pero no de un solo golpe. No la primera vez. Estableció un ritmo calculado, hundiéndose muy poco a poco en ella, y entonces se retiró. Demasiado tarde, comprendió, al verse cazado en su propia trampa. Las incitantes punzadas de placer estaban llevándole al límite tantas veces, que empezó a confiar única y exclusivamente en su instinto para acabar rindiéndose a la sensación más primitiva. Con el vientre rozando constantemente las nalgas de ella, escuchó el grave gemido que quedó atrapado en aquel momento en la garganta de Charlotte. No había necesidad de fundas. Aquella mujer era su esposa.

—Charlotte, perdóname...

El control que tuvo que ejercer para no incrustarse por completo en aquella calidez le tensó incluso las cuerdas vocales. Más profunda cada vez. Lentamente. Se aferró a sus caderas, inmovilizándola al ver que su cuerpo lo aceptaba, que lo absorbía en toda su longitud.

—Gideon —susurró ella, y él observó la imagen reflejada en el espejo oval, cautivado por la cruda belleza de su sumisión.

—Fuego con fuego.

Gideon apartó su fascinada mirada del espejo.

—Y carne con carne. Recordaré eternamente este momento —dijo—. Deja que lo haga también inolvidable para ti.

Se quedó quieto para que no pudiera respirar antes de volver a hundirse en ella con una fuerza que derrotó las últimas defensas que le quedaban, la desbordó y la hizo suya por fin.


Audrey había estado en compañía del conde desde la noche anterior hasta esta, un privilegio que solo había concedido a uno de sus anteriores amantes. Por la tarde, se había despertado antes que él y había observado aliviada el pedacito de cielo azul completamente despejado que se vislumbraba entre las cortinas.

Incluso la climatología había respetado la boda de los Boscastle, pensó, volviendo a meterse en la cama. Podría haberse agenciado una invitación de haber querido asistir. Pero no lo había hecho. Su relación con la mujer que el duque había estado a punto de convertir en su amante era demasiado estrecha.

No había ninguna necesidad de recordarle a la novia los pecados del contrayente. Lo que le recordó a Audrey que su némesis llevaba tres días sin visitarla. Tal vez se hubiera librado de él una vez más.

¿Qué sentido tenía tramar una venganza cuando la otra parte se negaba a participar? Cuando oscureció, se levantó de la cama, su mirada evitando al conde desnudo que yacía sobre las sábanas con todo su esplendor.

Se cubrió con un batín de seda de color verde musgo y observó su imagen en el espejo. La que veía era casi una mujer desconocida.

El conde se giró y se quedó bocabajo. Lo miró una vez más y abandonó rápidamente la alcoba en dirección a su salita de recibir. Se encontró con Sir Daniel, que estaba examinando el cuadro que representaba a Venus que adornaba la repisa de la chimenea de mármol rosa, donde ardían las brasas del carbón.

—Señora Watson —dijo él cordialmente volviéndose hacia ella, que se había quedado paralizada—. Confío en que mi visita no sea inoportuna.

Audrey se resistió al impulso de ceñirse el batín, deseando en secreto haber tenido como mínimo oportunidad de cepillarse el pelo.

—¿Cómo ha entrado aquí? Dejé instrucciones claras de no admitir visitas de ningún tipo.

—Tengo una memoria excelente. —Se dibujó una sonrisa en su cara perfectamente afeitada—. ¿No se acuerda de cuando me guiaba por los pasadizos secretos de la casa?

—No. No me acuerdo.

Sir Daniel echó un vistazo a la estancia, como si no hubiera disfrutado de tiempo suficiente para curiosear a sus anchas. Su mirada pasó del jarrón de porcelana china del aparador al decantador de coñac que había encima del armario negro. Sus ojos se posaron entonces en el sombrero que descansaba sobre un silloncito.

La miró acto seguido a ella.

Audrey deseó poder arrancarle los ojos, aporrearle la cara y el pecho y sentir aquellos brazos envolviéndola. Pero en su día había cometido el error de demostrarle que le quería.

—Discúlpeme —dijo él—. No sabía que tenía compañía.

Ella se puso tensa.

—¿Está aquí por algún motivo en concreto?

Él sonrió.

—Sí. Me han informado de que el diario de la señorita Boscastle ha sido devuelto.

—De la duquesa de Wynfield —le corrigió ella—. Se ha casado esta mañana, ¿no es eso?

Se oyó en la habitación contigua el ruido metálico de una jarra al chocar contra el lavamanos. Sir Daniel miró la puerta cerrada con patente desdén.

—Buenas noches tenga usted, señora —dijo, girándose antes de que ella pudiera obedecer al instinto de detenerle—. Y dele, por favor, recuerdos al conde de mi parte.


Millie dio vueltas por la habitación con su vestido nuevo.

—¿De verdad que no lo has robado, Nick?

—De verdad —dijo sin alterarse, una de sus frecuentes migrañas cerniéndose sobre él—. No gires así. Me estallará la cabeza.

—Eso es de tanta ginebra. ¿De verdad que ya no tendré que hacer esquinas sola?

—¿Tengo que volver a repetirlo. A partir de ahora, aprobaré primero al cliente e insistiré en que te lleves a uno de los chicos para que monte guardia por si acaso las cosas se ponen feas.

Se oyeron golpes en el pasillo y Nick levantó la cabeza. Era uno de sus amigos, un zoquete que respondía por el nombre de Hollis, que no sabía ni hacer la o con un canuto.

—Me gustaría saber qué pretendes entrando aquí como si fueras la caballería.

—Millie. —Hollis lanzó un silbido por el hueco que se abría entre sus incisivos—. Me gustaría catarte un poco, por favor.

—Si me vuelves a decir eso, te saco los ojos con este… —palpó a su alrededor y levantó la mano—, con este peine.

Hollis se apoyó en la pared, a la espera.

—De acuerdo. Me gustaría catarte un poco, por favor.

—Vete a la mierda —dijo Nick, deslizando la mano debajo de la almohada para coger la pistola.

El hombre resopló.

—Acaba de llegar un cargamento a los muelles.

Nick se sentó en el camastro.

—¿Y?

Millie se giró, enrabietada, los ojos llenos de lágrimas.

—Me prometiste que esta noche iríamos al Vauxhall.

Arrojó el peine sobre la cama.

—Lo siento, Millie —dijo Hollis—. Es un asunto de negocios.

Millie se encogió de hombros.

—No te quedes ahí mirando con esa cara de asco. Ayúdame a sacarme este vestido estúpido. Parece una mortaja.

Hollis tragó saliva y Millie le mostró la espalda. Titubeó un poco con la manaza antes de decir:

—Te llevaré al Vauxhall, Millie. Y, además, cenaremos allí.

—¿A quién has robado? —insistió ella con amargura.

—A nadie. He conseguido un trabajo en los muelles. Por eso los chicos se han enterado de lo del cargamento.

Millie se volvió lentamente.

—Eres imbécil. ¿Crees que en los muelles te seguirán queriendo cuando se enteren de que eres un mentiroso?

—No pasa nada. Hay otros trabajos que también necesitan fuerza bruta.

—Cerrar de una vez el pico, los dos —dijo Nick, poniéndose los pantalones.

—¿Vendrás conmigo o no? —le preguntó Hollis a Millie.

Nick se colgó la pistola al cinto y escondió una navaja en la bota.

—Vámonos.

Nick estaba de vuelta.

Nunca cambiaría.

Había visto de refilón otro mundo, pero ahora necesitaba una nueva dosis de peligro. Era el rey de los barrios bajos. No había callejón oscuro, callejuela o entrada a los tugurios ilegales de juego que él no conociera. Qué Dios ayudara al desgraciado que se cruzara en su camino. O a la mujer que aspirara a ponerle los grilletes de por vida con un hijo que tal vez ni siquiera era suyo.

Estaba de vuelta. Y era cuestión de horas que empezara a olvidar para siempre el rostro de Charlotte Boscastle.

# Capítulo 38

*L*a mañana después de la boda, Charlotte se despertó por etapas. Su cuerpo se resistía. Notaba un calor, un dolor punzante en lugares desconocidos. Los recuerdos anegaban su mente. Gideon haciéndole el amor hasta que ninguno de los dos pudo más. La oscura silueta de él dominando la suya. El peso y la calidez de Gideon robándole toda su cordura, desatando necesidades que satisfacía casi antes de que ella fuese consciente de su existencia.

Se movió para acercarse aún más a su cuerpo y poder escuchar la cadencia regular de su respiración. Sus pezones rozaban la espalda de él. ¿Se despertaría si le tocaba?

Anoche él la había deseado y ella le había amado con abandono, a la licenciosa Charlotte que poco antes había confesado en palabras la pasión que sentía por él. Ya no se arrepentía de haberlas escrito. No se arrepentía de que Harriet hubiera jugado un papel que había ayudado a hacer realidad sus maliciosos sueños.

Se abrió la puerta. Y asomó la cabeza de una niña.

—Despertaos —dijo—. Estoy aquí.

Charlotte sofocó un grito.

—Despierta, Gideon —susurró.

—Llevo una eternidad esperando conocerte —añadió la voz—. Al carruaje se le rompió una rueda. Luego el cochero se equivocó de camino. Nos perdimos y no pudimos llegar a tiempo a la boda. Despertaos, por favor, o tiraré de la colcha y os enfadaréis mucho y sentiréis mucha, pero que mucha vergüenza.

Gideon refunfuñó y levantó la cabeza.

—¿Quién demonios te crees tú que… Sarah?

—¿Sarah? —repitió Charlotte, estudiando la carita seria que la observaba desde el umbral de la puerta—. ¿Es ella?

—No lo sé —dijo Gideon, un brillo de cariño en su mirada—. No sé si es una niña o una artista de un circo ambulante. ¿Qué llevas puesto?

—Es mi ropa —dijo Charlotte con una carcajada, tirando de las sábanas para cubrirse hasta los hombros—. Y mis zapatos de la boda. Y las perlas de mi abuela.

—Se ha puesto también tu diadema —observó Gideon.

—¿Quieres salir a dar un paseo por el jardín con tu institutriz —le preguntó Gideon a su hija con voz cálida—. Sé que anoche llegasteis muy tarde. Tenemos un gato que estoy seguro que te gustaría conocer.

La niña ladeó la cabeza.

—Quiero ir a la tienda de *madame* Devine y ver esos vestidos para pelanduscas de las que habla la cocinera.

—La cocinera es una vieja fisgona —dijo Gideon—. Debería preocuparse de que la comida esté buena y no de esas cosas.

—¿Quieres venir hoy de compras conmigo? —le preguntó Charlotte, examinando la curiosa vestimenta de la niña—. Te compraremos un vestido nuevo.

—Vestidos ya tengo bastantes. Lo que necesito es calzado y un abanico de boda.

Charlotte se quedó impresionada.

—¿Conoces el lenguaje del abanico?

—Oh, sí, claro. Y también sé utilizarlo para pegar a quien se me ponga delante.

—Encantadora —dijo Gideon—. Eso y escupirle a la gente te hará muy popular en la alta sociedad.

—Ya no escupo —dijo la niña—. Dijiste que me enseñarías a manejar la espada.

—¿Eso dije? Bueno, quizá lo haga, pero no creo que ahora sea el momento, cariño. Has crecido mucho.

Charlotte estudió a la niña, maravillada. Tenía el pelo oscuro y la barbilla potente de Gideon.

—Tengo un diario —dijo Sarah—. Y ya he escrito sobre vuestra boda, y sobre las amantes que tuvo nuestro padre antes y sobre lo que la criada me contó que hacían en la alcoba.

—Seguro que se refiere a jugar a las cartas —dijo Gideon, mirando con mala cara a su hija.

—Oh, claro —dijo Charlotte, con cierto sarcasmo—. ¿Por qué te refieres a él como «nuestro padre»?

—La señora Stearns lo llama así porque piensa que es Dios.

—Oh, entiendo —dijo Charlotte, mordiéndose el labio—. Mira, ¿qué te parece si pasamos el día los tres solos? A lo mejor podríamos comprarte esos zapatos que quieres. ¿O ir al salón de esgrima, Gideon?

—Será un honor agasajar a las dos damas más importantes de mi vida. Pero, Sarah, ahora tendrás que esperar fuera.

Sarah aplaudió, encantada.

—¿Me contarás eso de que le disparaste en el pie al amante de Charlotte?

—No sucedió eso, ni mucho menos —replico rápidamente Gideon—. Fue él quien se disparó en el pie. Y nunca fue su amante. —Volvió a mirarla con mala cara—. Además, Charlotte es ahora tu madre y así debes dirigirte a ella.

—¿Y ahora eres también su amante?

—Es mi esposa —dijo Gideon, rascándose las mejillas sin afeitar—. ¿Cuántos años tienes ahora?

—Cinco. —Sarah permaneció unos instantes en silencio—. ¿Estáis los dos desnudos?

—Por supuesto que no —respondieron a la vez Gideon y Charlotte.

—Y entonces, ¿por qué ella sujeta la sábana para taparse hasta el cuello?

Gideon emitió un sonido ahogado.

—Porque... porque aquí hace frío, por eso. Y, además, se supone que no debes entrar sin llamar.

—He llamado. Pero no habéis contestado.

—Sarah —dijo Charlotte, un poco tensa—, espéranos abajo. Tu padre y yo bajaremos a desayunar contigo.

—Ya he desayunado. Y comido.

Gideon y Sarah miraron inquisitivamente a Charlotte, desafiándola a solventar el tema.

—Entonces, tomaremos juntos el té —dijo ella sin alterarse.

—¿Puedo disfrazarme?

—Por supuesto que puedes —dijo Charlotte, su tono ablandándose—. Eso está muy bien para una fiesta. ¿Quieres que venga y te ayude?

Sarah negó con la cabeza, retirándose hacia la puerta.

—No, a menos que te vistas primero. Jamás en mi vida he visto a una persona desnuda. Dice la señora Stearns que si lo hiciera me convertiría en piedra.

—La señora Stearns tiene bastante razón —dijo Gideon, asumiendo un tono moral que podría haber sido efectivo de no estar bajo las sábanas tal y como Dios lo trajo al mundo—. Y ahora ve a buscarla.

—Está aquí en la puerta —dijo Sarah—. Ha estado aquí todo el rato.

—¡Dios santo ten piedad de mí! —exclamó Gideon—. ¿Acaso un hombre no puede tener intimidad ni siquiera en su alcoba?

La puerta se cerró de inmediato.

—Oh, Gideon —dijo Charlotte con un suspiro—. Me parece que no lo has gestionado muy bien.

—Lo sé, lo sé. Pero no podía permitir que la niña me viera completamente desnudo. Y tú, por otro lado…

Charlotte se deshizo de su abrazo, recompensándole con un destello de piel cremosa y cabello rubio antes de refugiarse detrás del biombo.

—No me mires, Gideon.

—¿Y por qué demonios no puedo mirarte?

—He oído la advertencia que le has hecho a tu hija. Si miras mi desnudez, te convertirás en piedra.

Gideon observó el reflejo de Charlotte en el espejo de pie que había junto al biombo.

—Sé muy bien a qué se refiere, señora. Ahora mismo, mirándote, me he puesto duro como una piedra.

Veinte minutos más tarde, Charlotte y Gideon estaban en el salón con Sarah. Al principio, la niña parecía incómoda en compañía de su padre. Y él la miraba como si también se sintiera así. Pero al poco rato, Charlotte vio a Sarah lanzarse a los brazos de Gideon y a él cogerla en volandas, levantándola por la cintura mientras ella le daba golpecitos cariñosos en la cabeza.

—Sarah, para ya con eso. Te he echado de menos.

La niña volvió a darle, sin parar de reír mientras él la reprendía e intentaba esquivar el ataque. Gideon miró de reojo a Charlotte.

—Ya te dije que tenía un lado malvado.

Charlotte negó con la cabeza.

—En ese caso, tendré que mejorar su comportamiento… y también el tuyo.

# *Capítulo* 39

*L*a tarde del día siguiente, Gideon dejó a Charlotte y a Sarah en las abarrotadas galerías comerciales. Pidió a dos de sus criados más jóvenes que las acompañaran y cargaran con todos los perifollos y fruslerías que las damas quisieran comprar. Y decidió esperarlas en una cafetería de la otra acera.

En el concurrido establecimiento, Charlotte cogió a Sarah de la mano e hizo lo posible para, siempre con educación, hacerse espacio en cada mostrador. Pero una de las clientas se negó a moverse cuando Sarah intentó abrirse paso con impaciencia entre ella y la criada que la acompañaba.

—¿Pasa algo? —le dijo la mujer a Sarah, girándose para regañarla—. No se debería ir con niños a...

Levantó la vista hacia Charlotte; sus ojos echaron chispas de hostilidad por un instante y ella tuvo ganas de replicarle como se merecía, pero no estaba dispuesta a caer en un comportamiento tan bajo en presencia de su hija.

—¡Excelencia! —exclamó lady Clipstone, expresando falsamente su sorpresa—. Qué maravilloso verla por aquí y, oh, ¿es esta la damita? —preguntó, y alargó la mano con la intención de darle unas palmaditas en la cabeza a la pequeña Sarah.

Sarah se apartó para pegarse a Charlotte con la expresión arrogante que sin duda había heredado de su padre junto con su carácter malicioso.

—Sí, así es —dijo Charlotte con una sonrisa tan forzada que se le habría incluso resquebrajado la cara de la tensión—. ¿Verdad que es un angelito? —Dio unos golpecitos en el brazo de Sarah—. Es lady Clipstone, cariño. Una de las más viejas amigas de mi prima. Sonríele, Sarah.

Sarah miró a lady Clipstone. Y luego miró de Nuevo a Charlotte.

—No quiero sonreírle. No puedes obligarme.

—No, corazón, no puedo. Pero puedo cerrar el monedero si insistes en comportarte así.

Sarah se cruzó de brazos.

—No pasa nada —dijo rápidamente lady Clipstone—. Es demasiado pequeña para ir de compras, y mucho más después de tantas emociones en su vida. Qué agotadoras deben de haber sido estas últimas semanas para su familia. Oh… me había olvidado de felicitarla.

Sarah le sacó entonces la lengua. Charlotte se quedó boquiabierta, consternada. Lady Clipstone le comentó a su criada:

—Qué niña más graciosa.

—¿Verdad que sí? Tendré tal vez que recurrir al chantaje para cambiar su conducta.

—¿Chantaje? —dijo Sarah, el interés iluminando su mirada.

Lady Clipstone se quedó blanca. Charlotte sintió tentaciones de pedirle al dependiente un reconstituyente por miedo a que se desmayara. Pero sir Godfrey ya se había fijado en las dos damas; ordenó al empleado que trasladara la clientela hacia otro mostrador para atender personalmente la silenciosa llamada de ayuda que emitía Charlotte.

—Excelencia —dijo con una reverencia—, ¿en qué puedo ayudarla?

—Me gustaría ver los diarios que tiene —dijo Sarah, adelantándose y sonriéndole con elegancia.

—Por supuesto, milady. —Sir Godfrey miró a Charlotte y, casi pensándoselo dos veces, a Alice—. Qué privilegio, si se me permite decirlo, que mis humildes mercancías entren a formar parte de otra generación.

Lady Clipstone había recuperado el color y, por lo visto, también toda su ojeriza.

—Si me disculpan —dijo muy contrariada—, tengo otros asuntos que atender.

Charlotte tiró de Sarah para poder dirigirse directamente a Alice.

—Oh, antes de que me olvide… ¿se ha enterado de que Emma está en Londres? Tal vez podrían reunirse para tomar el té y reanudar su amistad.

# Capítulo 40

*H*arriet había ido a St. Giles para visitar a la madre de Nick que, como ya se esperaba, estaba enferma, pero no para pensar en una muerte inminente. La mujer informó a Harriet de que Millie estaba embarazada y Harriet decidió ir a visitarla también, animándola a dejar la calle, ya que pronto se enfrentaría a la responsabilidad de ser madre. Y cuando se fue, se descubrió preguntándose si habría llegado el momento de permitir que su esposo se olvidase de una vez por todas de los condones para comenzar a crear una familia.

Lo que nunca llegaría a suceder si no lograba escapar de aquel atasco para preparar su vuelta a casa a finales de aquella semana. En cuanto dejaron atrás los fétidos barrios bajos donde en su día viviera, el carruaje acabó deteniéndose del todo. Esperó, nerviosa. Tras pasar el día entero en aquel ambiente tan malsano, le apetecía volver a casa, lavarse y cambiarse de vestido.

Jugueteó con un mechón de su rebelde cabello pelirrojo. Cerró los ojos y empezó a contar hasta mil. Cuando llegó a trescientos trece, abrió la ventana y asomó la cabeza para pedirle al cochero o a algún peatón que investigara las causas de aquel atasco.

Pero el cochero no respondió. Por lo visto, se había adormilado, puesto que tenía la barbilla recostada contra el pecho, y los brazos cruzados sobre la barriga como si fueran una repisa. A efectos prácticos, estaba dormido como un tronco.

Harriet exhaló un suspiro de exasperación, viendo pasar un rebaño de ovejas aparentemente sin pastor.

¿Y qué habría pasado con los lacayos?

Ah, ahí estaban... plantados como pasmarotes delante del escaparate de un orfebre. Varios peatones y vendedores ambulantes se habían abierto paso entre ellos para echar un vistazo a alguna cosa que sucedía en la esquina.

Tal vez se tratara de un accidente. Tal vez un choche entre un calesín y un carro de carbón. O de un cochero de alquiler que se negaba a moverse hasta que su pasajero le pagara el precio convenido por el pasaje.

Harriet pensó en llamar a los lacayos para que volvieran a sus puestos, pero dudaba que pudiera hacerse oír por encima de las risas, los balidos, los gritos…

Los gritos.

Se enderezó en el asiento para asomarse de nuevo por la ventanilla y estirar el cuello para poder ver mejor.

Aquellos gritos tenían un tono que le resultaba familiar.

Parecía… No, eso era imposible.

No podía ser.

Pero parecía su propia voz, antes de los dos años de intensivas lecciones de elocución a cargo de Emma Boscastle. Era como si la antigua Harriet, que nada tenía que ver con la dama que era ahora, estuviese montando un atroz alboroto en la esquina e incitando, literalmente, la creación de un pequeño motín en plena calle.

Abrió la portezuela y saltó hacia el caos sin la ayuda de escalerilla ni lacayos.

—Cuidado, señora. ¿Querría hacer el favor de vigilar por dónde pisa?

—¿Le importaría no empujar, señorita?

—Espere su turno, señora. En fila, como la gente de a pie.

—Gente de a pie —murmuró Harriet para sus adentros, dándole al hombre un codazo en las costillas—. Mueve el esqueleto, ¿me has oído?

El hombre se giró en redondo y se quedó mirándola, tan pasmado que no pudo ni protestar. Harriet aprovechó aquel momento de sorpresa para abrirse paso entre los curiosos. Antiguamente, ella solía lamentar sus desgraciados orígenes. Pero con el tiempo, había acabado comprendiendo que ser una duquesa con instintos barriobajeros era más una ventaja que un estorbo.

—¿Qué es ese follón ahí en la esquina? —le preguntó a una florista envuelta en un chal rojo con flecos.

La florista se quedó mirándola.

—A usted la conozco.

—No. No me conoce.

—Sí. Bueno. ¿Tiene unos peniques?

Harriet se llevó la mano a la cabeza y se retiró del cabello unas cuantas horquillas rematadas con perlitas. Rápidamente, su melena empezó a volar en todas direcciones. Los rebeldes rizos de Harriet siempre habían sido un asunto espinoso. Incluso Charlotte, que rara vez pronunciaba una palabra que no fuese amable, los había comparado con las serpientes de la cabeza de Medusa.

Dejó las horquillas en la cesta de las flores.

—¿Y qué pasa?

—Hay una niña ahí en la esquina que está haciendo una fortuna con un manual que se ha hecho imprimir en Grub Street.

Una niña.

Un manual.

Harriet habría deseado ignorar aquel cosquilleo de familiaridad que acababa de notar en la nuca.

—¿Un manual para qué? ¿Para hacerse rico? ¿Para vivir eternamente? ¿Qué es lo que tiene a tanta gente intrigada?

La vendedora dejó la cesta en el suelo y se inclinó, entrelazando las manos para aupar a Harriet.

—Más le vale que pueda ver algo. Por suerte que es ligera. Creo que está vendiendo…

Harriet sofocó un grito, balanceándose sobre el inestable soporte que le ofrecían las manos de la florista.

—¿Qué es? —preguntó la florista, lanzando casi a Harriet de cabeza contra la gente.

—Oh, Dios mío. —Harriet bajó la vista hacia su poco fiable soporte—. La mato. ¿Le importaría cogerme un poco mejor?

—Cuénteme qué pasa —dijo la vendedora.

Antes de perder el equilibrio, Harriet consiguió arrancar un folleto de las manos de otro curioso. La florista miró por encima del hombro de Harriet.

—¿Qué dice?

Harriet se echó hacia atrás su rebelde cabellera roja, tan rebelde como su carácter.

—«Manual de la academia Scarfield para chicas cuya ambición sea casarse con un duque.»

—¿Un duque? —dijo la florista, fijando la mirada en el papel que Harriet tenía en la mano—. ¿De verdad? Si esa niña no parece siquiera capaz de escribir su nombre.

—«Resultados garantizados» —dijo con ironía Harriet, y forzó la vista para leer la letra pequeña—. Qué edificante.

—¿Y qué dice?

—No voy a leérselo todo.

—Solo las partes interesantes, las partes útiles. Las que me ayudarán a conseguir que un duque se case conmigo.

Harriet la miró con mala cara y empezó a leer en voz alta.

—«¿Cómo sucedió todo? ¿Cómo una joven y discreta directora de escuela consiguió una propuesta de matrimonio por parte del consagrado solterón, el duque de Wynfield?»

—¿Cómo?

—«¿Fue cosa del destino?» —Harriet resopló, leyendo por encima la ultrajante nota—. «¿Cómo no una, ni dos, sino tres directoras de la Academia Scarfield consiguieron casarse con sus irresistiblemente atractivos duques? ¿Y cómo puede usted, querida lectora, hacer realidad sus sueños de disfrutar de una suerte similar? A continuación le ofrezco unos breves retazos que le pondrán en el camino hacia ese matrimonio:

*1. Nacer en el seno de la aristocracia. Aunque, de todos modos, hacerse con un duque no es un logro imposible, ni siquiera para una pilluela callejera, siempre y cuando esté debidamente patrocinada por una familia noble y reciba la formación adecuada.*

*2. Confesar tu amor por el duque de tus sueños en un diario que caiga en sus manos, para que de este modo conozca tus deseos. Poner tu reputación en peligro a cambio de conseguir su amor.*

*3. Ser sorprendida en una postura comprometida en el lugar adecuado (los brazos del duque) y en el momento menos adecua-*

*do. Para que el plan tenga éxito, es imprescindible que esta indiscreción sea presenciada por amigos, familiares y enemigos, de tal manera que el único remedio para no caer en lo más bajo sea un matrimonio.*

Para verificar dichas afirmaciones, se ruega ponerse en contacto con el personal de la Academia Scarfield.»

Harriet respiró hondo.

—Verity Cresswell, ya te verificaré yo cuando estemos a solas, pequeña traidora.

Pero en parte, y a regañadientes, sentía cierta admiración por aquella iniciativa de ganarse un penique con un panfleto. Era algo que también ella habría intentado en los viejos tiempos. Al final, decidió no comentar nada de aquello ni a Charlotte ni a la señorita Peppertree, por miedo a que cayeran sobre Verity como un par de granadas de mano.

—¿Hay algo de verdad en esa historia? —preguntó la florista, su voz impregnada por una ensoñación dubitativa que Harriet sabía que no sobreviviría mucho tiempo y que el escepticismo acabaría imponiéndose.

Algo había de verdad. Era evidente que Verity había escuchado los chismorreos de las demás chicas y que había decidido convertirlo en una empresa rentable. Bueno, siempre era mejor que andar robando a la gente. De hecho, incluso podría afirmarse que la Academia Scarfield había ejercido una influencia positiva si se comparaba aquello con los pecados de la antigua vida de Verity.

Además, ¿quién era ella para apagar una débil luz de esperanza en el corazón de otra persona? Harriet se había casado con un duque. Dobló la hoja en un compacto rectángulo y la metió en la cesta entre los capullos más frescos y las flores marchitas.

—Me parece que sí.

La florista casi grita entonces al reconocerla.

—Ya sé quién es.

Harriet titubeó. ¿Por qué sería que cada vez que intentaba dejar atrás su pasado, se interponía en su camino como Goliat?

—Sí —dijo, asintiendo—, me conoces. Soy Harriet Gardner, de St. Giles.

—Pero qué dice. —La florista retrocedió y tropezó con un carromato de un vendedor de ropa de segunda mano—. Y yo que pensaba que era la duquesa de Glenmorgan. ¿Y quién le da derecho a vestir de este modo tan elegante y abordar a personas inocentes que solo intentan ganarse el pan honestamente? Debería saber que una verdadera duquesa jamás entablaría una conversación en plena calle con una obrera.

—Pero...

La florista corrió para protegerse detrás del carromato de ropa de segunda mano. El rollizo propietario, que hasta el momento había ignorado a Harriet, la amenazó con un puño cerrado.

—Debería darle vergüenza —dijo con un indignado sentimiento de protección que solo una persona de la calle podía manifestar por otra en caso necesario—. Vaya a vender su mercancía a otra parte, señora —añadió cuando Harriet dio media vuelta, reprimiendo unas ganas terribles de echarse a reír, sin lamentar el insulto que por lo visto había desencadenado su identidad.

# Capítulo 41

Oh, Daphne. —Charlotte abrazó la menuda figura de la señorita Peppertree, susurrando unas palabras que jamás en su vida habría imaginado que acabaría diciendo—. La echaré de menos.

—No llore —le recordó Daphne, sorbiendo por la nariz al separarse de Charlotte—. No es decoroso que una duquesa haga gala de sus emociones.

—En el fondo, no me siento todavía una duquesa.

—Pero yo soy una señora sobre cuyos frágiles hombros recaerá el deber de mantener los estándares que se estipularon cuando se fundó esta academia.

—Ojalá pudiera haberla convencido de que ocupara mi puesto. Pese a que hemos tenido algunas discrepancias, la aprecio muchísimo.

La señorita Peppertree negó con la cabeza. El intento de adulación de Charlotte tampoco la convenció.

—Tenga por seguro que haré todo lo que esté en mis manos para mantener esta escuela… todo, es decir, menos tomar las riendas.

—Pero Daphne, piense en el aprecio que todos le tenemos.

—Piense en la exasperación. Piense en los meses interminables que dedicamos a enseñar a una chica que valore su virtud, para que luego la arroje por la ventana de la cocina como si fueran hojas de té usadas en el momento en que un duque atractivo llama a su puerta.

—La verdad es que no creo que nadie en esta casa haya arrojado su virtud por la ventana como si fueran hojas de té.

—¿No? Repase usted bien la historia de la academia. Recuerde lo que le pasó a nuestra fundadora, una dama de la que habría jurado que era capaz de caminar por encima de las llamas de la tentación y emerger intacta.

—Pero supongo que recuerda también los inesperados efectos de su romance.

—Sí. Sufrí dispepsia y urticaria durante un mes.

—Me refiero a los efectos sobre la academia.

—Oh.

—Las matrículas crecieron como la espuma. Y lo mismo sucedió cuando el duque de Glenmorgan trajo aquí a estudiar a su sobrina y conoció entonces a Harriet. Se marchó para convertirse en la acompañante de su tía.

—Lo recuerdo —dijo muy seria la señorita Peppertree—. Más hojas de té arrojadas junto con la virtud.

—¡Pero usted me ayudó a seducir al duque!

—Le ayudé a alentarlo. ¿Qué otra alternativa tenía?

—Emma me ha confesado a menudo que es usted perfecta para el puesto.

—Tiene a una dama joven y formidable que está ansiosa por asumirlo. Además, ese puesto es como si llevara implícito un maleficio, y las calamidades vienen de tres en tres. Sería mejor alertar a la candidata de que podría convertirse en el primer capítulo de una nueva trilogía.

—Mire bien lo que dice. Creía que era yo la que tenía tendencias fantasiosas. ¿Y si no existe ningún… maleficio? ¿Y si en realidad se tratara de una bendición camuflada?

—No tengo ningunas ganas de casarme con un duque.

—¿No era usted la que decía que no debía de esconder mi luz por miedo a que los demás la vieran? ¿Y qué me dice de la suya?

La señorita Peppertree se encogió de hombros.

—Tal vez esté esperando a que llegue el hombre adecuado y encienda la mecha.

Charlotte se echó a reír, rindiéndose por fin.

—En ese caso, le deseo lo mejor. Amo a mi esposo.

—Sí. —Daphne se quitó las gafas para secarse una lagrimita—. Eso era patente desde un buen principio. Y mejor aún, él también la ama.

—¿Usted cree?

—Lo sé desde aquella noche en que usted se puso histérica al ver esa cara en la ventana. Entonces, ya no podía esconder los sentimientos que albergaba hacia usted y ahora que la ha hecho su esposa, ya no tiene por qué intentarlo.

# Epílogo

*L*a pareja de recién casados y su hija viajaban en carruaje, a un ritmo muy confortable, hacia la mansión rural que Gideon poseía en el noroeste de Kent. De haber ido solo, lo habría hecho a caballo y recorriendo las serpenteantes carreteras a mayor velocidad, sin ganas de resucitar recuerdos de tiempos pasados. Pero el viaje en familia era distinto y se desarrolló aderezado por las continuas exclamaciones de alegría de Charlotte a medida que iban pasando por huertos y caminos, flanqueados por zarzamoras, que conducían a los pueblecitos medio escondidos en las verdes laderas de las colinas.

El ajetreo de Londres quedaba atrás y una paz que no experimentaba desde hacía años fue apoderándose de él. Le hizo gracia oírse repitiendo la advertencia que su padre le diera en su día:

—Recuerda, Sarah, que después de san Miguel ya no se pueden coger moras. Pasada esa fecha, el demonio escupe en ellas como muestra de su insatisfacción por haber sido expulsado del cielo.

Sarah hizo una mueca.

—Si me lo encontrara, sería yo la que le escupiría en la cara.

—No lo harías —dijo Charlotte, sonriendo con cariño a la niña—. Gideon, te agradecería que no incitaras la mala conducta. Y que no la practiques.

Lo cual era imposible, por supuesto.

Gideon pensó que en su primera noche en el campo haría lo que siempre había hecho: ir a caballo hasta la taberna del pueblo y beber con sus viejos amigos. Charlotte y Sarah habían ido a cabalgar por el bosque y, como ya oscurecía, el mozo de cuadras era mayor y ellas no conocían los caminos, decidió protegerlas siguiendo un camino de herradura cobijado entre los árboles.

Ya iría al pub al día siguiente.

Pero cuando llegó el día siguiente y estaba a punto de salir de casa, oyó risas en el salón. Al abrir la puerta descubrió a Charlotte bailando con un joven petimetre tocado con una peluca inmensa. Sarah los observaba sentada junto a la ventana.

—¿Qué hace Charlotte tomando lecciones con un profesor de baile? —le preguntó a Sarah, apretujándose a su lado.

—Están enseñándome cómo se hace. ¿Sabías, nuestro padre, que esa expresión de «vigila tus Pes y tus Cus», que quiere decir que guardes las formas y cuida los modales, viene del francés?

—Curioso —replicó Gideon, pensando que aquel petimetre estaba sobando en exceso a Charlotte.

—Sí —prosiguió Sarah—. Lo de las «Pes» viene de *pieds*, que significa pies en francés, y lo de las «Cus» viene de *perruque*, que quiere decir peluca. Antiguamente, no podías inclinar la cabeza demasiado al bailar porque corrías el riesgo de que te cayera la peluca.

Gideon habló entonces levantando la voz.

—¿Qué puede usted enseñarle a mi esposa que ella no sepa?

—Poca cosa, excelencia —dijo el profesor de baile—. Tal vez podría hacer usted pareja con lady Sarah para enseñarle mejor.

Gideon puso mala cara. No le gustaba bailar.

—¿Quieres bailar conmigo, Sarah?

—No. A mí me gustaría bailar con el señor Pugh, pero a él le gusta bailar con mi madre.

—Sí. Eso ya lo veo. Levántate. Dame la mano. ¿Qué vamos a bailar?

—Un *reel* zíngaro —dijo el profesor de baile, levantando la barbilla.

—¿No es un poco atrevido para las damas?

—No, siempre y cuando se baile con compañía decente —fue la altiva respuesta—. Excelencia, baile usted por favor con la duquesa. Yo bailaré con lady Sarah.

Gideon se puso de mejor humor. Con Charlotte entre sus brazos siempre se sentía feliz, por mucho que le importara un pimiento contar saltos y brincos. Aunque lo que sí le importaban eran las continuas miradas que el profesor de baile le lanzaba a Charlotte. De modo que Gideon acabó pasando la tarde refrescando sus habilidades como bailarín. El tiempo le pasó volando, puesto que casi había oscurecido cuando recordó que no quería pasar otro día en casa como un típico terrateniente.

De todos modos, a la mañana siguiente tenía intención de asistir a una feria de contratación, pero cuando se despertó descubrió que Charlotte ya se había levantado, puesto que la bandeja del té estaba en la mesa. Sarah tampoco estaba en su habitación.

—Han ido a pescar, excelencia —le informó la institutriz con cara de desaprobación.

—¿Solas?

—No. Las acompañaba el guardabosques.

—Ya sabe que en ese lago se ha ahogado gente —dijo Gideon, enfadado.

Claro que eso había sido el siglo pasado, en el transcurso de una terrible tempestad invernal, pero daba lo mismo. El bote de Sarah había zozobrado la última vez que la pequeña había ido al lago y él había tenido que lanzarse al agua y nadar para salvarla. Corrió hacia la orilla, equipado con unos prismáticos, y vislumbró la barquita anclada en el centro de un lago iluminado por los rayos de sol.


—Oh, mira —dijo Sarah, tirando de la manga del vestido de Charlotte—. Allí está mi padre.

—Creí que iba a la feria de contratación. —Charlotte tenía la mirada fija en el agua, la caña de pescar inmóvil—. Me parece que en este lago no hay peces.

—Tienes razón.

—¿Y qué hacemos entonces aquí? —preguntó Charlotte—. Pescar no es precisamente un pasatiempo muy femenino. ¿Por qué no celebramos un té e invitamos a tus amigas?

—No tengo suficientes amigas para celebrar un té.

Charlotte la miró con tristeza.

—Ahora estamos aquí tu padre y yo para que ya no estés sola.

—¡Oh! ¡Oh! ¡Mira! ¡Ha picado un pez!

El guardabosques cogió el cubo. Charlotte se inclinó para ver el pez.

—¡Ayúdame! —gritó Sarah, esforzándose por combatir el tirón de su presa—. ¡Es un monstruo del lago! ¡Tira como si pretendiera hacerme caer de la barca!

Charlotte se quedó con la boca abierta y se incorporó con cautela para coger a la niña. Pero en el momento en que extendió el brazo, se tambaleó hacia delante y cayó por la borda.

Gritó al entrar en contacto con las gélidas aguas del lago.

Y al tropezar se dio cuenta de que el anzuelo de Sarah se le había clavado en la manga. No había ningún pez.

—¡Socorro! ¡Socorro! —gritó Sarah—. ¡Duquesa al agua! ¡Socorro, papá!

El guardabosques se quitó las botas dispuesto a lanzarse al lago.

—¡Quédese con lady Sarah! —gritó Charlotte, liberándose del anzuelo y chapoteando hacia el otro lado de la barca.


—¡Qué no cunda el pánico, Charlotte! —bramó Gideon desde la orilla, despojándose del pantalón—. ¡Déjate llevar por el agua! ¡Hagas lo que hagas, cuando llegue a tu lado no opongas resistencia!

Gideon se quitó la chaqueta y la camisa, echó a correr hacia la orilla y se lanzó al lago completamente desnudo de cintura para arriba. El agua estaba tan fría que sus partes íntimas se le quedaron entumecidas al instante. ¿Dónde estaba Charlotte? ¿Se habría ahogado?

—¡Grimes! ¡Lánzale el remo a mi esposa y dile que lo sujete bien!

Grimes cogió el remo y lo lanzó al agua en dirección a Charlotte, que agachó la cabeza y vio cómo el remo pasaba de largo.

—Vaya ayuda —murmuró Gideon, sus potentes brazadas acercándolo a Charlotte—. La idea era que tú sujetases el remo por un lado y ella por el otro. Se trataba de mantenerla a flote, no de dejarla inconsciente del golpe. ¡Ya voy, Charlotte!

Sarah se colocó a un lado de la barca, los ojos llenos de lágrimas.

—Lo siento mucho, madre. Creía que anoche habías dicho que sabías nadar.

—Y sé —replicó Charlotte con la cabeza completamente mojada. Su larga cabellera rubia arrastrándose detrás de ella como una madeja de seda mojada—. Pero las botas y el corsé con ballenas me lo impiden.

—No se ahogue, por favor —dijo el guardabosques, haciendo balancear la barca al agarrar con un brazo a Sarah por la cintura, mientras intentaba tenderle el otro a Charlotte.

—¡Ya la tengo! —exclamó Gideon, zigzagueando por el lago como una serpiente.

Charlotte, una mujer muy inteligente, parecía estar anclada en el agua simplemente esperándolo. De hecho, daba toda la impresión de que podría haber nadado sin problemas hasta la orilla. Pero él quería rescatarla y, tal vez, fanfarronear un poco delante de su hija, que nunca hasta entonces había tenido motivos para sentirse orgullosa de él.


Su padre había cubierto los hombros de Charlotte con su chaqueta y estaba acompañándola hacia el caballo. Con la proa de la barca golpeando repetidamente las espadañas que flanqueaban la orilla, Sarah se cruzó de brazos y los observó con el ceño fruncido.

—Vamos, lady Sarah —dijo el barbudo guardabosques, tendiéndole la mano—. No quiero ser responsable de otro accidente. Vamos, corra para ir con su excelencia y dígale a la señora Stearns que ya está de vuelta.

—No pienso correr a su lado mientras se comporten de esa manera.

—¿Qué? —dijo el guardabosques, fondeando la barca en el pequeño atracadero—. ¿Comportándose cómo? La duquesa la quiere mucho, se nota. ¿A qué vienen estos pucheros? Ahora tiene la familia que tanto deseaba.

La niña le dio la mano al guardabosques.

—Sí, ya lo sé. Pero no tienen tiempo para jugar conmigo.

El hombre pestañeó. El duque estaba ayudando a su esposa a montar en su caballo gris.

—Pues déjelos tranquilos. Pronto tendrá un hermanito o una hermanita con quien jugar.


Charlotte se recostó en el hombro de Gideon, decidida a acabar de abrocharle la camisa antes de que llegaran al camino. Al final, él le cogió la mano.

—Deja de tocarme así, amor mío, o me veré obligado a desviarme hacia las profundidades del bosque.

—Estoy empapada y muerta de frío. —Se acurrucó contra su espalda—. Y tú también. Gracias por haberme rescatado de esta forma tan valiente. —No comentó que no había corrido peligro en ningún momento—. Pensaba que ibas a pasar todo el día fuera.

Él ladeó la cabeza para mirarla.

—Y también lo pensaba yo. Ha sido una suerte que estuviera ya de regreso.

La emoción oscura de la mirada de Gideon generó en Charlotte un calor que le hizo olvidar la brisa que agitaba su vestido.

—Creía… bueno, la verdad es que no pensaba verte tanto cuando estuviéramos aquí.

—Tampoco lo pensaba yo. Pero el amor es así.

Gideon guió el caballo hacia un sendero. Y Charlotte dejó que el trote del animal la empujara rítmicamente contra la espalda de su esposo.

—¿Has dicho amor? —le preguntó entonces, deslizándole la mano por la cintura.

Él le cogió la mano.

—Sí. Eso he dicho. Y voy a volver a decirlo. Y lo diré cada día. Te quiero. Sospecho que te quiero más que tú a mí. Sé que yo te necesito más. Pero no sigas dándome motivos de preocupación. No puedo pasarme el resto de la vida bailando con hombres con peluca y lanzándome a lagos para demostrar lo que siento.

Charlotte sonrió, la barbilla pegada al hombro de él.

Horas más tarde, después de cenar, se sentaron en el salón principal delante de la chimenea encendida, Sarah jugando con dos flacos galgos que había presentado a Charlotte como *Rómulo* y *Remo*.

—¿Fue tu institutriz la que les puso esos nombres romanos? —preguntó Charlotte, arrodillándose en el suelo ente su hija y los revoltosos perros.

—No, fui yo. —Sarah se instaló de un brinco en la falda de Gideon—. ¿Cuánto tiempo os quedaréis aquí?

—Siempre, si no te importa.

—Pero luego acabas marchándote y no vuelves en mucho, muchísimo tiempo.

Gideon cerró los ojos un instante.

—Oh, Sarah.

—Antes lloraba, pero la señora Stearns me dijo que no debía hacerlo.

Gideon acercó la cabeza a la de su hija y le pasó la mano por el pelo.

—La despediré por regañarte por eso.

—No, por favor —musitó Sarah—. Ella me quiere y yo la quiero.

La institutriz apareció justo en aquel momento en el pasillo, como si la hubieran llamado.

—Vamos, lady Sarah. Es hora de ir a dormir.

Uno de los cachorros le gruñó y la señora Stearns le hizo caso omiso.

Sarah empezó a protestar, hasta que Charlotte se levantó del suelo.

—Danos un beso de buenas noches a tu padre y a mí. Y haz lo que te dicen.

Gideon le hizo un gesto con la mano a su hija, indicándole que se retirara, y le dijo:

—Sarah, tenemos por delante muchos días que compartir. Jamás volveré a abandonarte por tanto tiempo.

Charlotte y Gideon se quedaron solos. Gideon se levantó poco a poco del sillón.

—Vamos, señora. Hora de acostarse.

—Dame primero un beso. Y…

Gideon la atrajo hacia él y le dio un beso tan lento y provocador que Charlotte creyó quedarse inconsciente.

—¿Sigo siendo el hombre de tus sueños? —preguntó él.

Charlotte arqueó el cuello y notó la mano de su esposo recorriéndole el hombro hasta llegar a su nuca y enredarse en su cabello.

—¿Te refieres a mis sueños despierta o dormida?

—A ambos —replicó él, mirándola a los ojos—. Porque si algún día me destierras de tus sueños, dejaré de existir. Te adoro, Charlotte. Eres para mí más de lo que jamás pude llegar a soñar.

Charlotte se dejó llevar hasta la escalera. Daba igual cómo hubiera acabado conquistándole. Que los chismosos pensaran lo que les viniera en gana. Pero por si acaso sus hijos sentían curiosidad, conservaría para siempre los diarios para explicarles cómo ella y su padre se habían enamorado y para demostrarles que incluso los sueños más perversos podían acabar haciéndose realidad.

# www.titania.org

Visite nuestro sitio web y descubra cómo ganar
premios leyendo fabulosas historias.

Además, sin salir de su casa, podrá conocer
las últimas novedades de
Susan King, Jo Beverley o Mary Jo Putney,
entre otras excelentes escritoras.

Escoja, sin compromiso y con tranquilidad,
la historia que más le seduzca
leyendo el primer capítulo de cualquier libro
de Titania.

Vote por su libro preferido y envíe su opinión
para informar a otros lectores.

Y mucho más...